HERZKLOPFEN

UND ANDERE

LEBENSZEICHEN

Meine lieben Cousine Katharina, als ein kleine Lesegruß, in der Hoffnung, dass Dir die Welt der Bücher so viel Freude bringt wie Deiner

Onkel Christ

„**Herzklopfen und andere Lebenszeichen**" handelt vom Leben. Die Arbeit des kleinen „Wundermuskels" wird beleuchtet – in Liebe, Angst, Hoffnung und Schmerz, in Freude und Schuld. Herzklopfen kann ein Ende ankündigen oder den Neubeginn. Und falls es ein Nachhinein gibt, weiß man – nie war man so lebendig wie mittendrin. Es ist eine Mischung entstanden, aus heiteren, besinnlichen, kriminellen, romantischen, fantastischen und humorvollen Geschichten, die unterhalten und berühren möchten.

Die Autorengruppe *espressivo* hat aus einer Schreibgruppe im Internet zueinander gefunden. Eine bunte Gemeinschaft von Autorinnen und Autoren – vereint durch die Güte ihrer Geschichten. Das *espressivo*-Forum gewährleistet enge Zusammenarbeit und ständigen Kontakt. Siebzehn Paar Augen sehen im kontinuierlichen Austausch bei der Überarbeitung der vorgestellten Texte kritisch hin, bieten dem jeweiligen Autor verschiedenste Perspektiven an. In der Umsetzung des Themas könnten die Ideen der *espressivo*-Autoren facettenreicher kaum sein.

HERZKLOPFEN UND ANDERE LEBENSZEICHEN

Kurzgeschichten der
Autorengruppe
espressivo

Herausgeber:
Ulrike Weinhart und Katja Sacher

K|U|U|U|K Verlag

Bibliografische Information der Deutschen Nationalbibliothek: Die Deutsche Nationalbibliothek erfasst diesen Buchtitel in der Deutschen Nationalbibliografie. Die bibliografischen Daten können im Internet unter http://dnb.ddb.de abgerufen werden.
Alle Rechte vorbehalten. Insbesondere das der Übersetzung, des öffentlichen Vortrags sowie der Übertragung durch Rundfunk, Fernsehen und Medien – auch einzelner Teile. Kein Teil des Werkes darf in irgendeiner Form (durch Fotografie, Mikrofilm oder andere neuartige Verfahren) ohne schriftliche Genehmigung des Autors / der Autorin bzw. des Verlages reproduziert oder unter Verwendung elektronischer Systeme verarbeitet, vervielfältigt oder verbreitet werden.

Verkaufspreis: € 12,-

Coveridee und Gestaltung: Copyright © Günter Ludwig und Cornelia Fröschl. Photographie: Copyright © Günter Ludwig.

Hauptschrift: Times New Roman

ISBN 978-3-939832-10-2

Erste Auflage Dezember 2008
KUUUK Verlag und Medien Klaus Jans
Königswinter bei Bonn
Printed in Germany (EU)
K|U|U|U|K – Der Verlag mit 3 U
www.kuuuk.com

Alle Rechte [Copyright]
© Jeweils die Autoren und Autorinnen von *espressivo*
© KUUUK Verlag – info@kuuuk.com

INHALTSVERZEICHNIS

Philipp Reichert – Muffensausen	9
Cornelia Fröschl – Don Giovanni	13
Ulrike Weinhart – Arteria Carotis	19
Bettina Heinzl – Homo sapiens im Ausverkauf	24
Meike Stewen – Live ist nicht immer lustig	29
Hella Lopez – Nur keine Panik	34
Sophie Karlis – Täterpsychologie	38
Nina Hornauer – Radio Silence	40
Katja Sacher – Auf Augenhöhe	44
Kirsten Bloem – Weiße Schwäne	51
Claudia Vieregge – Am Bahndamm	56
Klaus Westermann – Landliebe	61
Yvonne Seitz – Spurenlesen	66
Jürgen Hayer – Train Sex	72
Hella Lopez – Mit Frauen hat man nur Ärger	79
Katharina Offenborn – Zwielicht	84
Sophie Karlis – Heiligabend auf Obrion IV	88
Cornelia Fröschl – Herzdame	92
Marc van der Poel – Sterntaler	98
Kirsten Bloem – Lemminge	102
Katja Sacher – Türen	108
Christopher Kaatz – Zehn Jahre und ein Mauerfall	114
Nina Hornauer – Nachtschicht	125
Claudia Vieregge – Heimsuchung	129
Philipp Reichert – Unberechenbar	133
Ulrike Weinhart – Eiszeit	139
Hella Lopez – Frau Bergers goldener Vogel	146
Sophie Karlis – Metamorphose	151
Cornelia Fröschl – Schneegewitter	154
Jürgen Hayer – Beautiful Sunday	158
Kirsten Bloem – Abgeliebt	161

Katharina Offenborn – Dir auf den Fersen	165
Meike Stewen – Angsthase	170
Ulrike Weinhart – Der Ruf der Traumfädenspinnerin	175
Bettina Heinzl – Ungebremst	180
Sophie Karlis – Ein ungünstiger Zeitpunkt	183
Hella Lopez – Die letzte Verabredung	188
Claudia Vieregge – Pina Colada	193
Katja Sacher – Nicht atmen!	197
Nina Hornauer – Ein Traum von Mord	200
Jürgen Hayer – In der Eisspur	206
Yvonne Seitz – Klänge der Erinnerung	210
Cornelia Fröschl – Vollmond	214
Kirsten Bloem – Kammerflimmern	220
Philipp Reichert – Ich kann das nicht	224
Nina Hornauer – Salzwasserlippen	232
Die Autoren	236
Nachwort	240

Autorenverzeichnis alphabetisch

Kirsten **Bloem**	51, 102, 161, 220
Cornelia **Fröschl**	13, 92, 154, 214
Jürgen **Hayer**	72, 158, 206
Bettina **Heinzl**	24, 180
Nina **Hornauer**	40, 125, 200, 232
Christopher **Kaatz**	114
Sophie **Karlis**	38, 88, 151, 183
Hella **Lopez**	34, 79, 146, 188
Katharina **Offenborn**	84, 165
Phillipp **Reichert**	9, 133, 224
Katja **Sacher**	44, 108, 197
Yvonne **Seitz**	66, 210
Meike **Stewen**	29, 170
Marc **Van der Poel**	98
Claudia **Vieregge**	56, 129, 193
Ulrike **Weinhart**	19, 139, 175
Klaus **Westermann**	61

Muffensausen
Philipp Reichert

Karo und ich kriegen ein Kind. Sie ist einundzwanzig und ich zwanzig.
Wir stehen uns gegenüber in der Wohnung, die jetzt unsere sein soll. Ich komme gerade von meiner Zivi-Schicht im Krankenhaus.
„Das ist schon geil mit unserer Wohnung", sagt Karo.
„Porno ist das", sage ich.
Karo greift nach ihren Kippen. Sie ist größer als ich, über eins achtzig, obwohl sie seit ihrem zwölften Lebensjahr raucht, wie sie behauptet.
Ich sage nichts.
„Na sag's schon, Jens!", sagt sie, halb gereizt, halb amüsiert.
„Was soll ich machen? Dich die nächsten sechs Monate am Bett festbinden, damit du die Finger von den Dingern lässt?"
„Das wäre sehr unwirtschaftlich. Ich verdiene locker fünfhundert im Monat, bis zur Geburt sind das fast dreitausend. Elsi kommt auf die Welt mit dreitausend Mücken auf dem Konto."
Ich bin von diesen so unzweifelhaft dargestellten Möglichkeiten so verwirrt, dass ich den Pulli ausziehe und anfange, Trampolin zu springen. Unser Wohnzimmer ist schon der Hammer. Keine Tapete, kein Teppich, nur ein großes Sofa und ein Trampolin. Das Sofa gehört Karo, und das Trampolin gehört mir.
„Wie kommst du darauf, dass du im neunten Monat noch im Callcenter arbeiten kannst? Wie kommst du darauf, dass unser Kind Elsi heißen wird?" Ich springe um die eigene Achse.
„Ich krieg keinen Sohn, und notfalls kastrier ich ihn." Karo lacht ihr dreckigstes Lachen. Ich beschließe, die Geldfrage vorerst fallen zu lassen.
„Ja gut, aber warum Elsi? Ich meine, wieso nicht Emiliana oder Tokessa oder Meredith?"

„Und warum nicht Furz?", lacht sie und stößt mich mitten im Wendepunkt meines Sprungs. Zwei Zentimeter, schätze ich, und Furzens Vater wäre vom Hals abwärts gelähmt gewesen.

Danach gehen wir Pizza essen. Auf dem Weg laufen wir durch die Straßen und singen Lieder. Die Leute halten uns alle für verrückt, glaube ich.

Mit leichtem Ekel schaue ich auf Karos Sardellenpizza. Es riecht nach Putzmittel, in dem kleinen Fernseher oben in der Ecke läuft irgendeine Vorabendserie, die ich nicht kenne. Ich bin als gesundes Kind ohne Fernsehen aufgewachsen.

„Weißt du, heute bei der Arbeit", sagt sie und verschluckt sich nur deshalb nicht an ihrem riesigen Stück mit dem Tier darauf, weil sie Karo ist, die echte und einzige Karo. Ich liebe sie wie ein Blöder.

„Da ruft so ein Typ an und meint, das würde ihm jetzt reichen, niemand sei zuständig, bitte geben Sie mir mal den Geschäftsführer. Ich so:"

Karo gelingt in Sekundenschnelle der stimmliche Wechsel von Karo zu einer unserer freundlichen Mitarbeiterinnen:

„›Leider kann ich Ihnen den Geschäftsführer nicht geben, da Sie im Kundencenter angerufen haben und wir nicht in der Geschäftszentrale sind.‹

Und da fängt der an mich zu beleidigen und meint, so Gesocks wie mich hätte man früher nicht in Deutschland leben lassen. Finde ich total interessant, so was. Da müsste man eigentlich ne Studie drüber anfertigen. Faschismus in Callcentern."

„Wenn man auf deinen Monatslohn guckt, braucht man keine Studie."

„Ach, halt die Klappe! Es ist ein Job, okay?"

„Wenn du aufhören würdest zu rauchen, hätten wir Geld für Tapete und einen Teppichboden."

Es ist das vernünftigste Argument, das man sich denken kann. Ich sehe förmlich, wie der Pizzabäcker mir zustimmen will, während er seinen Teig knetet. Karo hingegen sagt:

„Jens. Rauchen ist eine Lebenseinstellung, kein bloßer Geldmagnet. Ich hab mir das alles ganz genau ausgerechnet. Spätestens einen Monat vor Elsi kommen uns Tapeten ins Haus."

„Und der Teppichboden?"

Karo hat wieder ein abartig großes Stück Pizza im Mund und antwortet unmissverständlich „Kommt noch!". Es ist der Wahnsinn.

„Du, jetzt hab ich Lust auf …"

„Schokolade?"

„Nein, ich will … kennst du diese riesigen rot-weißen Pfefferminzblöcke, die du im Supermarkt kaufen kannst? Die immer ganz unten im Regal liegen, unter den Erdnussflips."

„Pfefferminzbruch?"

„Genau so heißt das Zeug. Da hätte ich jetzt vielleicht Lust drauf, Berge aus Zucker und … Pfefferminz."

Zumindest gaukelt sie mir die Schwangerschaft nicht vor.

Später liegen wir zusammen im Bett. Keine Ikea-Schlafcouch, ein richtiges Bett mit einem Kopfende, einem Fußende und viel, viel Platz. Sie hat die Dreihundertgrammpackung tatsächlich leer gemacht.

Ich lege den Kopf auf ihren Bauch, um zu horchen. Wenn man genau aufpasst, hört man die Herzschläge unseres Kindes, die in meinen Ohren klingen wie die Sprungfedern des Trampolins.

„Oh, Jens, ich glaube, ich muss kotzen!"

„Was, jetzt?"

„Nein, morgen früh, du Idiot!" Sie geht in die Hocke und springt vom Bett auf den Boden, macht eine Rolle vorwärts, und als ich schon denke, einen Vorgeschmack auf das Verdauungssystem meines Nachkommen zu erleben, sagt Karo:

„Schon wieder vorbei."

„Bist du dir sicher?"

„Ja, alles in Ordnung. Jetzt hab ich schon wieder Hunger." Und schon stürzt sie sich auf mich und ich mich auf sie.

Nachts wache ich auf. Karo weint in ihr Kissen.
Ich nehme sie in den Arm.
Karo tut, als würde sie nicht weinen, sondern bloß schnarchen.
Ich will ihr Zeit geben, also sage ich kein Wort. Dann fängt sie an zu reden:
„Weißt du, ich bin gerade aufgewacht und mir fielen ganz viele Sachen ein, die ich noch machen will, bevor ich das Kind kriege. Ich meine, ich will das Kind! Aber ich will auch noch mit dir campen gehen und einmal mit Nina Hagen sprechen, und ich will das Haus meiner Tante streichen, und bald kommt das Kind, und ich glaub, ich pack es einfach nicht!"
Mit jedem Wort wird ihre Stimme höher und leiser, wie eine unaufhaltsame Lawine.
„Du wirst all das machen können."
„Das sagst du jetzt, und ich sage es ja auch immer wieder, ich kann die Anden besteigen, Kind huckepack, aber dann denke ich wieder, es geht doch nicht, und jedes Mal habe ich größere Angst, dass ich richtig liege. Man muss wickeln und stillen und impfen lassen und immer da sein und darf keine Rabenmutter sein, und du wirst sehen, nichts wird mehr gehen, wovon wir träumen. Scheiße, ich kann doch in Wirklichkeit gar keine Kinder großziehen. Ich kann nicht mal die Wohnung tapezieren."
„Ach, red nicht solchen Müll. Niemand könnte es besser als du."
„Laber doch nicht!", schreit sie. „Schau dich doch mal um, du hast ja recht, unsere Wohnung ist ein einziger Witz, und wir sagen immer, wir schaffen das schon, und am Ende kommen sie dann, mit dem Vorwurf Kindesverwahrlosung, und nehmen uns Elsi weg! Scheiße, ich hab solche Angst."
„Ich hab auch Angst. Aber ich hab doch dich. Und überhaupt nimmt mir kein Mensch meinen kleinen Emil weg."
Da ist es wieder, dieses Lächeln, das ich so sehr brauche. Wir halten uns fest.
„Morgen kaufen wir uns Tapeten", sagt Karo.

Don Giovanni
Cornelia Fröschl

Spätestens nach vier Wochen finde ich seine neueste Bekanntschaft vor. Frühmorgens, alleine, nachdem er abgerauscht ist. Ich zeige ihr die Espressokanne und die Butter im Kühlschrank.

Sie fragt mich aus:
„In welche Klasse gehst Du denn?"
Und dann, ich kann es auswendig:
„Dass Pascal so eine große Tochter hat!"
„Esther, was für ein toller Name!"

Sie ist nett zu mir, wie die meisten. Weil sie will, dass Paps nett zu ihr ist. Und dass er sie anruft: Sie gibt mir ihre Telefonnummer. Ich nicke und pinne den Zettel an die Korkwand mit Einkaufszetteln, Postkarten und den Telefonnummern der anderen.

Seit ich einen BH trage, haben seine Flittchen aufgehört, mir übers Haar zu streichen, wenigstens das. Ob ich gut in der Schule sei, wollte zuletzt eine wissen, blies Rauchkringel in die Luft und ließ ihren Blick schweifen. Am Staub auf dem Fensterbrett blieb er hängen. „Hier fehlt die Hand einer Frau", stellte sie fest und bot an, das Fenster zu putzen. Ich ließ sie gewähren, auch als sie sich den Herd vornahm und dann noch Wohnzimmer und Bad. Ich lehnte im Türrahmen und studierte ihre Bewegungen, ihre kräftigen Hände, die den Putzlappen ins Wasser tauchten, ihren pink geschminkten Mund, als sie versprach, die leeren Flaschen mitzunehmen, die neben dem Kühlschrank standen; lauschte ihren entschlossenen Schritten auf der Treppe.

Manchmal, wenn Paps vor dem Garderobenspiegel seinen rotbraunen Pferdeschwanz bündelt, die randlose Brille mit seinen schmalen Händen gerade rückt und mich anlächelt, dann ahne ich, warum er den Frauen gefällt. Seine schlanke Figur in Jeans, das rote Cordhemd – Angi, meine beste Freundin, hätte ihn für 30 gehalten. Trotzdem: Er ist 43, Musiklehrer. Ich finde, er sieht auch so aus!

Dienstags spielt er im Orchester, donnerstagabends ist er im Fitnesscenter, aber auch an anderen Tagen kommt er oft spät. Meist liege ich schon im Bett, und eines Morgens begegne ich wieder einer Fremden in der Küche, die Milch für Cappuccino aufschäumt.
„Hallo, ich bin die Renate. Ich kenne Deinen Papa", sagt sie.
„Klar", sage ich. „Gehst Du zuerst ins Bad oder ich?"

Mama lebt seit drei Jahren mit Peter zusammen, dem sie leid tat. Ich bin ein Ausrutscher und tue niemandem leid. Mama war früher Opersängerin. Als ich klein war, hat sie mich manchmal zu Proben mitgenommen. Aber dann hat sie den Beruf aufgeben müssen. Wegen mir, behauptet sie. Als sie mich fragten, wollte ich bei Papa wohnen, frei sein. Papa hat genickt: „Es ist einfacher, wenn du bei mir lebst."

War es Irina, die ihr Kosmetiktäschchen vor dem Spiegel vergaß? Nachdem ich zwei Tage lang mit dickem Wangenrouge, tiefblauen Augenlidern und lila Lippen herumgelaufen war, habe ich es weggeworfen.

Nie habe ich eine der Frauen wiedergesehen. Wo Papa sie abschleppt, wollte Mama anfangs noch wissen. „Mir egal", habe ich gesagt. Seit Papa zahlt, hat sie aufgegeben, nach ihnen zu fragen.
Ich bin froh darüber. Jetzt redet sie mit Paps über Geld, mit mir über meine Klamotten und Ohrstecker. „Kind, so wird dich keiner verstehen", seufzt sie über meine Aussprache. An den Wochenenden

traktiert sie mich mit Sprechübungen.

„Mein Meister freit ein reizend Weib", sagt sie breit.

„Bald bebt in Purpur die blonde Braut, bunt blühen Blaublümelein am Boden", spreche ich ihr nach.

„Sprich langsam", korrigiert sie mich. „Betone jede Silbe!"

„Pa - pa ist nicht zu - hau - se", betone ich jede Silbe zu Uli, Rita oder Sabine am Telefon. Mal notiere ich eine Nummer auf einen Zettel, einfach so, und schreibe Namen darauf: Zerlina, Donna Elvira und Donna Anna bitte zurückrufen. Paps ruft niemals zurück.

„Hör mal", sagte er am Dienstag zu mir. „Ich bin wieder mit einer Frau zusammen."

„O.K." Ich zuckte mit den Schultern.

„Ich fände es schön, wenn ihr euch kennenlernt."

Seine Worte schwebten vorüber, ohne dass ich ihren Sinn erfasste. In meinem Kopf tanzte ein Chor von Frauen, die sich an Händen hielten. „Welche ist es denn?"

Paps wurde tatsächlich ein bisschen rot. „Du kennst sie noch nicht."

Er rückte seine Armbanduhr zurecht. Ich starrte auf seine Füße. Manchmal, wenn er spricht, wackelt er mit den Zehen. Was mich oft ablenkt. Nun standen beide Füße ruhig auf dem Teppich.

„Ich habe Claudia für Sonntag zum Essen eingeladen."

Jetzt klatschten seine Worte an meinen Kopf wie Bälle. Sonntag? Niemals! Die Sonntage gehören mir! Ich darf mir wünschen, was ich essen will. Papa bindet ein Geschirrtuch als Schürze vor und kocht Cannelloni mit Ricotta und Tomaten oder Mascarpone-Penne mit Schinken. Ich sitze auf der Küchenbank und blättere in einer Zeitschrift. Ab und zu lese ich ihm vor, er lacht. Mit rot erhitztem Gesicht spielt er den galanten Kellner, serviert das Essen mit angelegtem Arm auf dem Rücken. Manchmal, im

Winter, zünden wir Kerzen an. Papa spielt „Lemon tree" oder andere Oldies, die mir gefallen, auf dem Klavier. Oder wir schauen Titanic und Yellow Submarine auf DVD.

„No!", sagte ich mit fester Stimme zu Don Giovanni kurz vor seinem Abgang in die Hölle. „Der Sonntag ist heilig."
„Sì", sagte Paps in tiefem Bass.

Am Sonntag rief eine Heike Schmidt an. Sie blieb hartnäckig. Ob sie später noch mal anrufen könnte?
Papa sang unter der Dusche.
„Nein!", sagte ich.

„Wer hat angerufen?", fragte Paps.
„Niemand für Dich."
Ich log. Weil Sonntag war.

Claudia hatte dunkle schulterlange Haare, glatt, gestuft. Mama und ich sind blond. Sie schaute mich mit großen, ungeschminkten Augen an, ihre Zähne waren weiß wie aus einem Magazin. Als sie mir die Hand gab, lachte sie breit. Ich schmal, wegen meiner Spange. Sie trug einen farbigen Schal über der Jacke und Jeans. Wahrscheinlich machte sie auf jung.

Sie setzte sich auf den Stuhl neben Papa, beide mir gegenüber. Vor Jahren hat Mama dort gesessen. Besser, der Stuhl bliebe leer.

Paps hatte gekocht – die grünen Tagliatelle mit Lachssoße hatten dieselbe Farbe wie Claudias kurze Jacke.

Dass Papa ihr jetzt, während er servierte, lange in die Augen sah, trieb mir das Blut in den Kopf.

Ich ballte die Hände unter dem Tisch.

„Es ist Esthers Lieblingsessen", sagte Paps, als sie das Essen lobte.
„Und Mamas!", ergänzte ich.

„Kocht Deine Mutter auch gern?", fragte sie mich.
„Weiß ich nicht!" Das ging sie nichts an.
„Es schmeckt hervorragend, Pascal", fand Claudia.
Ich versuchte, einen Bissen zu essen, aber es gelang mir nicht. Ich kaute auf den Nudeln wie auf einem Stück Gummi, schluckte, würgte. Ich schob den Teller von mir.
Paps bemerkte mich nicht. Er lächelte Claudia an, als sie die Gabel in die Nudeln stach; lächelte idiotisch, als sie die Gabel in den Mund führte und strahlte, als sie die nächste Gabel aufnahm.

„Vorhin hat noch jemand angerufen", warf ich ein, „Heike oder so. Wollte unbedingt Deine Handynummer!"
Paps stutzte, sein Dauerlächeln verschwand: „Ah, ach so, die neue Referendarin! Noch ein bisschen Soße, Esther?"

„Du spielst doch sicher ein Instrument", versuchte es Claudia erneut. „Als Tochter eines Musiklehrers!"
„Ja."
„Esther spielt Klavier und Querflöte", half Paps aus.
„Wie schön!", fand Claudia.
Ich sagte nichts.
„Ich habe als Kind auch Flöte gespielt", sagte Claudia.
„Oh?" Paps lächelte schon wieder.

„Was ist schlimmer als eine Flöte?", fragte ich und blickte direkt in Claudias Glubschaugen.
„Esther!", rief Paps laut.
„Wieso?" Claudia lachte. „Ist doch klar: zwei Flöten!" Sie zwinkerte mir zu, und widerwillig verzog ich mein Gesicht zu einem Grinsen.

„Und", wagte ich mich jetzt vor – „wie bringt man zwei Flöten dazu, unisono zu spielen?"

Mit hochgezogenen Augenbrauen schaute Paps zwischen uns hin und her. Claudia schüttelte den Kopf.

„Eine erschießen!" Ich triumphierte.

Claudia sah zu Paps hin, der sich hastig erhob, dann blickte sie mich an. Ich hielt ihren Augen stand, vermied es, zu blinzeln.

„Einverstanden!", sagte sie dann und zog die Augen zu einem Schlitz zusammen. "Und welche?"

„Moment mal!", kam es von der Küche. Wir schauten beide auf Paps.

Der eilte herbei, mit Himbeersorbet auf dem Tablett. Er legte einen Arm auf den Rücken und verbeugte sich vor uns: „Darf ich den Damen servieren, bevor mich die Hölle verschlingt?"

Arteria Carotis
Ulrike Weinhart

Vor ihrer Ankunft habe ich das Behandlungszimmer aufgeräumt und gelüftet. Die Körpergerüche verschwinden mit den gebrauchten Handtüchern in der Wäscheklappe. Hunderte von Gerüchen fallen am Tag in den Keller, landen vor den Waschmaschinen, werden mit Tausenden von Litern Wasser vermengt und aus dem Haus gespült.

Als Sergej fort war, habe ich gebadet. Vier-, fünfmal am Tag, manchmal dazwischen noch geduscht. Mich mit Seife eingerieben, mit der Bürste abgeschrubbt, mit Deo parfümiert. Sein Geruch ist geblieben. Hat sich festgesetzt, sich in meine Riechschleimhaut eingeätzt, in meinem Langzeitgedächtnis abgespeichert. Für immer. Und ewig. Bis dass der Tod euch scheidet.

Jetzt riecht mein Raum nach ihm, nach ihr und ihm. Sie trägt seinen Geruch mit derselben Selbstverständlichkeit wie ich meine Arbeitskleidung. Ihr Parfüm kaschiert ihn nicht, im Gegenteil, es hebt seinen Duft hervor.

„Zuerst bitte in Bauchlage."

Fast nackt liegt sie vor mir, nur ein weinroter String verläuft zwischen ihren Pobacken. Schlank, der Rücken schwach bemuskelt, der Deltoideus verspannt – eindeutige Zeichen sitzender Tätigkeit. Das dunkle Haar hat sie hochgesteckt, die Haaransätze sind grau. Die Haut am Rücken ist vierzig und die Krümmung ihrer Brustwirbelsäule zu wenig ausgeprägt. Bestimmt hat sie oft Kopfschmerzen.

Ich kann in meine Kunden hineinsehen, in alle, Männer wie Frauen. Bis in ihr Innerstes. Die Haut ist nur eine dünne, durchsichtige Oberfläche, die mehr zeigt als verbirgt. Die Schichten darunter, die Muskeln, Sehnen, Bänder und Knochen, erzählen mir die wahren Geschichten. Geschichten, die grundverschieden sind von denen, die aus entspannten Mündern tropfen und wie träge Rinnsale durch den Raum fließen.

„Meine neue Beziehung ist ein wahrer Jungbrunnen. Selten war ich so entspannt", schnurrt die Stimme aus der Armbeuge hervor. Ich spüre die winzigen Intercostalmuskeln zwischen den Rippen vibrieren und ihre Worte Lügen strafen.

„Ja", sage ich nur, und nicht mehr, weil sie keine Antwort darauf möchte.

Dabei beschreiben meine Hände weite Bögen von den Rippen zur Wirbelsäule und zurück.

Mehr Öl. Die Haut saugt gierig. Das ist so, wenn sie älter wird.

„Liegen Sie bequem?"

Es gibt ehrliche Körperteile und welche, die lügen. Beine und Füße, zum Beispiel, sagen die Wahrheit. Die wenigsten meiner Kunden denken daran, die Haut an den Knöcheln zu pflegen, die Fußsohlen zu cremen und zu massieren. Die Füße geben ihr Alter preis, und die Beine verraten mir die Vergangenheit der Menschen, die vor mir auf dem Tisch liegen. Der Wadenmuskel, gehalten von der kräftigen Achillessehne, speichert jeden Schritt, den sie jemals vollzogen haben. Er erzählt mir, in welchem Schuhwerk sie laufen oder wie lange ihre letzte Wanderung her ist, ob sie noch hinter dem wegfahrenden Bus herjagen oder gemächlich nach dem nächsten Taxi rufen. Mit den Daumen beider Hände trenne ich kreisend die beide Muskelstränge und dringe dazwischen in die Tiefe. Meine Daumen sind meine stärksten Finger. Viel kräftiger als die anderer Menschen. Mit nachhaltigem Druck massiere ich Ovale auf ihre Wadenmuskeln, löse Verkrampfungen und Verklebungen und lasse das Blut wieder strömen. Das transportiert Milchsäure ab und macht die Muskeln wieder sauber. Damit sie klaglos einen weiteren Abend in Stöckelschuhen überstehen.

Bei Gesichtern dagegen bin ich vorsichtig. Gesichter lügen. Alles in einem Gesicht gehört zu einem Team professioneller Lügner. Allen voran die Münder mit ihrem geschäftsmäßigen Lächeln und den wohlfeilen Worten, vom Verstand regiert, der Situation angepasst. Münder sagen solche Dinge wie ‚Marion, ich habe jemanden kennengelernt. Mit uns, das war doch schon lange nichts mehr, das weißt du selbst.' Münder lächeln an Stellen, an denen sie schreien sollten; reden, wo sie schweigen sollten. Oder schreien, wenn schon längst niemand mehr zuhört, die Worte an der Küchenwand zerschellen und das Echo in den Ohren schmerzt. Verstummen gar zur Gänze, wenn Worte noch Schmerz lindern könnten. Worte sind Knetmasse, die messerscharfe Kanten unter ebener, geschmeidiger Oberfläche verbirgt. Rund und glatt. Sogar die Haut im Gesicht verbirgt ihren wahren Charakter. Gecremt und gepflegt täuscht sie den Betrachter, verbirgt sowohl das wahre Alter als auch den kostbaren Schatz der Erfahrungen unter der Maske von unverdorbener Jugend. Lockt und reizt. Komm zu mir, mein Süßer. Katapultiert ihre Trägerinnen ins atemlose Geschehen der Balz zurück und erlaubt ihnen, noch eine Runde mitzuspielen. Bis auch sie ausgetauscht werden.

Und Augen? Augen lügen ebenfalls. Auch in der Nacht bevor Sergej fortging, haben seine mich belogen.

„Würden Sie sich bitte umdrehen?"

Brüste sehe ich mir gerne an. Nichts an Frauen ist unterschiedlicher als ihre Brüste. All die unterschiedlich großen, hellen, beigen oder mahagonifarbenen Höfe mit verschieden geformten Brustwarzen, die sich aufstellen, sich meiner Hand entgegenrecken, auch wenn ich die Brüste nicht berühre. Niemals berühre. Am Brustansatz, da wo der Pectoralis unter dem Drüsengewebe verschwindet, ist Schluss. Die Brüste der Frau, die vor mir liegt, sind klein, jungmädchenhaft, der Hof fast unsichtbar, von einem zarten Rosa.

Manchmal massiere ich vor dem Spiegel meine eigenen Brüste, knete sie und spüre Sergejs Hände auf ihnen. Wenn er im Schlafzimmer hinter mich getreten ist. Meine Brüste sind schwer, ihre Haut glatt, die Rundung perfekt.

Warum die andere? Warum sie?

„Der Duft? Das ist Sandelholz, das löst Anspannungen und macht sinnlich."

„Guten Tag, Frau ... Lyden", habe ich gesagt und auf den Belegplan in meiner Hand gestarrt. Da stand ihr Name, den ganzen Tag schon. Sybille Lyden. Wieso las ich ihn erst jetzt?

„Ich heiße Marion. Hier drüben können Sie ablegen. Ich bin in einer Minute bei Ihnen."

Die Luft im Raum ist mir schlagartig zu dünn geworden, als sie das Behandlungszimmer betreten hat. Ich bin auf den Flur geflohen, dann zur Toilette. Aus dem Spiegel starrte mich eine kurzhaarige, schlanke Frau an, mit fleckig-geröteten Wangen und unsicherem Blick. Aus tief liegenden Augen in einem alten Gesicht.

Mir ist übel.

Ich stehe hinter ihrem Kopf, atme tief durch, so leise, dass sie es nicht hören kann. Wie eine Leiche liegt sie vor mir, aufgebahrt, die Augen geschlossen und die Arme an den Körper angelegt. Ich beginne die Kopfbehandlung an den Ohren. Kreise sanft mit den Spitzen der Mittelfinger an den Seiten des Halses hinab, geführt vom Schädelknochen, dann von der Wirbelsäule. In der kleinen Kuhle zwischen Hals und Schlüsselbein haben Menschen die zarteste Haut am ganzen Körper. Auch die Männer. Ich lege drei Finger in jede Mulde, spüre dem Herzschlag nach – ruhige, kräftige, gleichmäßige Schläge. Die Halsschlagader. Arteria Carotis, ein pulsierender, dünnwandiger Schlauch. Durch sie strömt alles Blut zum Hirn. Die große Arterie liegt ganz nahe unter der Hautoberfläche. Bei Verengung oder Totalverschluss kommt es zur Minderversorgung des Gehirns mit Sauerstoff und zum Absterben nachgeschalteter Hirnregionen. Länger andauernder Gefäßverschluss führt zum Tode. Schlaganfall. Rund ein Viertel bis die Hälfte aller Schlaganfälle werden durch Verengung der Halsschlagader verursacht.

Sind wir uns überhaupt bewusst, wie nahe wir täglich am Tod vorbeikommen oder der Tod an uns? Er liegt neben uns im Bett, wenn wir lieben, sitzt mit uns am Esstisch. Wer weiß schon, dass es tödlich ist, destilliertes Wasser zu trinken, weil die Körperzellen einfach platzen, wenn der Salzhaushalt aus dem Gleichgewicht kommt. Dass man nach dem Verzehr von nur vier Gramm Muskatnuss sterben kann. Wer denkt schon daran, dass sich der Tod aus dem eigenen Körper anschleichen kann. Wie Krebs. Oder wie Kummer. Oder schnell von außen kommen kann. Ein Verkehrsunfall. Oder ein Schlaganfall. Ganz plötzlich. Und jede Hilfe käme zu spät.

Und sie liegt hier, der Puls ganz ruhig und entspannt sich unter meinen Händen.

„In zwei Wochen dann wieder? Machen Sie einen Termin an der Rezeption."

Homo sapiens im Ausverkauf
Bettina Heinzl

Von Weitem schon sehe ich eine beachtliche Anzahl der Spezies vor dem Kaufhaus-Eingang stehen. Die Vorfreude auf das Beobachten instinktiver Gebärden, die sich in Millionen von Jahren kaum verändert haben, schickt mir prickelnde Schauer über den Rücken, und ein süßer Schwindel erfasst mich, sodass ich mich einen Moment an einer Hauswand abstützen muss.

Zu hastig war mein Aufbruch von zu Hause. Ich habe nicht gefrühstückt, nur einen Schluck Kaffee hinuntergestürzt, den Mantel vom Haken und Notizblock und Stift von der Kommode gerafft, um die Gelegenheit auf „die Erforschung des Homo sapiens im Beuteverhalten" nicht zu verpassen.

Ich wische mir mit dem Ärmel über die Stirn und schaue auf die gegenüberliegende Straßenseite.

„Winterschlussverkauf – Alles reduziert!", prangt in Riesenbuchstaben an den Schaufenstern. Die Türen sind noch geschlossen.

Menschen benehmen sich in Stresssituationen keineswegs anders als Tiere, sinniere ich. Triebhaft und eigennützig. Vor meinem Auge ziehen Horden von Schnäppchenjägern vorbei, die heroisch an Wühltischen kämpfen. Ich muss lächeln. Als intellektueller Mensch, der um seine Naturtriebe weiß, kann ich mein Verhalten wenigstens analysieren und kontrollieren!

Als ich näher komme, sehe ich, dass sich einige Weibchen mittleren Alters, mit feistem Nacken und stabilen Beinen, im Rudel zusammengeschlossen und an vorderster Front platziert haben. Halbwüchsige versuchen gelegentlich, nach vorne zu drängen. Aber geradezu lächerlich scheint mir ihr Unternehmen. Die erfahrenen Weibchen schicken nur einen warnenden Blick aus zu Schlitzen zusammengepressten Augen – und das Heranwachsende trollt sich wieder an den Platz, der ihm gebührt. Ein paar rappeldürre Jungtiere lungern am Rand und kicken Kieselsteine gegen Blechdosen.

Wie wird ein Alpha-Weibchen reagieren, wenn ein Alpha-Männchen – wie ich – hinzukommt? Die Frage brodelt in mir, und vor Aufregung bekomme ich nasse Achseln.

Ich schiebe mich an einigen Jungtieren vorbei, nehme amüsiert zur Kenntnis, dass sie unterwürfig zurückweichen. Als ich mich fast auf gleicher Höhe mit einem besonders imposanten Alpha-Exemplar befinde, zeigt es die Zähne, starrt mir böse in die Augen und schiebt mich mit einem derben Hüftschwung nach hinten.

Aha! Das Recht des Stärkeren! Schnell kritzele ich einige Anmerkungen auf meinen Block.

Ich stutze – birgt der Hüftschwung womöglich eine sexuelle Komponente in sich?

Will das Weibchen, dem ich der Einfachheit halber den Namen Dora gebe, damit auf sich aufmerksam machen?

Ich schnuppere an ihrem Nacken, um herauszufinden, ob die Duftsekrete auf Paarungsstimmung hindeuten. Berauschende Pheromone stürmen in meine Riechzellen. Wild und urwüchsig.

„Sind Sie verrückt? Machen Sie, dass Sie wegkommen", bellt Dora und rammt mir den Ellbogen in die Rippen. Ich sacke etwas zusammen, komme mit dem Kinn auf ihrer Schulter zu liegen, bekomme abermals einen Stoß, der mich einen halben Meter zurückkatapultiert. Das ist in etwa der Abstand, den Homo sapiens nicht als Bedrohung empfindet.

Ich beschließe, mit Dora in die verbale Kommunikation zu treten.

Um die Grenzen Doras Territoriums nicht zu verletzen, bleiben meine Füße stehen, wo sie sind, den Oberkörper aber beuge ich weit nach vorne.

„Welche Eigenschaften muss ein Männchen vorweisen, um von Ihnen auserwählt zu werden?", flüstere ich ihr ins Ohr." Sie dreht den Kopf, schaut mich mit bernsteinfarbenen Augen an und bleibt stumm. „Die Triebe des Menschen sind mein Metier", sage ich. „Lassen Sie mich an Ihren teilhaben."

„Perversling!" Sie hebt den Arm und schlägt mir ihre Handtasche um den Kopf.

Was für ein Prachtstück!

Endlich öffnen sich die automatischen Türen. Mit der wogenden Herde werde ich hineingespült in den Dschungel der Begierde, und ich habe Mühe, mich auf den Beinen zu halten. Trotzdem gelingt es mir, Dora nicht aus den Augen zu verlieren. Zielstrebig und kraftvoll stürmt sie auf einen der Wühltische zu. Die Jungtiere irren orientierungslos durch die Gänge.

Aus einiger Entfernung beobachte ich das Rudel. Ich möchte mich nicht mehr einmischen und das Gefüge stören.

Dora hat den von ihr auserkorenen Tisch völlig unter Kontrolle.

Als Jungtiere sich nähern, spreizt sie die Ellenbogen nach außen und knurrt.

Ich notiere: Beuteverhalten, Futterneid, mangelndes soziales Bewusstsein gegenüber Rangniedrigeren!

Meine Augen streifen das Schild über dem Wühltisch: „Socken – 0,59 Euro!"

Ich könnte neue Socken brauchen.

Trotz meiner Studie sollen so wichtige Dinge wie ordentliche Unterwäsche nicht völlig außer Acht bleiben. Und da ich schon mal hier bin ...

Von einer strategisch günstigen Stelle aus pirsche ich mich an Dora heran. Sie ist sicher bereits vertraut mit mir und wird mich akzeptieren.

Dora akzeptiert mich nicht! Sie stößt mir wiederum ihren kräftig entwickelten Ellbogen gegen den Brustkorb.
Der Rüffel spornt mich an. Dora hat noch nicht gemerkt, dass ich ein Alpha-Männchen bin.
Ich verlagere meinen Oberkörper in die Neun-Uhr-Position, strecke den Arm an Dora vorbei zum Wühltisch, bis meine Sehnen Alarm auslösen und ich kurz an ihrer Hüfte Halt suchen muss.
Es bestätigt sich, dass Alpha-Weibchen in Bedrängnis unberechenbar sind.
„Sie schon wieder? Warum schleichen Sie dauernd hinter mir her? Sehen Sie nicht, dass es an diesem Tisch nur Damensocken gibt?"
Dora greift sich eine Handvoll Strümpfe und zieht sie mir durchs Gesicht. Eine Klammer, mit der die Socken paarweise zusammengehalten sind, sticht in meine Nase und lässt mich vor Schmerz aufheulen.
Angeschlagen ziehe ich mich erst einmal zurück.

Vielleicht kann ich Doras feiner Witterung entgehen, wenn ich auf allen Vieren heranschleiche. Ich lasse mich nieder, krieche zwischen den vielen Beinpaaren umher und nähere mich Doras Tisch.
Eine Hand packt meinen Mantelkragen, zerrt ihn hoch und rüttelt daran.
„Kann mal jemand diesen Irren hier rausschmeißen?"
Natürlich weiß Dora, was in ihrem Revier vor sich geht.
„Ich wollte nur ein paar Socken haben", winsele ich, reiße mich los und bringe mich unter einem Blusenständer in Sicherheit.

Enttäuscht schaue ich hinüber zu Dora, die tief über den Tisch gebeugt herumwühlt. Ihr rötliches, glänzendes Fell kringelt sich um die Schultern.

An ihrem Arm hängt ein Plastikkörbchen, prall gefüllt mit meinen Socken.

Mein Jagdtrieb bricht vollends durch, und Adrenalin hilft meine letzten Kräfte zu mobilisieren.

Ich presche voran, meine Hand grapscht in den Korb und, noch ehe Dora es bemerkt, flüchte ich zum Ausgang.

In einer Schaufensterscheibe schaue ich meinem Spiegelbild in die geröteten Augen. Meine unrasierten Wangen blicken mir rußig und eingefallen entgegen.

Unter dem zerknautschten Trenchcoat blitzt gestreifte Pyjamaseide hervor. Ein Knopf baumelt lose an einem langen Faden. Aus der Manteltasche lugen pastellfarbene Sockenbündchen heraus. Auf meiner Nase schwillt ein blutiger Kratzer.

Dora, du Unvergleichliche.

Ein älteres Weibchen drückt mir einen Euro in die Hand.

Live ist nicht immer lustig
Meike Stewen

Kaltz gibt ab an Breitner, Breitner an Magath, Magath an Littbarski. Und wenn man etwas wirklich will, ja dann kriegt man es vielleicht sogar. Der Toni steht im Tor und will halt einfach nur gewinnen. Ihm läuft jetzt schon die Soße, in Spanien ist es heißer als hier.
„Wie steht's?", fragt Papa.
„Immer noch eins-eins", sage ich in den Hörer. „Aber die Franzosen sind ziemlich gut. Wann kommst du?"
„Ich fahre sofort los."
Ich drücke die Glastür zum Flur in den kaputten Rahmen und setze mich wieder in den Fernsehsessel. Halbfinale: Es ist Nacht in Sevilla. Der Toni trägt Vokuhila und Pornobalken, acht Jahre schlechten Geschmacks hat Deutschland noch vor sich. Helmut Schmidt ist Kanzler, aber nicht mehr lange. Was für ein Scheißjahrzehnt zum Pubertieren.
„Dein Abendbrot kann ich dann wohl wegräumen", sagt Mama.
„Wie?", sage ich. „Jaja, mach ruhig."
Man muss die Franzosen früh angreifen, sie dürfen nicht bis zum Strafraum kommen. Aber Magath lässt sie immer wieder durch.
„Magath spielt ohne Selbstvertrauen", sagt der Kommentator, und ich frage mich, ob man wirklich besser spielt, wenn man glaubt, dass man alles richtig macht. Dass irgendwie alles gut wird.
„Wenn das vorbei ist, gehst du aber gleich ins Bett", sagt Mama, die Papas unbenutzten Teller einfach mit wegräumt.
„Pscht", mache ich.
Im Fernsehen pfeift der holländische Schiedsrichter Abseits.
Nach der Halbzeitpause ist Papa immer noch nicht da und

Magath immer noch auf dem Platz. Dafür läuft sich bei den Franzosen ein neuer Spieler warm, Battiston. Und Battiston ist jemand mit Selbstvertrauen, das sieht man gleich. Er stürmt los, schießt weit an Tonis Tor vorbei, aber was soll's, dann trifft er vielleicht beim nächsten Mal. So geht das doch mit dem Selbstvertrauen.

„Es scheint, als wären die Franzosen frischer aus den Kabinen gekommen als die Deutschen", sagt der Kommentator. Es scheint, als wären sie alle voller Selbstvertrauen. Sie tanzen, die Franzosen, und Platini tanzt ein Solo durch die deutsche Abwehr hindurch. Der Ball fliegt durch die Luft und findet wieder zu Battiston.

„Ein wunderbarer Pass!" schwärmt der Kommentator, der in diesem Moment nicht mehr für Deutschland ist, sondern einfach für das Schöne.

Battiston schießt, und die Kamera schwenkt weg von ihm zum Tor, in dem kein Toni mehr steht, doch auch diesmal geht der Ball vorbei. Jede Menge Selbstvertrauen hat er, der Battiston, aber einfach kein Glück.

„Jeijeijei – welch ein Pass!" ruft der Kommentator. Selbst als das Bild längst gewechselt hat, träumt er noch von Platinis geflügeltem Ball.

Vor der Kamera liegt jetzt ein französischer Spieler im Gras, das Gesicht abgewandt, den linken Arm in die Luft gestreckt. Ganz langsam sinkt der Arm zu Boden. Dann geht ein Scheibenwischer über das Bild und zeigt, wie alles war. Erst beim dritten Mal sehe ich es richtig: den Ball, der auf das Tor zufliegt, und den Toni, der auf den Battiston zufliegt.

„Ein halber Meter am Tor vorbei!", ruft der Kommentator, aber der Toni hat den Battiston nicht verfehlt. Mit dem Hintern zuerst hat er ihn getroffen, dass der Kopf zur Seite geknickt und der Battiston auf den Rasen gefallen ist wie ein nasses Handtuch.

Das ist live, sagt Papa immer. Da kann einer mitten im Spiel auf den Platz strullen, und die zeigen das dann im Fernsehen. Aber jetzt liegt da jemand im Gras und steht nicht mehr auf und bewegt sich auch nicht mehr. Live ist nicht immer lustig.

Um Battiston herum wächst ein Zaun aus Fußballerwaden, aus vielen französischen und einigen deutschen. Nur der Toni, der steht wieder im Tor, kaut Kaugummi und schiebt den Ball hin und her. Bis zwei Männer mit einer Trage kommen und den Battiston wegnehmen vom Feld. Da kann es dann weitergehen.

Es gibt Abstoß vom Tor, und die Zuschauer pfeifen. Sie pfeifen laut und lange, während die Deutschen sich den Ball zuschieben, und am lautesten pfeifen sie, als der Ball beim Toni landet. Dem Toni läuft die Soße, 33 reguläre Spielminuten hat er noch vor sich und mehrere Jahrzehnte seines Lebens. Da kann der Toni zum Battiston sagen: Lass uns das alles vergessen, ja? Und der Battiston kann noch so oft Ja sagen, es ändert doch nichts. Der Toni ist auf MAZ gebannt, wie sein Arsch da durch die Luft segelt, bis er dem Battiston den Kopf wegschlägt. In Millionen von Haushalten segelt Tonis Arsch jetzt durch die Luft, immer wieder. Geht der Battiston zu Boden, immer wieder.

Das hätte man sich eben vorher überlegen müssen.

Das Telefon klingelt. Wer ruft denn jetzt bitte an? „Mama! Telefon!"

Erst nach dem dritten Klingeln legt Mama ihr Buch auf den Esstisch, um dann quer durchs Wohnzimmer zu schlurfen. Während sie telefoniert, lässt sie die Glastür einfach offen. Das macht aber nichts, Mama sagt gar nicht viel. Sie sagt: Ja? Und sie sagt: Ach so. Und im Fernsehen pfeifen eh nur die Zuschauer.

Mama legt den Hörer auf und stellt sich in den Türrahmen.

„Der Papa hatte einen Autounfall." Sie sagt das ganz gelassen, und ich weiß erst nicht, ob der Papa vielleicht gar nicht tot ist oder ob sie das bloß einfach nicht so schlimm findet. Dann sagt Mama gar nichts mehr, und Littbarski gibt ab an Fischer gibt ab an Breitner gibt ab an Briegel, und Briegel schießt dem Torwart den Ball in die Arme.

„Es ist hier um die Ecke passiert, an der Kreuzung beim Ententeich", sagt Mama schließlich.

„Und – das Auto?"
„Ist hinüber. Totalschaden."
Hrubesch kommt rein für Magath. Die beiden Hamburger Spieler geben sich die Hand: der große blonde und der kleine dunkle ohne Selbstvertrauen.
„Na ja, er kommt dann jetzt gleich", sagt Mama.
„Zu Fuß?", frage ich. „Kommt Papa – zu Fuß?"
„Ja, klar", sagt Mama. „Natürlich zu Fuß. Ist doch nicht weit."
Sie drückt die Glastür zurück in den zersplitterten Türrahmen, den hat sie auch kaputtgemacht. Früher oder später geht alles kaputt.
Der Nächste, der die Glastür öffnet, ist Papa. Papa kommt rein für Mama, die jetzt ins Bett geht.
„Ja – hallo, Papa", sage ich und sehe seinen Kopf an, seinen Körper in Schlips und Anzug, seine Arme, seine Beine: eins, zwei, drei, vier. In Tränen bricht man aus, wenn jemand aus einem Wrack geschnitten wird oder aus dem Koma erwacht. Diese ewige Heulerei immer.
„Mein schönes Auto", sagt Papa und setzt sich in den Sessel, den ich ihm geräumt habe. „Wie steht's?"
Es steht 3:1 für Frankreich, die Verlängerung läuft. Zwanzig Minuten noch, aber es ist jetzt schon aus. Es tut mir leid, will ich sagen, als hätte ich Schuld an den beiden Toren, die irgendjemand dem Toni eben in den Kasten geballert hat. Zack-zack, die haben gesessen.
„Oje", sagt Papa. „Das war's dann wohl."
„Ja, das war's dann wohl."
„Ist das da drüben nicht Rummenigge?"
Es ist tatsächlich Rummenigge. Er ist verletzt, aber der Derwall hat ihn trotzdem eingewechselt. Und Stielike gibt ab an Littbarski gibt ab an Rummenigge, und Rummenigge schießt das 2:3 für Deutschland. Auf einmal ist alles gut; ein paar Minuten später zaubert Fischer das schönste Tor der ganzen WM, einfach per Fallrückzieher über Kopf ins Netz. So viel Selbst-

vertrauen und so viel Glück.

„Tor!", schreit Papa. „Wow! Hast du das gesehen? Wahnsinn! Jetzt ist wieder alles drin. Ist das nicht ein irres Spiel?"

„Ja", sage ich.

„Pass mal auf", sagt Papa. „Gleich gibt es Elfmeterschießen. Da kommt es auf den Toni an. Der Toni ist ein Spitzentorwart."

Zwei Elfmeter hält er, der Toni. Da macht es gar nichts, dass der Stielike auch kein Selbstvertrauen hat und seinen verschießt. Der Toni hat zwei Bälle gehalten, und Deutschland ist im Finale. Der Rest bleibt unser Geheimnis, Tonis und meins, denke ich. Solange es geht. Man muss ja nicht immer gleich alles kaputtmachen.

Es war Nacht in Sevilla, hier in Hamburg auch. Von Papa weiß ich, was Abseits bedeutet und dass sich hinterher doch immer alles rächt. Gegen Italien hatte Deutschland keine Chance im Endspiel. Der Toni stand wieder im Tor und hat drei Bälle kassiert. Der Papa hat ein neues Auto bekommen und der Battiston zwei neue Zähne. Kohl ist Kanzler geworden, Mama ins Gästezimmer gezogen, es gab Dallas Denver Schulterpolster Tschernobyl Wettrüsten. Was für ein Scheißjahrzehnt zum Pubertieren.

Nur keine Panik
Hella Lopez

„Sie suchen also einen Mann?"

Die Partnervermittlerin im Sessel gegenüber blickte mich durchdringend an. Ich lehnte mich zurück, schlug ein Bein über das andere und versteckte meine Hände unter den Armen. Für meinen Geschmack hätte sie das leiser sagen können. Ich musste mich räuspern und brachte schließlich hervor: „Ich will es einfach noch mal probieren." Dabei hoffte ich, mein Wunsch nach einem Mann würde nicht zu dringend klingen.

„Was haben Sie sich denn vorgestellt?"

Ich fixierte die Goldknöpfe an ihrem Blazer. In meinem Kopf tat sich nichts. Als hätte ich noch nie einen Mann gesehen. Je mehr ich nach einem Bild suchte, desto mehr klopfte mein Herz. Als ob meine Zeit ablaufen würde.

„Sie wissen es also nicht?" Die Frau betrachtete ihre Fingernägel und seufzte. „Wissen Sie vielleicht, was Sie nicht wollen?"

„Ich hänge nicht an Äußerlichkeiten", sagte ich, „aber ich glaube, ich muss es mir erst noch mal in Ruhe überlegen. Ich werde ein andermal wiederkommen." Damit erhob ich mich, froh, das hier gleich hinter mir zu haben.

Die Frau lächelte zum ersten Mal. „Auf so was sind wir vorbereitet", sagte sie, erhob sich ebenfalls und stöckelte vor mir her zu einer Tür, die ich zuvor übersehen hatte, und hielt sie einladend auf. „Kommen Sie." Sie schob mich in einen langen Flur und ließ die Tür hinter mir mit einem Rums zufallen. „Kommen Sie zurück, wenn es Ihnen eingefallen ist", hörte ich sie noch sagen. Die Frau war weg, ich allein in dem endlosen Gang. Rechts und links Bürotüren, eine glich der anderen. Das ist doch keine Art, dachte ich und wollte nur noch weg. Doch wo war der Ausgang?

Ich straffte meinen Rücken, klopfte an eine der Türen, öffnete, nachdem keine Antwort kam, und schob meinen Kopf ins Zimmer. Erschrocken fuhr ich zurück. Da drinnen saß Manfred! Mein Kinderfreund, der so rabiat wurde, als ich ihn nicht mehr wollte. Der meiner kleinen Stoffkatze daraufhin die Augen ausgerissen hatte. Ich schlug die Tür zu. Bloß nicht noch einmal solch eine Type!

Vorsichtig öffnete ich die nächste Tür; ich hatte plötzlich so eine Ahnung. Und richtig, da saß er. Winfried mit den treuen blauen Augen, dem schüchternen Lächeln und der hektischen Röte am Hals. Leise zog ich die Tür wieder zu. Wegen Winfried plagte mich heute noch ein schlechtes Gewissen, weil ich ihn so schnöde verlassen hatte. Wenn er nur nicht so langweilig gewesen wäre. Er hatte das nicht verdient.

Die haben ein raffiniertes System hier, dachte ich vor der nächsten Tür. Ich konnte mich nicht erinnern, wer nach Winfried kam, aber es fing an, mich zu interessieren. Ich klopfte kurz und öffnete. Fast blieb mir das Herz stehen, meine Hände wurden eisig. Das war gemein! Ich schlug die Tür zu und schluckte heftig. Der war schuld, dass ich einsam war. Deshalb hatte ich seinen Namen aus meinem Gedächtnis getilgt. All die schöne Zeit war dahin, als ich ihn mit Helga erwischte und erfuhr, dass er mich immer schon betrogen hatte, nach Strich und Faden, von Anfang an. Er hatte mir mein Selbstbewusstsein geraubt, dieser Schuft. Nach ihm wollte ich keinem Mann mehr wirklich trauen. Nach ihm hatte ich beschlossen, eigentlich niemanden zu brauchen. Wohin hatte mich der erneute Wunsch nach einem Mann geführt? Warum tat diese Partneragentur mir das an? Mir war zum Heulen. Ich wollte nicht mehr hinter Türen blicken, ich wollte hier schnellstens raus.

„Reiß dich zusammen", dachte ich, „kein Anlass zur Panik."

Aber ich musste den Ausgang finden. Also Augen zu, nächste Tür auf! Ein bekannter Duft kam mir entgegen. Mein Herz machte einen Hüpfer, meine Nase zog mich in den Raum. Wie gut ich diesen Duft kannte. Himbeere! Himbeerduft hatte mich schon immer beruhigt. Nach Himbeere roch das Paradies.

„Da bist du ja endlich", sagte der Mann und schnitt weiter an der Himbeerhecke herum. Ein großer, kräftig gebauter Mann in grünen Wetterstiefeln und einem grauen Arbeitsanzug. Seine Hände bewegten die Heckenschere. Dabei schien er im Boden zu wurzeln. Den Mann kannte ich gut. Er drehte sich um. „Großvater!"

„Du kommst gerade noch rechtzeitig", sagte er und öffnete seine schwielige Hand. „Das sind die letzten." In seiner Handmulde lagen ein paar Himbeeren.

„Blick nicht hinein, steck sie einfach in den Mund", sagte er, „die Würmer schmeckt man nicht. Sie gehören zu Himbeeren."

Ich steckte sie in den Mund, drückte mit der Zunge gegen den Gaumen, bis der Saft meine Kehle runterlief.

„Die sind gut", sagte ich.

„Und es ist Verschwendung, die mit den Würmern wegzuschmeißen", antwortete er.

Ich nickte folgsam und musste daran denken, wie ich als Kind heulte, wenn er von mir verlangte, die Himbeeren entweder unbesehen oder gar nicht zu essen. Verschwendung duldete er nicht.

„Du suchst also immer noch den Mann deines Lebens?"

Das hätte er nicht fragen sollen, ich schrumpfte zusammen.

„Mach nicht so ein zerknittertes Gesicht", sagte er. „Mit einem Mann ist das wie mit den Himbeeren. Du schaust zu viel hinein."

„Was redest du denn da, Großvater?"

Mit einer Handbewegung wischte er den Einwand weg. „Du hättest gern einen Mann wie mich gehabt, nicht wahr?"

Ich nickte und würgte an einem Kloß im Hals. O ja, einen Mann wie meinen Großvater hätte ich gern gehabt. Wie er da in der Küche gestanden hatte, als ich klein war. Wie er das Brot gegen die Brust drückte, während er mit dem riesigen Messer die Scheiben für die Familie absäbelte. Wie oft hatte ich gefürchtet, er würde sich in die Brust schneiden. Und wie hatte ich ihn bewundert, wenn er mit seinen großen Händen den Teig für die Kartoffelklöße knetete. Niemals ließ er das die Großmutter tun. „Sie hat zu kleine Hände", meinte er. Und wie er für alle in der Waschküche die Badewanne mit heißem Wasser füllte, einmal in der Woche. Warum glaubte ich später, er hätte keine Ahnung vom Leben?

„Nun", fragte die Partnervermittlerin, als ich wieder bei ihr eintrat, „haben Sie es sich überlegt? Wie soll denn der Mann sein?"
Ich ließ mich in den Sessel fallen, stellte die Beine nebeneinander, legte die Hände auf den Tisch und lächelte. „Wie eine reife Himbeere, gerne auch mit Wurm."

Täterpsychologie
Sophie Karlis

Im Haselstrauch vor dem Fenster wippte ein Zweig.
„Der Vogel da", sagte Helmholz.
„Was ist damit?", fragte Taler.
„Er ist komisch."
„Das ist eine ganz gewöhnliche Meise."
„Nein. Er guckt irgendwie – komisch."
„Wie denn?"
„Verschlagen."
„Verschlagen? Eine Meise?"
„Sag nicht Meise."
„Wenn es doch eine ist."
„Das will er uns glauben machen."
„Du meinst, sie verschleiert ihre Identität?"
„Nicht sie." Helmholz legte seinen Zeigefinger ans Kinn. „Er."
„Wie?"
„Es ist ein Kerl. Wahrscheinlich gewaltbereit."
„Das ist ja verrückt", sagte Taler.
„Das ist Täterpsychologie. Ich seh das an seinen Augen", sagte Helmholz. „Er lauert."
„So? Worauf denn?"
„Auf eine Gelegenheit, um ... um ..."
„Tja, Helmholz. Auf was für eine Gelegenheit mag ein gewaltbereites Kohlmeisenmännchen an einem Nachmittag im Juni warten, hier vor unserem Bürofenster?" Taler grinste.
„Machst du dich über mich lustig?"
„Nein. Wie könnte ich."
„Wenn ich nur wüsste ..." Helmholz bog eine Büroklammer auseinander. Seine Augen waren ein schmaler Spalt. „Irgendetwas führt er im Schilde."

„Ach Helmholz."

„Ja, ja", sagte Helmholz. „Aber sag später nicht, ich hätte dich nicht gewarnt."

Der Vogel duckte sich und pickte an der Rinde. Er schüttelte sich. Die Federn standen von seinem Hinterkopf senkrecht ab, wie eine Frisur.

„Oho", sagte Helmholz. „Jetzt geht es gleich los."

Taler senkte den Kopf und presste die Lippen zusammen, um nicht zu lachen.

Der Vogel lupfte die Flügel.

Helmholz sprang auf.

„Schließ das Fenster, schnell", rief er.

Der Zweig wippte, als der Vogel sich abstieß.

„In Deckung!" Helmholz warf sich unter den Schreibtisch und verschränkte die Arme im Nacken.

Der Vogel schoss über ihn hinweg ins Zimmer.

Taler prustete los. Er lachte, dass ihm die Tränen in Strömen über das Gesicht liefen. Er wischte sich die Augen. Er schnappte nach Luft, so sehr schüttelte ihn das Lachen. „Täterpsychologie, Helmholz, oder was?"

Helmholz antwortete nicht.

Stattdessen erschien ein schwarzes Auge, hinter vorgerecktem Schnabel, direkt vor Talers Gesicht. Darunter ein Brustkorb, daumengroß, in dem es pochte. Das Letzte, was er sah, war ein blitzender Funkenregen, als der Vogel über seinem Kopf explodierte.

Radio Silence
Nina Hornauer

Charlie drückte den Knopf.
„Hallo?"
Der Lautsprecher rauschte.
„Hallo, hört mich jemand?"
Seine Worte verhallten im Nichts.
Irgendwann muss jemand antworten, dachte Charlie. Nach einer Woche Dauersenden muss mich doch jemand hören. Sechzehn Stunden am Tag hing er an diesem Gerät. Wenn er schlafen ging, ließ er ein Band mit seiner Stimme laufen. Es konnte nicht wahr sein, dass draußen niemand mehr lebte.
„Immer noch keiner da?"
Charlie richtete seinen Rücken gerade auf.
„Sandra?"
Sie lehnte am Türrahmen und sah ihn an.
„Hast du jemand anderes erwartet?" In ihren Augen funkelte Spott. „Ich verstehe nicht, wie du den ganzen Tag ins Leere sprechen kannst."
Die Denkfalte zwischen Sandras Augenbrauen vertiefte sich nach links. Er konnte Sandras Stimmung an dieser Falte ablesen. Bei guter Laune war sie fast nicht zu sehen. War Sandra nachdenklich, krümmte sich die Falte tiefer nach rechts, war sie wütend, nach links.
„Irgendwann wird jemand antworten", sagte Charlie.
Sandra schüttelte den Kopf.
„Nein, irgendwann sind wir tot. Wie alle anderen auch. Deshalb antwortet niemand. Sie sind tot! Verstehst du?"
Charlie schluckte. Natürlich hatte sie recht. Es war unwahrscheinlich, dass andere überlebt hatten – und selbst wenn doch, besaßen sie wahrscheinlich kein Funkgerät. Es war das einzige Gerät im Haus, das noch funktionierte. Die Telefonleitung war

tot, Elektrizität für den Computer gab es nicht mehr.
„Ich muss daran glauben, Sandra."
„Warum?"
„Wie kannst du nur so leben?"
„Wie leben?"
„Ohne Hoffnung."
Sie schnalzte mit der Zunge.
„Hoffnung kann man nicht essen."

Am Anfang hatten sie zusammen vor dem Funkradio gesessen. Sie hielten sich an den Händen und sendeten abwechselnd Nachrichten in die Unendlichkeit. Zum vollendeten Kitsch fehlten nur noch Sandras Kerzen und Räucherstäbchen, die sie immer so gerne angezündet hatte. Doch dann hatte sie aufgegeben und sich dem Krieg oder was auch immer da draußen passiert war, ergeben.

„Ich habe das Essen rationiert."
Charlies Blick fiel auf die Verpackung eines Müsliriegels, der einzigen Mahlzeit, die er heute zu sich genommen hatte. Was konnte man hier noch rationieren?
Sie verschränkte die Arme und schien wortlos zu sagen: Im Gegensatz zu dir habe ich mich einer sinnvollen Aufgabe gewidmet.
„Wir haben Essen für zehn Tage, zwölf, wenn wir sparsam sind."
„Und Wasser?"
„Ein Liter pro Tag. Das reicht fünfzehn Tage."
„Und vier oder fünf Tage später verdursten wir, richtig?"
Sie starrte Löcher in den Boden.
Als Charlie ihre Hand nahm, bemerkte er, dass sie zitterte. Sie erwiderte den Druck seiner Hand, und ein Lächeln huschte um ihren Mundwinkel.
„Hör zu, Charlie. Wenn wir in fünfzehn Tagen noch hier sind,

bringen wir uns um."

„Was?" Er ließ ihre Hand fallen.

„Erst schneidest du dir die Pulsadern auf, dann ich."

„Warum ich zuerst?"

„Weil du es ohne mich nicht durchziehst."

„Ich will mich nicht umbringen."

„Das ist unsere einzige Chance. Verhungern und verdursten ist qualvoller. So entscheiden wir selbst, wann wir gehen."

„Dann bringe ich mich gleich um. Mit meinen Rationen kannst du dreißig Tage leben", hörte er sich sagen.

Das Funkgerät rauschte.

„War das...?", fragte sie.

Charlie schlug auf den Knopf und schrie in das Mikrofon: „Hallo? Hallo? Ist da jemand?"

Sandra stand hinter ihm. Er konnte ihren Atem in seinem Genick spüren. Es rauschte. Dann knisterte es.

„Das ist eine menschliche Stimme!", sagte Charlie, „ganz sicher!"

Er drückte den Knopf noch einmal.

„Mayday, Mayday! Ist da jemand? Bitte kommen!"

Es rauschte wieder. Er drehte sich zu Sandra herum. Sie lächelte müde und zuckte mit den Schultern.

„Da ist jemand, Sandra! Du hast es doch gehört!"

„Ich habe ein Geräusch gehört, sonst nichts."

„Glaub mir. Sie werden uns retten."

Er gab ihr einen Kuss, drehte sich um und verstellte Schalter.

„Holt uns hier raus ... Mayday, Mayday!"

Charlie hörte, wie Sandra die Tür hinter sich schloss. Es fühlte sich an, als hätte sie den Sauerstoff mitgenommen. Er hielt die Luft an. Es war so still, dass er meinte, seinen eigenen Herzschlag zu hören. Wenn er nur lange genug die Luft anhielt, würde sein Herz dann aufhören zu schlagen? Nein, das wäre zu einfach.

Er schreckte auf. Ein Geräusch. Waren das Worte? Er drehte die Lautstärke auf. Die Verbindung war schlecht. Er hielt sein

Ohr ganz nah an den Lautsprecher. „Lauter", flüsterte er, „sprich doch lauter."

„Überlebende", sagte jemand. Ganz deutlich. Ein Mensch kommunizierte mit ihm. Dann noch einmal, diesmal ganz klar: „Wie viele Überlebende sind Sie?"

„Zwei!", schrie Charlie. "Wir sind zu zweit!" Seine Stimme überschlug sich. Er sprang auf und rannte zur Tür, um Sandra zu holen.

Auf Augenhöhe
Katja Sacher

„Herr Dr. Schmidt – Frau Gruber wäre jetzt da."
Chancenlos die Bewerberin, die mir da avisiert wird. Mir kommt keine Frau in die Chefetage. Ich traue keiner, und das erspart mir eine Menge Stress.
Dr. Elisabeth Gruber, vom ehemaligen Arbeitgeber bestens empfohlen, hervorragend qualifiziert – für mich ein Störfaktor.

Forsch betritt sie mein Büro. Unter ihren schnellen Schritten erwacht knisternd der Raum. Ihr skeptisches Lächeln verwirrt mich. Wortlos erhebe ich mich aus meinem Sessel, gehe ihr zwei Höflichkeitsschritte entgegen. Verdammt, hat die eine Ausstrahlung! Ihre Power erfasst mich wie eine Welle und staut sich in meinem Kopf. Auf diese Kandidatin hätte ich mich vorbereiten sollen!
„Guten Tag, Frau Gruber."
„Herr Schmidt."
Ihr Händedruck ist fest und warm.
Kein Grund zum Lächeln, Teuerste. Auch wenn es keiner weiß außer mir, ich gedenke, dem Team einen Mann zu präsentieren. Ein charmantes Lächeln kratzt meine Grundsätze nicht an. Auch nicht die hundert grünen und blauen Ausrufezeichen, die in Ihrer Bewerbungsmappe aufmarschieren. Verehrtes Sekretariat, ich habe Kenntnis genommen: mit Auszeichnung abgeschlossen, promoviert summa cum laude – Respekt. Und basta.

Zwei, drei Sekunden lang sammele ich meine Gedanken und betrachte sie stumm. Die Frau scheint auf dem Sprung zu sein. Gleichzeitig liegt ein erschöpfter Zug um ihre Mundwinkel.
Ich suche mir noch einige Informationen aus dem Anschreiben, entspanne mich unter der Wärme der Nachmittagssonne auf

meinem Nacken und wende mich der Bewerberin nun konzentriert zu.

Sie hält ihren Kopf geneigt. Feine Fältchen umgeben lebhafte braune Augen, rostrotes, glattes Haar umrahmt ihr Gesicht. Der Hauch von Schwermut gefällt mir. Sie ist hübscher als auf ihrem Foto. Die Frau hat Klasse.

„Frau Gruber, schön, dass Sie meiner Einladung gefolgt sind. Ich hoffe, Sie hatten eine angenehme Anreise?"
Wieder lächelt sie, nickt. „Abgesehen von der Fahrt, Herr Schmidt. Alles bestens."
Diese Stimme kenne ich. So spricht nur eine. Ich kenne den Tonfall, den Humor – kenne sie ... Lisa! In meinem Kopf explodiert ein Airbag. Ich falle – die Rückenlehne meines Stuhles fängt mich auf.

Im Sessel mir gegenüber sitzt die Frau, die mich vor zwanzig Jahren verlassen hat, abgelegt wie einen alten Hut. Lisa Stein.

Mein Herz hämmert.

Ihre Augen, goldfarben, arglos.
Seltsam.
Ich lasse mich von der Routine tragen.
„Frau Gruber, Sie betonen in Ihrem Schreiben, für diesen Posten besonders qualifiziert zu sein. Was macht Sie so sicher? Wollen Sie bitte die Schwerpunkte Ihrer beruflichen Tätigkeit der letzten Jahre umreißen." Bei den letzten Worten hat meine heisere Stimme den Ton völlig verloren. Hat Lisa mich jetzt erkannt? Ich streiche mir über den lichten Scheitel. Sie hat meine dunklen Locken geliebt ...

Lisa blickt hoch, blinzelt ihre Antwort gegen das Licht.
Mit meinen Ohren bin ich bei ihr, in meinen Gedanken tanzen Bilder.

Lisa beim Sirtakitanz, Lisa zwischen Flamingos am See, mit Currywurst im Bett, im Chaos ihrer Bücher – einen Kranz blonden Haares um ihren Kopf. Lisa neben mir, über und unter mir. Mein Fehler, dass ich geglaubt habe, ich sei ein Teil von ihr.

Sie berichtet über ihre letzten Jahre, Tätigkeitsfeld, Rahmenkonzept. Die Worte rauschen an mir vorbei. Mit der Hand streicht sie eine Falte ihres Kostümrockes aus.

Genau so hat sie über das Tischtuch gestrichen im Ratskeller, an unserem letzten Abend, nach dem nichts mehr war wie zuvor. Mach mir Vorwürfe, hat sie gesagt und ihre Finger über das raue Tuch gleiten lassen. Ich saß ihr gegenüber – erstarrt. Frei wollte sie sein. Ihr Potenzial ausloten. Hatte ich sie je daran gehindert?
 Sie wollte neue Facetten des Lebens erfahren. Da gab es nichts vorzuwerfen, nichts einzuklagen. Wenn meine Facetten nicht reichten ...
 Sie schien enttäuscht, war so bereit, Vorwürfe vom Tisch zu wischen, und ich habe gebannt auf ihre Hand gestarrt, diese vertraute braune Hand über der rot karierten Decke, wie sie nach meiner griff. „Cornelius, Lieber ..."
 Ungläubig habe ich meinen Arm zurückgezogen, brachte es nicht fertig, sie anzusehen. Was zu lieben möglich war, war geliebt.

Langsam kehren meine Gedanken zurück. Mein Blick wandert von ihrem Busen zu ihrem Schoß, zurück zu ihrem Gesicht.
 Nichts, denke ich, gar nichts ist vergessen, und sie fragt: „Was halten Sie davon?"
 „Darf ich Ihnen eine Tasse Kaffee anbieten?"
 Lisa ist also ihren Weg gegangen. Karriere, Heirat, Scheidung. Kurz hat sie ihren kranken Sohn erwähnt. Das tut mir leid. Ob wir auch einen Sohn gehabt hätten? Vielleicht wäre er gesund gewesen.

Für mich hat es nie wieder eine Frau wie Lisa gegeben. Keine, der ich die Chance geboten hätte, mich so zu verletzen.

Frau Laubenritter trägt ein Tablett mit Kaffee und Gebäck herein. Ich konzentriere mich darauf, beim Einschenken nichts zu verschütten.

„... und deshalb halte ich mich für geeignet, die von Ihnen ausgeschriebene Position zu besetzen."
Ihre Hände liegen jetzt ruhig im Schoß, aber ich sehe die Kiefer mahlen. Schau an, sie braucht diese Stellung!

„Welches konkrete Konzept können Sie mir vorschlagen für den von uns geplanten Aufbau einer Ost-Expansion?" Zeig's mir, Lisa! Lass hören, was du drauf hast!
Sie zückt einen Kugelschreiber: „Darf ich?" Mit schnellen Strichen skizziert sie eine ihrer Visionen. Vollprofi!
Ich sollte mich zu erkennen geben. Andererseits – wenn sie nicht von selbst drauf kommt ...

„Herr Schmidt, ich hoffe, es ist mir gelungen, Ihnen mein Knowhow auf dem Gebiet der geplanten West-Ost ..."
Sehe ich da wieder ein Lächeln um den traurigen Mund? Sprich weiter, ich höre.
Eloquent, kompetent, routiniert – eine meisterliche Vorstellung! Ich erkenne Perfektion, wenn sie mir über den Weg läuft, und würdige sie. Ach, Lisa!

Eine Fliege sirrt die Fensterscheibe entlang. Sie versucht sich erneut im Kampf um die Freiheit, wie vorhin, als mir andere Bewerber gegenübersaßen – nicht halb so versiert und motiviert wie sie. Ich fahre mir mit den Fingern über die Stirn und schicke dem Störenfried ein leicht knurrendes Räuspern hin.

„... sollte ... man ... im ... Auge be..."
Ihre Worte vertropfen im Raum. Der Kugelschreiber klackt zu Boden. Wir erheben uns gleichzeitig und starren uns in die Augen.

Sie ist bleich geworden.
Wie auf Kommando bücken wir uns beide unter den Schreibtisch und fahnden nach dem Stift. Er muss zur Seite geprallt sein. Unsere Köpfe stoßen zusammen. Ihr Duft ... dass ich den vergessen hatte!
Aug in Auge mit Lisa unter meinem Schreibtisch, die Situation ist absurd. Zum Brüllen blödsinnig! Mich sticht der Hafer: „Sag mal, Frau Gruber, hast du deine letzte Firma höchstpersönlich in den Ruin gefahren?"
„Was?"
Sie gleitet auf die Knie und lässt ihr Gewicht auf die Fersen sinken. „Ja klar, aus Rache, weil sie meine Gehaltswünsche nicht erfüllt haben. Wann hast du mich erkannt?"

„Beim ersten Satz."
„Au! Bist du hinterhältig! Lässt mich da die ganze Zeit meine Monologe halten. Sadismus ist das."
„Man tut, was man kann."
„Du hast dich verändert, Cornelius. Aber dein Räuspern, das würde ich aus Tausenden heraushören!
Mal ehrlich, ich hätte dich überall vermutet, bei den Literaten, in der Entwicklungshilfe vielleicht, aber im Traum nicht hier in der Chefetage."

Ich nicke und mache es mir unter dem Schreibtisch bequem. Wie ich ihre Nähe vermisst habe! „Ich schreibe seit ein paar Jahren wieder – nach Feierabend. Reines Hobby. Welche Gehaltsvorstellungen hast du denn?"
Sie zögert. „Immer noch schnell auf dem Punkt, wie? Ob un-

sere Zusammenarbeit allerdings die Idee des Jahrhunderts wäre? Da hat sich so viel abgespielt damals. Später habe ich oft gedacht, wir ..."

„Ja, Lisa?"

Sie hat recht, viel ist passiert damals. Mir jedenfalls. Schwachsinn, sie überhaupt zu fragen. Aber ...

„Weißt du, Cornelius, das Grundgehalt wäre verhandelbar – was ich will, ist Gewinnbeteiligung."
„Gratuliere! Ja, der Gedanke hat was für sich. Ich meine für dich. Das nenne ich doch 'ne Jahrhundertidee! Wüsstest du einen vernünftigen Grund dafür, dass ausgerechnet wir uns Gewinne teilen sollten?"
„Geld."
Sie streicht eine nicht vorhandene Haarsträhne aus der Stirn.
„Mein Sohn ..."
„Geld – das ist gut."
„Ich bin gut!" Wieder kreuzen sich unsere Blicke.
„Richtig! Mit Biss. Aber richtig trauen, Lisa ... ob ich das je wieder könnte? Vielleicht ... Besser, wir vergessen das hier."
„Wem kann man schon trauen, Cornelius." Sie sieht mir in die Augen mit ihrem fremden neuen Blick – eine unerforschte Welt.
Plötzlich wird mir leicht, schwerelos. Heute ist ein neuer Tag!
Ein Tag zum Schattenspringen?
‚Das ist der Augenblick', sagt Rilke, ‚wo etwas wie eine Operation an einem geschieht.'
Genau! Das ist er! Mein Augenblick.
Stille wickelt ein Band um uns. Wir lassen sie zu, sehen uns an.

Der kleine Leberfleck über ihrer Oberlippe gibt den Ausschlag. Er schlägt den Bogen zurück zu verlorener Nähe. Zwanzig Jahre Fassade bröckeln.

Endlich nicke ich Lisa entschlossen zu. „Also, auf dieser Basis, Frau Dr. Gruber ..." Soll sie mich doch für verrückt halten. Ob sie mitspielt?

„Auf dieser Basis, Herr Dr. Schmidt ...?"

Es klopft. „Herr Doktor! – Kann ich Ihnen irgendwie behilflich sein?" Frau Laubenritters Stimme steigt auf zu scharfem Diskant.

Ich strecke meinen Kopf bis zur Schreibtischkante hoch. „Eine Flasche Henkel trocken wäre nicht schlecht, Frau Laubenritter. Und machen Sie bitte einen Termin mit Rechtsanwalt Schöne. Wir müssen einen Vertrag aushandeln."

Lisa hält mir ihren Kugelschreiber entgegen. Dieses schräge Grinsen! Ich winke dem Stift freundlich zu. „Eigenwilliges Ding!"

Wer wem wieder auf die Beine hilft, lässt sich kaum ausmachen.

Beim Anstoßen tönen unsere Gläser in reinem Wohlklang. Wir lächeln uns an, fast wie in alten Zeiten.

„Gnadenlos kompliziert!" Ihre Stirn zeigt Denkfalten.

„Gnadenlos! Verlass dich drauf!"

Weiße Schwäne
Kirsten Bloem

Ich habe ein Gedächtnis für merkwürdige Dinge. Erinnerungsfetzen aus meiner Kindheit, die aufgereiht an einer langen Schnur an mir kleben und die ich wie einen Rattenschwanz hinter mir herziehe.

Da gibt es zum Beispiel Herrn Grünfeld, unseren Schreiner, der mit wachsbleichem Gesicht und abgesägtem Daumen an unserem Küchenfenster aufgetaucht ist, als wir gerade beim Mittagessen saßen; mein erster Sonnenbrand mit sieben, bei dem ich gedacht habe, ich hätte Krebs; mit acht ist mir die Haarklemme aus Metall, auf der ich aus Langeweile herumgekaut hatte, im Hals stecken geblieben. Unvergesslich der Sommer, als aus Tante Tillas glühender Dachterrasse Teerblasen, groß wie Wassermelonen, herausgewachsen sind.

Und dann ist da noch dieser Traum von der Rutschpartie auf unserem Treppengeländer, an dessen Ende ein fluoreszierender Engel mit ausgebreiteten Armen stand, um mich davor zu bewahren, in einen langen blitzenden Eisenstachel zu sausen.

Mir fallen unzählige solcher Ereignisse ein. Nur an Geburtstage und Geschichtsdaten – daran erinnere ich mich nicht.

Wie ich darauf komme?

Ein heißer Sommertag, ein Spaziergang durch ein verlassenes Viertel am Stadtrand, ein verrückter Zufall. Unvermutet stehe ich vor einem Gartentor, dahinter ein Abrisshaus – offen wie meine alte Puppenvilla. In ein paar Tagen schon wird der Abrissbagger nichts als Schutt und eine zähe Staubwolke hinterlassen haben. Aber jetzt, in dieser Sekunde, wirbelt meine Erinnerungsschnur Teilchen ihrer Kuriositätensammlung hinauf in den dritten Stock, dorthin, wo eine zerbrochene Toilettenschüssel und ein altmodischer Waschtisch auf federnden Holzdielen balancieren. Da oben hat sie gewohnt – Fräulein Frießchen, meine Grundschullehrerin.

Und auf einmal setzt sich Stein auf Stein. Wie von Zauberhand ersteht vor meinen Augen die Fassade von Neuem. Leben kehrt ein. Die Haustür öffnet sich, Absätze klappern über Steinboden, ein kleiner struppiger Hund humpelt auf drei Beinen heraus.

Das achtjährige Kind, das in diesem Augenblick am Gartenzaun vorbeiradelt – das bin ich.

„Leni, hallo!"

Ich springe vom Rad und schau hinauf zu dem Fenster, aus dem meine Lehrerin soeben eine voll beladene Kehrrichtschaufel ins Freie kippt. Ein wolkiges Knäuel grauer Flusen trudelt wie eine dicke Regenwolke zu Boden.

„Guten Tag, Fräulein Frießchen", rufe ich ihr zu.

„Ja, willst du mich besuchen, Leni? Komm schnell herauf!"

Bevor ich ihr antworten kann, ist sie in ihrer Wohnung verschwunden. Und so lehne ich mein Rad an den Zaun und versuche meine angekauten feuchten Zopfenden in einen – für Erwachsenenaugen – erträglichen Zustand zu bringen.

Auf einer langen Reihe von Schildchen neben der Eingangstür, thront der Name meiner Lehrerin ganz obenauf. *Frießch* in Schönschrift, aber das *en* – auweia – das würde sie im Unterricht nicht durchgehen lassen, denke ich und renne mit zugehaltener Nase durch eine Wand von saurem Kohlgeruch hinauf in den dritten Stock.

Fräulein Frießchen steht in einem weiten Männerhemd und Hochwasserhosen am Treppengeländer. In der Schule trägt sie ein dunkelblaues Kostüm und eine steife weiße Bluse, zugeknöpft bis unters Kinn. Heute gefällt sie mir viel besser.

„Ja so, die Leni", sagt sie fröhlich und streckt mir beide Arme entgegen. Ich mache artig meinen Knicks. Den schaff ich 1a, ohne Umkippen.

Aus einer Tür am Ende des Gangs schallt Schlagermusik.

„*Ich will nen Cowboy als Mann*", sage ich.

„Ach nee", sagt Fräulein Frießchen lachend und bugsiert mich vor sich her ins Wohnzimmer, „so jung und schon ans Heiraten denken."

Ich spüre, wie mein Gesicht heiß und rot wird. „Ich meine, – das Lied, das heißt so."

Fräulein Frießchen rüttelt an einer klemmenden Schublade. „Das weiß ich doch, Leni, ich habe nur Spaß gemacht, aber in Verlegenheit wollte ich dich nicht bringen."

Die Schublade öffnet sich mit lautem Pupsen.

„Na so was!" Meine Lehrerin knufft mich kichernd in die Seite und streckt mir eine Keksschachtel groß wie eine Fußmatte entgegen. Die Schokoladenkekse sehen gar nicht appetitlich aus. Sie haben weiße Flecken, und – wer weiß, vielleicht hat sich sogar irgendwo ein fetter kleiner Käfer versteckt. Ich schau lang in die Schachtel und tu dabei so, als könnte ich mich nicht entscheiden. Dann picke ich einen Zuckerkringel heraus und stecke ihn tapfer in meinen Mund.

„Das kommt von der Hitze, das Weiße auf den Keksen. Und, was ist nun mit dem Cowboy, Leni? Ist es dein Lieblingslied?"

Der Zuckerkringel klebt wie aufgeweichte Pappe an meinen Zähnen. „Eigtlch mg ich alls", presse ich undeutlich heraus. Ich weiß nicht, ob ich mein allerallerliebstes Lieblingslied wirklich verraten soll. Kinder müssen doch fröhliche Lieder hören. *Mein* Lied ist nicht fröhlich.

Fräulein Frießchen drückt mich in ihr hügeliges Plüschsofa. „Du magst doch sicher auch einen Saft, Leni. Nach der Treterei." Sie lacht wieder.

Eigentlich tut sie das die ganze Zeit, seitdem ich hier bin. Gebannt beobachte ich die kleinen Falten, die beim Lachen wie Blitze um ihre Lippen zucken. Ich sage, dass ich sehr gerne etwas trinken würde, und während sie in der Küche herumklappert, schaue ich mich neugierig im Zimmer um.

Auf allen Möbelstücken stapeln sich Bücher mit bunten Einbänden, manche aus schillerndem Stoff und Lederecken. Auf einem Häkelkissen unter dem Fenster sitzt ein goldener Buddha mit einem dicken Bauch und grinst mich an. Es riecht nach Staub und Möbelpolitur.

Und nach Lilien. Totenblumen, sagt Mama.

Aber hier riecht es nicht nach Tod, sondern nach Leben und Freude, und ich fühle mich behaglich und sicher.

„Ich hab doch ein Lieblingslied", platzt es aus mir heraus, als Fräulein Frießchen mir ein Glas Saft in die Hand drückt, „es heißt: *Mamatschi, schenk mir ein Pferdchen.* Aber das gefällt Ihnen bestimmt nicht, weil es traurig ist."

Fräulein Frießchen sieht mich lange an, dass ich denke, jetzt hab ich doch einen Fehler gemacht. Aber auf einmal lächelt sie. Sie steht auf und beginnt in einer Kiste zu kramen, aus der sie eine Schallplatte herausnimmt, auf den Plattenteller legt und mit wackliger Hand die Nadel aufsetzt.

Es ist genau die Aufnahme, die ich am liebsten mag. Mucksmäuschenstill sitzen wir nebeneinander und hören zu. Als meine Finger anfangen, Krümel aus der Sofaritze zu pulen, nimmt Fräulein Frießchen meine Hand behutsam in ihre kleine warme Runzelhand. „Musst du auch immer weinen, wenn du das Lied hörst, Leni?"

Ich ziehe die Lippen zwischen meine Zähne. „Darf ich Ihnen etwas erzählen?"

Als sie mir aufmunternd zunickt, erzähle ich ihr von meinem Traum mit dem Treppengeländer. Und von meiner Angst, dass der Engel eines Nachts nicht mehr für mich da ist und ich in den schrecklichen Eisenstachel sausen werde.

„Weißt du, Leni, jeder Mensch hat hie und da schlimme Träume. Es passieren seltsame Dinge darin. Ich zum Beispiel – ich träume manchmal davon, dass mich eine Schar weißer Schwäne mit hinauf in den Himmel nimmt."

Ich stelle mir vor, wie meine Lehrerin gebettet in weiche

Vogelfedern durch die Lüfte getragen wird. „Das ist aber kein schlimmer Traum", sage ich.

„Nein", sagt Fräulein Frießchen lachend, „eigentlich nicht. Aber ich möchte lieber noch eine Weile hier auf meinem alten Sofa sitzen und mich mit netten Mädchen wie dir unterhalten, bevor ich in den Himmel komme." Sie sieht mich an, dass mir innen ganz warm wird. „Magst du noch einen Keks?"

Ich schüttle meinen Kopf, dass die Zöpfe fliegen. „Vielleicht kann ich Sie ja wieder einmal besuchen."

„Dein Schutzengel passt immer auf dich auf, Leni. Mach dir keine Sorgen, wenn du ihn nicht sehen kannst, dann steht er eben hinter dir", ruft sie mir nach, als ich schon fast zur Haustür hinaus bin.

Die metallenen Zähne der Baggerschaufel reißen unerbittlich ein Stück nach dem anderen aus dem brüchigen Mauerwerk heraus. Es duftet nach Lilien.

Und jetzt fällt es mir wieder ein. Vergangene Nacht habe ich Fräulein Frießchen in meinem Traum gesehen.

Sie schaukelte friedlich schlafend in ihrem Korbstuhl draußen auf dem Balkon. Rundherum am Weidengeflecht hingen schneeweiße Hemden. Die langen Ärmel flatterten im Abendwind.

Sie sahen aus wie Schwäne, die mit den Flügeln schlagen.

Am Bahndamm
Claudia Vieregge

Der Zug hätte längst kommen müssen. Lange hielt Corgi sicher nicht mehr durch. Mehr als eine Stunde lag er schon oben zwischen den Geleisen.

„Verdammt, was ist da los?", rief ich Ribka zu.

Er kauerte keine zwanzig Meter entfernt in einem Gebüsch, das bis auf ein oder zwei Meter an den Bahndamm heranreichte. Statt einer Antwort sah er nur hoch, deutete auf die Armbanduhr an seiner Linken und beruhigte mich mit einem Handzeichen. Anschließend verschwand er unter der grünen Blätterdecke.

Nun, Ribka musste es wissen. Er hatte den Abfahrtsplan studiert. Genau so, wie er Corgi beobachtet hatte. Bereits zwei oder drei Wochen vor den Ferien hatte er alle täglichen Bewegungen meines Cousins erfasst. Welchen Weg Corgi nach der Schule nahm, wann sein Training endete und ob er womöglich von jemandem abgeholt wurde, dann und wann. Ich glaube, die ganze Sache hatte alles in allem drei oder vier Monate gedauert. Aber so war Ribka eben, wenn er etwas tat, dann tat er es gründlich. Auf Ribka war Verlass.

Diese verteufelte Hockhaltung, mein linkes Bein war schon ganz taub. Am liebsten hätte ich mich auch in einen Busch gesetzt, schattig und kühl, aber auf meiner Höhe des Bahndamms wuchsen nur Brombeerbüsche. Die Mittagssonne hatte die reifen Früchte aufgeheizt, die ihren süßlichen Geruch verteilten. Niemand verirrte sich hierher. Es gab nur uns und ein paar fette braune Spinnen, die in weißen Netzen zwischen den Brombeerzweigen hockten und sich träge von der Sonne braten ließen. Wann kam endlich dieser verdammte Zug?

Ich warf einen Blick auf den gefesselten Corgi. Ein Riss an seinem linken Hosenbein gab vom Knie bis hinunter zu den Schuhen den Blick auf seine blasse Haut frei. Im Profil seiner Sandalen steckte ein weißer Kiesel, genau an der Stelle, wo sonst das O von „Sounders" seine Mitte hatte. Warum musste er auch diese Schuhe tragen? Und diese teuren Klamotten? Ohne diesen ganzen Kram hätte Ribka ihn sicherlich gar nicht bemerkt. Dann wäre Rib auch nie auf die Idee gekommen, diesen Versuch mit dem Zug zu machen. Da sag noch mal einer, Geld macht glücklich.

Ich kniff die Augen zusammen. Bewegte sich da Corgis Kopf? Noch während ich mich um bessere Sicht bemühte, durchdrang ein rieselndes Sirren das Flirren der Hitze. Die Schienen, das musste der Zug sein! Corgi bewegte den Fuß mit dem weißen Kiesel im O und brachte ein wenig Geröll in Bewegung. Zehn Meter weiter bebten die Blätter des Busches, in dem Ribka gewartet hatte. Sein brauner Haarschopf tauchte zwischen den Zweigen auf. Es ging also los!

Rib sprang zu den Schienen. Die Steine knirschten unter dem Gewicht seiner Schritte. Shit, das war nicht abgesprochen! Ich stampfte kurz mit den Füßen auf, um das taube Gefühl in meinen Beinen zu vertreiben, ehe ich ebenfalls meine Deckung verließ.

„Verdammt, Rib, was machst du da? Zurück, der Zug kommt. Runter von den Schienen, bevor dich der Lokführer sieht!" Meine Stimme übertönte das anschwellende Sirren. Ribka reagierte nicht. Ich erreichte den Damm ebenfalls.

Nun erblickte ich Ribs braune Locken, als er sich auf Corgi zubewegte. Der Haarschopf verschwand aus meinem Sichtfeld, als Ribka sich bückte. Verflixter Mist, ich musste ihn von den Schienen holen! Mühsam kletterte ich den Geröllhang hoch, der mir, obwohl er nicht höher als zwei Meter sein konnte, in diesem Augenblick wie der Mount Everest erschien. Meine Beine gehorchten kaum, erfolglos trat ich auf die rutschende Steinfläche. Die Steifheit wich.

Noch ehe ich Corgi und Ribka wieder sehen konnte, übertönte ein Ratschen alle übrigen Geräusche. Meine Hand fuhr zum Mund, als ich begriff, was diesen Ton verursacht hatte.
Tatsächlich, wie eine Trophäe schwenkte Ribka das silberne Klebeband, das er über Corgis Lippen geklebt hatte, durch die Luft.
Corgis Schrei ertrank im Signalton des Lokführers. Wieder und wieder dröhnte das Signal zu uns herüber. Keine fünf Sekunden mehr, dann würde der Zug uns erreichen. Corgi mobilisierte noch einmal alle Kräfte. Seine Hand- und Fußgelenke rissen an den stählernen Spangen, die Ribka schon gestern in die Schwellen gebohrt hatte, und die Corgis Körper an den Boden fesselten. Das lang gezogene „Nein!" konnte ich nur noch von seinen Lippen ablesen, so laut dröhnte das Horn der Lok. Ribka sprang grinsend zurück, und auch ich ließ mich den Bahndamm hinunterfallen.
Wie ein Rammbock zerteilte der Zug die heiße Luft und trieb sie zu beiden Seiten der Schienen. Eine heiße Böe blies mir die Haare aus der Stirn. Tatam! Tatam! stampften die Waggons über die Geleise. Acht oder neun Wagen schoben sich an mir vorbei, ehe das Kreischen der Bremsen erklang. Das leuchtende Schlusslicht spiegelte sich in den Geleisen.

Ribkas Lachen weckte mich aus meiner Betäubung. Den Mund vor Begeisterung aufgerissen, stand er auf den Schienen. Die Schlüssel der Handschellen klimperten, als er zu Corgi hinüberlief.
„Hab ich's nicht gesagt, Alter?", rief er zu der Gestalt am Boden. „Dir passiert nichts. Du kannst dem guten alten Ribka vertrauen, hab ich`s nicht gesagt?"
Corgi antwortete nicht.
Mit zwei Umdrehungen löste Rib die Handschellen. Diesmal

schaffte ich es problemlos, den Damm hinaufzuspurten. Der Zug hatte jetzt an Fahrt verloren und kroch etwa zweihundert Meter entfernt von uns über die Eisenstränge, stoppte schließlich. Wir sollten uns beeilen, fand ich.

Ribka klatschte links und rechts auf Corgis Wangen.

„Corgi, alter Jammerlappen, nun komm schon. Stell dich nicht so an", Ribka lachte mit zurückgelegtem Kopf. „Du hast eben einen Versuch im Rahmen der Ribkaschen Wissenschaft absolviert!"

Corgis Körper lag reglos da. Der Wind hatte ihm die Haare zerzaust, und sein Shirt war hochgeschoben, ansonsten sah er beinahe unverändert aus, bis auf den dunklen Fleck zwischen seinen Beinen. Eine Sandale fehlte, wahrscheinlich hatte der Fahrtwind sie mitgerissen.

„Fühl seinen Puls!", herrschte ich Ribka an.

Von hinten stampfte der Lokführer an den Schienen entlang auf uns zu.

„Mach schon!" Mein Blick ging zwischen meinem Freund und dem Mann in Uniform hin und her. Ribka schwieg. Ich ließ mich neben Corgis Körper auf die Knie fallen.

„Was ist?", fragte ich. Meine Stimme brachte nicht mehr als ein Krächzen hervor. Den Lokführer trennten keine hundert Meter mehr von uns.

Als Ribka sich immer noch nicht rührte, umfasste ich Corgis Handgelenk, drückte meine Fingerspitzen auf die Stelle neben den Handgelenksknochen. Feine Schläge pochten. War es Corgis Pulsschlag oder meiner?

„Was ist?", fragte Rib. Ich zuckte die Schultern und sah nach dem bulligen Mann, keine fünfzig Meter entfernt.

„Scheiße!", fluchte Ribka. „... los, lass uns abhauen."

Er stand auf und rannte los, zuerst langsam, als würde ihn ein unsichtbares Gummiband festhalten, dann immer schneller.

„Rib!", rief ich ihm nach. Hinter mir näherte sich mit keuchendem Atem der Lokführer.
„Rib ...!" Dann folgte ich ihm.

Landliebe
Klaus Westermann

„Traumhaft", sagte Karla.

„Wer's mag", erwiderte Bruno.

Ihm rann der Schweiß über die Stirn. Zwei Kilometer hatte er das Leihfahrrad mit den angeblich pannensicheren Reifen über staubige Feldwege geschoben.

„Kein Fahrradladen hier", meinte er.

„Wir sind auf dem Land, und es ist traumhaft schön."

„Ich hasse Flickzeug."

Bruno hockte breitbeinig auf der hölzernen Bank, die sich ans Gemäuer der Dorfkirche lehnte, vor ihm das Fahrrad, verkehrt herum auf Lenker und Sattel ruhend. In der Stadt wäre jemand aus der Radwerkstatt vorbeigekommen und hätte das Malheur aus der Welt geschaffen. Aber hier? Nicht einmal einen Coffeeshop gab es, um eine Latte zu löffeln.

„Es war deine Idee, mir im Urlaub den Ort zu zeigen, in dem du aufgewachsen bist", sagte Karla und setzte sich neben ihn. Ein uralter, knorriger Lindenbaum warf seinen kühlenden Schatten auf sie. „Also mach wenigstens ein freundliches Gesicht."

Er hakte die kleinen Finger in die Mundwinkel und zog sie in Richtung Ohren.

„So?"

„Ach Bruno, schau, es ist traumhaft hier. Absolut traumhaft, echt. Die kleinen Seen, die Berge, die Ruhe, die Landluft. Der modrige, feuchte Duft von frisch gemähtem Gras, der über dem ganzen Dorf liegt – und riechst du das? Da bäckt jemand Brot. Bruno, ich wusste gar nicht, dass du in so einer traumhaften Gegend aufgewachsen bist."

„Und weggezogen", erwiderte er. „Aufgewachsen und weggezogen."

„Ich frage mich, warum du kein Heimweh hast. Ich musste bitten und betteln, damit ich mal deine Heimat kennenlernen darf. Wenn ich hier groß geworden wäre, würde es mir das Herz zerreißen, ich würde eine unendliche Sehnsucht verspüren, zurückzugehen."

„Zum Glück kommst du aus einer anderen Gegend."

„Ach – geh!"

Karla knuffte ihn spielerisch und schmiegte sich an ihn.

„Kein Heimweh?"

„Nicht die Bohne."

Vor ihnen lag der asphaltierte Dorfplatz. Nahtlos öffnete er sich zur Kreisstraße, die quer durch den Ort führte. Der Brunnen in der Mitte des Platzes war versiegt. Mutter Maria im blauen Gewande thronte auf der Brunnensäule und gab dem Jesuskind die Brust.

„Da ist ja ein Biohof da drüben", sagte Karla plötzlich. Sie richtete sich auf und schaute zu dem Bauernhaus hinüber, das ihnen stolz sein Fachwerk zuneigte. „Hast du das Spruchband gelesen? Frische Milch direkt von der Kuh. So wie sie aus dem Euter kommt, ganz ohne chemische Zusätze."

Sie öffnete ihren Fahrradrucksack, suchte zwei Plastikbecher heraus und sprang auf.

„Karla!"

„Bin gleich zurück!"

Bruno schaute ihr hinterher, wie sie in ihrem gelb-schwarzen Fahrraddress am Brunnen vorbei über den Dorfplatz schritt, bis von ihr nur noch ein Farbtupfer zu sehen war. Er erinnerte ihn an die Biene Maja.

„Karla", schüttelte er den Kopf.

Mit spitzen Fingern öffnete er die Werkzeugtasche an seinem Fahrrad. Ein Schraubenschlüssel, eine Tube mit Klebstoff, etwas Sandpapier und ein Gummilappen kamen zum Vorschein. Ihr Anblick stimmte ihn müde.

Ein Traktor rauschte am Dorfplatz vorbei, einer von den modernen, fast zwei Stockwerke hoch, geschlossene Fahrerkabine, riesige Pneus. „Solche Reifen müsste das Fahrrad haben", dachte er. Er hob den Blick, und für den Moment eines Lidschlags sah er in die Augen der Frau, die das Ungetüm lenkte. Magda! Ihm schoss das Blut in den Kopf, ihm wurde heiß. Magda! Er wollte aufspringen, dem Traktor hinterherrennen, doch wie gelähmt klebte er auf der Bank. Magda!

Der Traktor verschwand hinter den Häusern – und tauchte kurz darauf ein zweites Mal auf. Diesmal rollte er über den Dorfplatz genau auf ihn zu. Magda! Mit einem kaum merklichen Schütteln verstummte der Motor. Die Seitentür öffnete sich, und Magda hüpfte vom Führerstand herunter. Sie trug einen blauen Arbeitsoverall, ihre dunkelblonden Haare waren straff nach hinten gekämmt und mit einem Gummiband zum Pferdeschwanz geschnürt.

„Ich hab di g'sehn und bin einmal im Kreis rum g'fahrn", lachte sie, „bist wieder bei uns, Bruno?"

„Magda!"

„Fesch schaust aus in deim Radlerdress. Wie der Jan Ullrich, als er die Tour de France g'wonn hatt. Gar nicht wie ein Literaturproff."

„Und du bist g'nauso hübsch wie damals, hast dich kei bissl verändert, das macht bestimmt die Landluft und dass es bei euch jeden Tag Bio gibt. Das ist doch dein Hof, der da drüben, der Biohof?"

„Ja. Und'n Hotel haben wir auch noch."

„Mensch, Magda."

„Mensch, Bruno."

Endlich stand er auf, er breitete die Arme aus, und Magda flog auf ihn zu und fiel ihm um den Hals. Auf einmal war alles wie damals, als hätten sie eben noch auf der Bank vor der Kirche gesessen, nachts um eins, sie im Mini auf seinem Schoße, er die Hände unter ihrem Pulli, wie gewiss er sich gewesen war, dass sie zum ersten Mal das Verbotene tun würden, das, von dem sie aus herumliegenden Zeitschriften wussten, als auf einmal der

Pfarrer auftauchte, sich unbeobachtet glaubte, sternhagelvoll, Ave Maria grölend, und vor dem Dorfbrunnen stehen blieb, zu pinkeln anfing, im Funzelschein der Straßenlaterne versuchte, über die Brüstung zu zielen, was ihm nicht gelang, und der Inhalt seiner Blase, schätzungsweise fünf, zehn Maß Bier, über den Dorfplatz plätscherte, ein Rinnsal, das zu einem Bächlein anschwoll und zu ihrer Bank herüberfloss, der Bank der heimlich Liebenden, und sie aufstehen mussten, um keine nassen Füße zu bekommen, und so ihrer beider Lust im Urin eines Stellvertreters Gottes ertrunken war.

„Störe ich?"

Magda ließ von ihm ab und drehte sich um. Karla stand vor ihnen, in Händen hielt sie zwei Plastikbecher.

„Äh, das ist die Magda. Ihr gehören die Kühe, von denen die Milch stammt, die du geholt hast", sagte er.

„Echt?"

Magda lächelte.

„Magda, das ist die Karla. Sie hat mal sehen wollen, wo ich aufgewachsen bin."

Die beiden Frauen gaben sich förmlich die Hand. Sie schauten sich an, musterten sich, traten ein, zwei Schritte zurück, stutzen, grinsten, kicherten, lachten.

„Wenn i auch so Korkenzieherlocken hätt wie du, könnt i glatt als deine Zwillingsschwester durchgeh'n."

„Und ich so einen blauen Overall und die Mähne ganz nach hinten gestrafft …"

Und plötzlich fiel ihm auf, was ihm noch nie in den Sinn gekommen war, dass sich Magda und Karla sehr, sehr ähnlich sahen, die Augen, die Nase, der volle Mund, das Oval des Gesichts. Seine letzte Liebe war seiner ersten Liebe fast wie aus dem Gesicht geschnitten.

„Du also?", fragte Karla.

„Fast. Aber mir sind nicht fertig g'worden wegen dem Pfarrer.

Dann ist er weg nach Berlin wegen der Bundeswehr, und i bin studiern nach München."

Stumm sah er den beiden Frauen zu, wie sie leichthin plaudernd Bekanntschaft schlossen. Wie oft er an Magda gedacht hatte! Und jetzt, da er die beiden Frauen betrachtete, die sich wie Spiegelbilder gegenüberstanden, wusste er plötzlich, warum er nie Heimweh gehabt hatte.

Spurenlesen
Yvonne Seitz

Der blassgelbe Zettel an der Kühlschranktür fiel Albert sofort auf, als er die Küche betrat.
Ich bin jetzt weg, stand dort in großen Druckbuchstaben.
Ich bin jetzt weg.
Er strich sich über das Kinn. Ann schrieb keine Zettel. Nicht wenn sie einkaufen ging, mit ihrer Freundin ins Café oder zum Friseur. Überhaupt nie. Sie ging einfach. Und dann kam sie wieder.
Sein Blick schweifte über die Eichenmöbel der Küche. Alles war wie immer. Er fuhr mit der Hand über die Arbeitsplatte. Kein Brösel, kein Staub, perfekte Ordnung.
Albert stellte sich an die Wohnungstür und lauschte nach draußen. Jeden Moment würde sie die Treppen heraufkommen. Die Einkaufstüten würden gegen die Tür poltern. Er würde aufmachen und sie sich an ihm vorbei in die Küche drücken.
„Hallo Schatz", würde sie sagen und lachen. „Ich mache uns Lasagne, schau hier, mit frischem Basilikum." Und sie würde ihre Nase zwischen die grünen Pflänzchen drücken.
Albert ging ins Wohnzimmer und ließ sich auf die Couch fallen. Vor ihm auf dem Tisch lag eine ihrer Zeitschriften. Unberührt. Er schlug sie auf. Wo waren die winzigen bunten Zettelchen, die sie an jeden interessanten Artikel klebte, um ihn später auszuschneiden?

Ich bin jetzt weg.

Er ließ das Heft sinken und starrte auf die Tür. Die grauen Flecken um den Lichtschalter werden immer schlimmer, dachte er. War der Maler verständigt? Hatte er ihr gesagt, dass sie es tun sollte?

Albert sprang auf und ging ins Schlafzimmer. Das Bett war gemacht, der Geruch von frisch gebügelter Wäsche stieg ihm in die Nase. Dienstag, ihr Bügeltag. An einer Kleiderstange hingen seine Hemden.

„Sie müssen ausdampfen, bevor ich sie in den Schrank hängen kann", hatte sie ihm erklärt.

Er befühlte die Hemden. Keine Spur von Wärme. Sie musste gleich in der Früh gebügelt haben. Wo war sie nur? Es war kurz vor sechs, so lange blieb sie nie weg.

Albert griff nach der Schublade ihres Nachtkastens und zog sie langsam heraus. Er wusste, dass sie hier ihre persönlichen Dinge aufbewahrte, ihren Pass, das Goldarmband, das sie von ihrer Oma geerbt hatte, ein paar Halsketten, ihre Uhr. Und immer ein Buch.

Die Schublade war leer.

Ich bin jetzt weg.

Er zeichnete die helle Maserung des Schubladenbodens nach. Plötzlich hielt er inne. Wusste sie vielleicht von gestern? Hatte sie herausgefunden, dass er nach der Arbeit nicht sofort nach Hause gegangen war? Nein, unmöglich, er war vor ihr zurückgekommen. Montags besuchte sie einen Kurs in der Volkshochschule. Albert ließ die Schultern sinken und atmete tief durch.

Ich bin jetzt weg.

Er drehte sich um, ging zum Schrank und öffnete die Tür. Säuberlich gefaltet lag ihre Wäsche vor ihm. Fehlte etwas? Er wusste es nicht.

Ich muss warten. Wieder strich er sich über das Kinn. Sie wird gleich kommen. Er holte seine Zeitung aus der Aktentasche und setzte sich ins Wohnzimmer. Mit der deutschen Wirtschaft ging es bergab. Fusionen, hohe Ölpreise, schwacher Euro.

Ich bin jetzt weg.

Albert legte die Zeitung auf den Tisch und stand auf. Ein Bier wäre nicht schlecht. Er ging die Küche. Sein Blick fiel auf den gelben Zettel, und er ließ die ausgestreckte Hand sinken. Wo war sie?

Ihr Koffer fiel ihm ein. Wenn der Koffer da war, konnte sie nicht weg sein. Er riss die Tür zur Abstellkammer auf und tastet nach dem Lichtschalter. Die obere Ecke des Regals war leer.

Sie musste es erfahren haben. Musste gesehen haben, wie er mit dieser Italienerin im Café gesessen war.

Ich bin jetzt weg.

Die Worte türmten sich vor ihm auf wie Säulen. Albert gab der Tür einen Tritt und ging zurück ins Wohnzimmer. Dabei hatte er der Italienerin zum Abschied nur einen Kuss auf die Wange gedrückt. Mehr nicht. War das nicht üblich in Italien? Gedanken waren kein Verbrechen.

Ich muss Ann anrufen. Albert ging zum Telefon im Flur. Sie hatte ein silbern schimmerndes Handy, das sie zu jeder Gelegenheit aus der Tasche zog. Um mit Freundinnen zu reden, ein Taxi zu rufen oder nachzufragen, wie es ihrer Mutter ging.

Wie war ihre Nummer? Seit er alle Nummern in seinem Handy speicherte, konnte er sich gar nichts mehr merken. Auf der nur sparsam besteckten Pinnwand fand er den Zettel, den er einmal geschrieben hatte. Handynummer von Ann. Er wählte, lauschte dem Knacken im Hörer. Es tutete. Albert atmete tief ein und strich sich mit der freien Hand über das Kinn.

Irgendwo in der Wohnung hörte er die Melodie ihres Handys. Er wagte kaum, sich zu rühren. Was machte ihr Handy hier in der Wohnung? Langsam legte er den Telefonhörer zurück auf die Gabel und begann zu suchen. Es lag auf der Kommode im Wohnzimmer, zusammen mit einem Briefumschlag. Daneben fand er einen weiteren gelben Zettel. Hier das Handy und den Schlüssel zurück. Danke für alles.

Albert rieb sich die Augen. Er schüttelte den Kopf, schüttelte ihn wieder, starrte auf die Worte vor ihm. Er nahm den Zettel und den Briefumschlag und ging ins Wohnzimmer.

Die Italienerin war eine Kollegin. Sein Gegenstück in der Filiale in Rom. Nicht mehr und nicht weniger. Kein Grund zum Davonlaufen.

Ich bin jetzt weg.

Ich hasse es, dass du jedes wichtige Datum in unserem Leben vergisst, hörte er Anns Stimme in seinem Kopf. War sie deswegen gegangen?

Lange saß er auf der Couch, starrte an die Wand, beobachtete, wie sie mit einbrechender Dämmerung immer dunkler wurde.

Glaubte Ann etwa, sie wäre ihm egal? Ihre Worte füllten seinen Kopf. Immer muss ich alles machen und organisieren. Immer muss ich an alles denken, du interessierst dich nur für deine Arbeit. Anklage um Anklage.

Was hatte er diesmal vergessen? Er drückte seine Hand gegen die Stirn.

Schritte im Treppenhaus weckten ihn aus seiner Starre. Ihre Schritte? Er hörte den Schlüssel im Schloss, sprang auf.

Die Tür knallte gegen den Türstopper. Ann. Albert starrte sie an, konnte nicht glauben, was er sah.

„Wo bleibst du denn?", fauchte sie. „Ich warte seit Ewigkeiten auf dich."

„Aber?"

„Mann, wenn du dir nur einmal etwas merken könntest!" Sie ging an ihm vorbei in die Küche. „Wir wollten heute schön essen gehen, erinnerst du dich?"

„Der Zettel, das Handy?"

„Was stehst du hier rum? Zieh dir was Anständiges an und komm. Ich habe den Kellner gebeten, er solle uns den Tisch noch ein bisschen reservieren."

„Der Zettel", sagte er wieder.

„Wovon redest du eigentlich die ganze Zeit?" Sie hielt inne und schaute ihn an. „Was für einen Zettel meinst du?"

Albert deutete auf den Kühlschrank. Sie ging hinüber, riss den Zettel ab, las die Worte.

„Ach, den hat Silvie mir geschrieben."

„Silvie?"

Ann verdrehte die Augen. „Die gute Dame, die jedes Jahr ein paarmal kommt und mir beim Putzen hilft."

Albert starrte sie an. „Dein Schmuck? Dein Pass?"

„Liegt alles in einer Schachtel unter dem Bett, damit Silvie die Nachtkästen auswischen konnte."

„Und der Koffer."

„Wie kommst du jetzt auf einen Koffer?"

„Dein Koffer ist weg."

Sie runzelte die Stirn. „Albert, ich habe es dir sogar in deinen Terminkalender geschrieben. Ich fahre morgen zu meiner Mutter. Der Koffer liegt gepackt im Auto."

„Aber ...", setzte er an.

„Was denn noch um Himmels willen? Können wir jetzt endlich gehen?"

„Dein Handy? Auf der Kommode."

Ann schob ihn zur Seite und ging ins Wohnzimmer. „Ich habe es Silvie geliehen. Sie wollte es unbedingt mitnehmen zum Einkaufen. Noch mehr Fragen?"

Albert schüttelte den Kopf. Beinahe wäre ihm ein Seufzer der Erleichterung entwischt. Sie wusste nichts von der Italienerin.

Ann kam langsam auf ihn zu. „Kannst du mir sagen, was mit dir los ist?", fragte sie und strich ihm über die Wange.

„Du, ich meine, willst nicht ... also, gehen?"

„Gehen? Wohin sollte ich denn gehen wollen?"

Er deutete auf den Zettel, den sie noch immer in den Hand hielt. Sie starrte darauf, dann starrte sie ihn an.

„Um Himmels willen, Albert."

„Ann", unterbrach er sie. „Ich habe was vergessen, stimmt's?"

Ein Lächeln erschien auf ihrem Gesicht. „Du hast tatsächlich was vergessen. Unseren Hochzeitstag. Und das zum zehnten Mal."

Train Sex
Jürgen Hayer

Sie betrat das Abteil wie immer um 22.30 Uhr in Köln und setzte sich ihm gegenüber. Matthias sah ihr zu, wie sie die Beine übereinanderschlug, einen Lippenstift aus der Handtasche nahm und ihn über ihren Mund zog. Er wusste, dass der Lippenstift Spuren bei ihm hinterlassen würde. Das steigerte seine Erregung.

Sie sagte kein Wort, keine Begrüßung, nichts. So wie jeden Sonntag, wenn sie sich trafen. Als er in ihre Augen sah, hob sie leicht den Kopf und fuhr mit der Zunge über ihre Lippen. Matthias öffnete die zwei obersten Knöpfe seines Hemdes und hatte dennoch das Gefühl, als würde ihm die Luft abgeschnürt. Sie knöpfte ihre Bluse auf und ließ sie über die Schultern gleiten. Jeden Quadratzentimeter Haut, den sie ihm zeigte, sog er in sich auf. Sie, die Unerreichbare, winkte ihn zu sich.

„Du hast Lippenstift im Gesicht." Sie grinste.
Matthias schaute zur Tür. „Hast du …"
„Ja, der Schaffner weiß Bescheid. Es wird uns niemand stören. Hilf mir aus dem Rock."
Das Geräusch des sich öffnenden Reißverschlusses beschleunigte seine Atemzüge. Er konnte es kaum erwarten, sie nackt zu sehen.

Er wusste nicht viel über sie. Im Grunde nur, dass sie an Sonntagen mit dem Nachtzug nach Prag fuhr und dass sie die Begegnung mit ihm auf die rund zwei Stunden beschränkte, die der Zug von Köln nach Bielefeld benötigte. Als er sie vor zwei Wochen gefragt hatte, warum sie nicht damit einverstanden war, dass er sie bis nach Prag begleitete, hatte sie ausweichend geantwortet. Eindeutiger war ihre Antwort auf die Frage gewesen, ob sie sich nicht auch einmal an einem anderen Ort treffen könnten. „Ausgeschlossen!", hatte sie ihm entgegnet.

Mit wenigen Handgriffen verwandelte sie das Abteil in einen Schlafraum. „Was ist? Möchtest du mir nicht helfen?"
Matthias fühlte sich dabei ertappt, lieber zuzusehen, wie sie nackt die Liege herrichtete. „Was soll ich tun?"
Sie lachte. „Ist schon in Ordnung."
Als sie mit dem Umbau fertig war, tippte sie ihm auf die Brust. Er verstand das Zeichen und ließ sich auf den Rücken fallen. Im Nu öffnete sie seinen Gürtel, den Reißverschluss und zog ihm die Hose aus, das Hemd, den Rest.

„Ich fahre nach Prag. Fährst du ein Stück mit?" Mit diesen Worten hatte sie ihn vor sechs Wochen auf dem Kölner Hauptbahnhof angesprochen. Er stand vor einem Regal und blätterte in einer Zeitschrift. „Was haben Sie gesagt?", hatte Matthias geantwortet und langsam seinen Blick von Barack Obama hin zu ihr gewendet. Zuerst sah er eine große Sonnenbrille auf einer perfekt geformten Nase, dann ihr schwarzes und glänzendes Haar, schließlich ihre Lippen, rot und voll. Das ist eine für die Titelseite, dachte er, als er die Zeitschrift zurück ins Regal legte.

„Diskutieren möchte ich mein Angebot nicht", fuhr sie fort und drückte ihm eine Fahrkarte in die Hand. „In einer halben Stunde im Zug. Das Abteil ist auf der Rückseite vermerkt. Ich heiße Tanja." Sie drehte sich um und verließ den Zeitschriftenladen. Dreißig Minuten später hatte er in ihrem Abteil gesessen.

„Nein, nicht anfassen. Noch nicht. Mach deine Augen zu."
Matthias tat, was sie ihm befahl. Es lohnte sich. Es lohnte sich immer. Er spürte Tanjas Knie an seiner Taille und ihr Gewicht, wie es sich langsam auf seinen Bauch herabsenkte.

Seit sechs Wochen lebte er in einem Zustand permanenter Erregung, die sich plötzlich gesteigert hatte, als er letzte Woche von

Tanja erfuhr, dass ihr Mann bei der Bahn arbeitete. „Was macht er da?"

„Er sitzt in der Verwaltung in Frankfurt."

Erleichtert hatte Matthias zur Kenntnis genommen, dass Tanjas Mann kein Zugbegleiter war. Dabei wäre er bereit gewesen, jedes Risiko in Kauf zu nehmen, um sich weiter mit ihr zu treffen. Egal, wie ihre Beziehung endete, es würde sich lohnen.

„Jetzt. Fass mich an."

Matthias streckte seine Hände nach ihr aus. Als seine Finger ihre Haut berührten, hatte er das Gefühl, elektrisch aufgeladen zu werden.

„Nein, nicht da."

Tanja ergriff seine Hände und legte sie auf ihre Hüften.

Willig folgte Matthias ihren Anweisungen. Er konnte es kaum erwarten, dass sie ihn berührte, vermied aber, sie dazu aufzufordern, dann würde sie es noch länger hinauszögern.

Die in der Ferne verschwindenden Rücklichter des Zuges, denen er auf dem Bielefelder Bahnsteig jedes Mal nachsah, die Ungewissheit, wann er sie wieder treffen würde, und die nicht enden wollenden Minuten kurz vor ihrer nächsten Begegnung hatten in ihm unbekannte Gefühle geweckt. Allein der Gedanke an ihre Treffen erregte ihn. Es stand für Matthias außer Frage, dass sich nicht wiederholen würde, was er mit Tanja erlebte. Keine andere Frau würde diese Rolle spielen können. Wobei Matthias ahnte, dass er es war, der eine Rolle innehatte. Eine Rolle, die ihm auf dem Leib geschrieben war.

„Oh, das fühlt sich gut an. Darf ich meine Augen öffnen?"

„Nein!"

Er richtete sich auf. „Wer hat dir das beigebracht? Dein Mann?"

Sie zog ihre Hände zurück. „Wie bitte? Wie kannst du das an-

nehmen?"
„Du hast darüber gelesen. Gib es zu."
Sie drückte ihn zurück aufs Bett. „Du langweilst mich. Sei nicht so neugierig."
„Ich möchte doch nur ..."
„Still jetzt!" Sie hielt ihm den Mund zu, und er verbiss sich seine Antwort in ihren Lederhandschuh.

Ab Freitagnachmittag vereinbarte Matthias keine Termine mehr, um seine Gedanken ausschließlich auf sie konzentrieren zu können. Als sehr unangenehm empfand er, dass er sich bis Sonntagvormittag nie sicher sein konnte, ob er sie tatsächlich treffen würde. „Es ist wegen meinem Mann", hatte sie ihm erklärt. „Ich kann dir erst sonntags Bescheid geben."
Die wenigen Worte in ihrer Mail „Es klappt!" oder „Es geht heute nicht!" versetzten Matthias in Euphorie oder ließen ihn ins Bodenlose fallen. Bisher war es erst einmal vorgekommen, dass sie das Treffen absagen musste. Allerdings hatte sie es beim nächsten Mal verstanden, ihn für die lange Abstinenz gleich doppelt zu belohnen.

„Schau mich an!"
Matthias öffnete seine Augen und sah, wie sie die Schalen ihres Büstenhalters herunterschob. Ihre Brüste streckten sich ihm entgegen, als warteten sie darauf, wie Früchte zum Mund geführt zu werden.
Sie lachte. „Wenn du das Verborgene sehen willst, dann schau mir in die Augen."
Er suchte ihren Blick, aber sie hob ihren Kopf und sah über ihn hinweg in den Spiegel an der Wand. „Doch nicht jetzt. Fass mich lieber an."
Matthias wölbte seine Hände um ihre Brüste. Als er sie mit seinen Lippen berühren wollte, rollte sich Tanja zur Seite und blieb, Arme und Beine gespreizt, neben ihm auf dem Rücken liegen.

Sein Blick glitt über ihren Körper. „Wie schön du bist. Und ..."
Er hielt inne.
„Und was?" Sie zog ihn über sich und biss ihm ins Ohrläppchen. „Sag schon, Matthias."
„Hemmungslos."
Er vergrub sein Gesicht in ihrer Brust und sie wühlte mit ihren Händen in seinem Haar.

„Hey, du bist stürmisch. So mag ich das." Tanja lachte, als sie in einer Rechtskurve gegen die Wand gedrückt wurde. „Geile Zugfahrt."
„Saugeil", stimmte Matthias zu, dann verlor auch er sein Gleichgewicht und landete neben Tanja an der Wand. Im selben Augenblick fiel der Spiegel herunter und traf auf sein Bein. Matthias sah hoch, direkt in ein Objektiv. „Ich glaub es nicht. Verdammte Scheiße. Eine Kamera." Er sprang auf. In diesem Moment wurde sie weggezogen.
Matthias riss die Tür auf und sah, wie jemand am Ende des Ganges in einem Abteil verschwand.
„Was ist los?" Tanja saß mit angezogenen Knien in der Ecke.
„Hast du die Kamera gesehen?" Matthias zeigte an die Stelle.
Tanja schüttelte den Kopf.
Er untersuchte den Spiegel und stellte fest, dass die Rückseite durchsichtig war. „Jemand hat uns fotografiert oder gefilmt."
„Wer sollte das tun?"
„Dein Mann?"
„Unmöglich."

Matthias zog Hose, Hemd und Schuhe an und verließ das Abteil. Der Gang war leer. Außer dem gleichmäßigen Geräusch des fahrenden Zuges hörte er nichts. Seine Schläfen pochten im Takt einer schnaubenden Dampflokomotive. Matthias zögerte, in das Abteil zu gehen, in dem der Fremde verschwunden war, als sich die Tür öffnete.

„Kommen Sie herein, ich habe Sie erwartet." Der Mann, der ihn eintreten ließ, war Mitte 50 und einen halben Kopf kleiner als Matthias. Seine angenehm tiefe Stimme passte nicht zu seiner hageren Gestalt. „Was kann ich für Sie tun?"

„Wenn Sie mich erwartet haben, dann wissen Sie doch, warum ich hier bin."

Der Fremde lachte. „Es wird sich alles aufklären. Nehmen Sie Platz." Er deutete auf den Fensterplatz in Fahrtrichtung.

Matthias setzte sich. Auf dem Tisch standen eine Flasche Wein und zwei Gläser. Eines der Gläser war voll, das andere noch unbenutzt. „Trinken Sie ein Glas Wein mit mir? Sie mögen doch Barolo?"

Matthias stellte überrascht fest, dass er gar nicht mehr wütend war. Der Fremde hatte eine einnehmende Art. „Mein Lieblingswein."

„Entschuldigen Sie, ich habe mich noch nicht vorgestellt. Mein Name ist Peter Nowak." Nowak lächelte, füllte das leere Glas und reichte es Matthias. „Sie brauchen mir Ihren Namen nicht zu sagen. Cheers!"

„Cheers!" Matthias trank einen Schluck, und noch einen. Der Wein schmeckte vorzüglich. Für einen Moment hatte er vergessen, was er hier wollte.

Der Zug verlangsamte sein Tempo und fuhr in den Bielefelder Hauptbahnhof ein. „Verdammt", schoss es Matthias durch den Kopf. „Hier müsste ich aussteigen."

„Prag ist eine schöne Stadt."
„Ich bin nicht hier, um mit Ihnen über Prag zu reden. Sprechen wir über die Kamera."
„Was für eine Kamera?"
„Jetzt tun Sie nicht so, als wüssten Sie von nichts."
„Cheers!" Nowak hob sein Glas und prostete Matthias zu.
Matthias hatte den Drang aufzustehen. Doch als er sich erhob,

wurde es ihm schwarz vor den Augen. Er konnte sich nicht auf den Beinen halten und sackte zusammen.

„Endstation. Bitte aussteigen." Als Matthias seine Augen öffnete, sah er einen Schaffner. Er schaute sich um und erkannte das Abteil, in dem er sich mit Tanja aufgehalten hatte. Seine Jacke hing noch am Haken. Tanja war nicht da, auch nicht ihre Tasche. In die Wand war ein neuer Spiegel eingesetzt. „Entschuldigen Sie, ich muss fest geschlafen haben."
Der Schaffner nickte. „Sie müssen jetzt aussteigen."
„Haben Sie die Frau gesehen, die mit mir im Abteil war?"
„Außer Ihnen ist keiner mehr im Zug."
„Sind Sie von Köln nach Prag gefahren?"
„Nein, meine Schicht hat eben begonnen. Ich werde nachher den Zug zurück nach Köln begleiten."

Matthias zog seine Jacke an und verließ den Zug. Auf dem Bahnsteig überprüfte er den Inhalt seiner Brieftasche. Es fehlten weder Geld noch Personalausweis. Obwohl sein Schädel brummte, suchte er eine Erklärung für das nächtliche Erlebnis. Zahlreiche Theorien gingen ihm durch den Kopf. Er war überzeugt, dass Tanja etwas mit der Sache zu tun hatte. War der Fremde im Zug Tanjas Mann gewesen? Wo befand sich Tanja jetzt? Erstaunt stellte Matthias fest, dass er nicht das Bedürfnis hatte, sie zu suchen.

Drei Tage später erhielt er eine Mail: „Schade, es hatte mir Spaß gemacht." Darunter ein Link, der auf eine tschechische Homepage führte, in englischer Sprache. Er erkannte Tanja sofort. Außer ihrer großen Sonnenbrille trug sie nur ihre Lederhandschuhe. Über ihre Brüste flimmerte in Laufschrift „Train Sex – Natascha and her unsuspecting lovers, Part 167". Als er darauf klickte, öffnete sich ein Fenster: „Members only – pay with your credit card."

Mit Frauen hat man nur Ärger
Hella Lopez

Mona lenkte Marks Auto an den Straßenrand und stellte den Motor ab. Durch die nasse Windschutzscheibe erblickte sie ein kleines, regengraues Haus. Das musste es sein.
„Versuchen Sie es bei der alten Frau Mantek in der Schlehenstraße, da ist was frei", hatte ihr die Frau von der Wohnungsvermittlung gesagt und sie gleichzeitig gewarnt.
„Angeblich vermietet sie aber nur an Männer." Mona wollte es versuchen. Sie konnte hartnäckig sein, auch wenn ihr das bei Mark im Moment nichts genützt und er sie rausgeworfen hatte.

Mona zog Marks Regenmantel vom Nebensitz und streichelte ihn. Dass sie seinen zweiten Autoschlüssel besaß, daran hatte er nicht gedacht. Und, zerstreut wie so oft, hatte er auch seinen Mantel im Auto gelassen. Sie ertastete sein Handy, sein Notizbuch und seine schwere Brieftasche. Alles war da, wie sie es kannte. Fehlten nur er selbst und sein Schlüsselbund. Mona lächelte. Durch den Mantel blieb er mit ihr verbunden. Sie zog das Handy hervor und drückte Marks Büronummer. Sie wollte seine Stimme hören. Der Anrufbeantworter meldete sich. „Ich verzeihe dir", sagte Mona und legte auf. Wenn das mit ihrer neuen Bleibe klar war, würde sie es erneut versuchen, falls er sich bis dahin nicht gemeldet hatte. Er sollte sich nicht gedrängt fühlen, aber das letzte Wort war noch lange nicht gesprochen. Sie stieg aus dem Wagen, zog Marks Mantel über und strich sich über die Brust. Seine Brieftasche ruhte an ihrem Herzen. Sie fühlte sich seiner sicher.

Mona läutete an der Haustür. Als hätte die Frau dahinter gelauert, wurde sofort ein kleiner Spalt geöffnet. „Ich komme wegen der Wohnung", sagte Mona zu dem finsteren Gesicht, das der Türspalt freigab, und schob rasch ihren Fuß hinein. Ihre Blicke trafen sich, und es schien Mona, als hätte sie schon hundertmal in die Augen dieser Frau geschaut.

„Ich vermiete nicht an Frauen", murrte die Alte, „mit denen hat man noch mehr Ärger als mit Männern", und wollte die Tür zudrücken.

„Das hat man mir gesagt." Mona drückte dagegen und setzte ihr freundlichstes Lächeln auf. „Aber Sie sind meine letzte Hoffnung. Stellen Sie sich vor, an diesem grauen, nassen Novembertag stellt mir mein Freund einfach den Koffer vor die Tür und wechselt das Schloss aus. Und das an meinem Geburtstag!"

Frau Mantek ließ die Tür los. Ihr runzliges Gesicht straffte sich. „Sie haben heute Geburtstag?", wiederholte sie, wiegte den Kopf hin und her und musterte Marks Mantel.

„Zufälle gibt's. Die muss man ergreifen", sagte sie.

Mona schob sich durch den Türspalt und folgte der alten Frau durch eine dunkle Diele. Aus den Augenwinkeln sah sie an den Wänden dicht gedrängt Mäntel hängen. Männermäntel, denen die Dunkelheit die Farben raubte. Wie ein Bataillon müder Soldaten, die hier Wache schieben, dachte Mona. Frau Mantek wies auf Monas Mantel. „Wollen Sie ablegen?" Mona presste ihre Hand gegen die Brusttasche.

„Der Mantel gehört meinem Freund. So einfach, wie er denkt, kann er mich nicht abservieren."

Frau Mantek nickte. „Sehr vernünftig. Ich dachte es mir schon. Wollen Sie ihn selbst aufhängen?"

Mona schüttelte den Kopf. Keinen weiteren Zentimeter wollte sie sich von Mark trennen lassen. „Nicht nötig", sagte sie, „ich friere leicht."

Frau Mantek murmelte: „Dann eben später."

Im Lichtkegel einer Leselampe lag ein aufgeschlagenes Buch auf dem Couchtisch. Niemand war zu sehen. Frau Mantek schob Mona in einen Sessel und drückte ihr das Buch in die Hand.

Mona las. Michael, stand da, Daniel, Alexander. Männernamen, lauter Männernamen, in Reihen untereinander gekritzelt. Quer über den Buchseiten, in großen schwarzen Buchstaben, stand: 30. November. Mona zog die Augenbrauen hoch und suchte Frau Manteks Blick. Die tippte mit einem verkrumpelten Fingernagel auf dem Datum herum und murmelte: „Sehen Sie, solch ein Zufall. Ich habe heute auch Geburtstag. Und auch sonst sind wir uns ähnlich."

Mona wusste nicht, ob ihr Herz wegen dieser Aussage plötzlich bis zum Halse schlug oder wegen des großen Schattens der alten Frau auf der Wand. „Was bedeuten die Männernamen?", fragte sie.

„Ach", Frau Mantek machte eine wegwerfende Handbewegung, „die habe ich alle in die Diele gehängt. Es ist leicht, mit Männern umzugehen. Wenn Frauen das nur begreifen würden. Aber die meisten sind zu dumm." Frau Mantek beugte sich vor. „Wie heißt denn Ihr Freund?" Sie näherte ihr runzliges Ohr Monas Mund, als wollte sie sich nichts entgehen lassen.

„Er heißt Mark", sagte Mona und fühlte sich wie ein kleines Mädchen. Ein Schauder überlief sie, als Frau Mantek genießerisch die Augen schloss.

„Einen Mark habe ich noch nicht", sagte die alte Frau.

Aus dem Nichts sprang Mona eine schwarze Katze in den Schoß, buckelte, streckte ihre Tatzen. Für einen Moment fühlte Mona die Krallen auf den Oberschenkeln. Die Katze rollte sich schnurrend zusammen. Mona legte das Buch auf den Tisch und begann, den Katzenkopf zu streicheln. Frau Manteks Blick löste sich dabei nicht von ihrer Hand. Schließlich kribbelte es in Monas Fingerspitzen, als würden sie auftauen. Sie musste daran denken, wie zärtlich Mark anfangs ihre Hände gestreichelt und sie „mein Hexlein" genannt hatte. Vor ein paar Tagen, bei ihrer letzten Auseinandersetzung, hatte nichts Zärtliches mehr in diesem Wort gelegen. Dass er ihr dunkles Wesen und ihr Klammern nicht mehr ertrüge und einer von ihnen gehen müsse, hatte er gesagt.

Wieder spürte Mona die Katzenkrallen auf ihren Schenkeln und betrachtete ihre Fingernägel. Wenn er es ernst meinte mit dem Rauswurf, würde sie ihm nicht verzeihen, sondern das Gesicht zerkratzen, ging ihr durch den Kopf. Mehr noch, ihm die hellen Augen rausreißen und sein grelles Licht ein für allemal ausknipsen. Ihre Hand bewegte sich heftiger über den Katzenkopf. Michael, Alexander, Daniel, wiederholte sie im Stillen. Und Mark, fügte sie in Gedanken hinzu. Die Katze stellte die Ohren auf, und Frau Mantek wackelte mit dem Kopf. Als hätten beide verstanden. Mona tastete nach dem Handy in der Manteltasche. Sein Klingeln jetzt, und sie wäre erlöst. Frau Mantek beobachtete sie mit zur Seite geneigtem Kopf. Mona wünschte die Katze und Frau Manteks starre Vogelaugen zum Teufel.

„Er hat sie rausgeworfen, und Sie hoffen immer noch", kicherte die alte Frau. „Ich sag's doch, Frauen sind dumm. Dabei ist es ganz leicht, mit einem Mann umzugehen. Sie können das auch. Sie haben alles, was Sie dazu brauchen. Den gewissen Geburtstag, Wut und seinen Mantel. Den müssen Sie nur noch aufhängen." Plötzlich hatte sie ein freundliches Gesicht. „Es wäre gut, wenn Sie ihn jetzt aufhängen. Wenn Sie wollen, kann ich es für Sie tun."

Ungläubig starrte Mona in das Gesicht vor ihr. Hatte Mark sie so gesehen? Und sie deshalb verraten? „Er darf nicht ohne mich leben", flüsterte sie. In dem schummrigen Licht sah sie Frau Manteks Augen aufblitzen.
„So ist es recht." Frau Manteks Krallenfinger zogen am Mantel. Dabei wisperte sie: „Geben Sie ihn mir."
Mit einem wehklagenden Ton und ausgestreckten Krallen sprang die Katze Mona vom Schoß. Als würde sie hinterherge-

zogen, sprang auch Mona mit einem Schrei auf. Sie ergriff das Buch und schlug mit ihm auf Frau Manteks Finger, die von allen Seiten nach ihr griffen. Auf dem Weg zur Diele stolperte sie über die Katze.

„Michael", kreischte Frau Mantek, „Daniel, Alexander."

In der Diele streckten sich Mona von den Wänden Ärmel entgegen. Sie schlug mit dem Buch um sich und riss die Haustür auf.

„Meine Katze, meine Katze!", hörte sie hinter sich Frau Mantek schreien, „Die hat meine Katze erschlagen! Ich hab's doch gewusst. Mit Frauen hat man noch mehr Ärger."

Aufatmend ließ Mona sich auf den Autositz fallen. Das hätte ihr gerade noch gefehlt, dass die Alte ihr Mark raubte. Den Ersten, den sie selber aufhängen würde, wenn er ihren Rauswurf nicht bald bereute.

Zwielicht
Katharina Offenborn

Mit einem Schlag bin ich wach. Ich fühle mich so leicht und beschwingt wie schon lange nicht mehr. Um mich herum Wald, Büsche, schräg einfallende Sonnenstrahlen, scharfkantige Segmente aus Licht. Unter mir schneebedeckter Waldboden. Ein Strahlenkegel erfasst und blendet mich. Mittendrin taucht Tom auf. Er winkt.

Tom, mein Licht und mein Schatten, mein Halt und mein Untergang. Er winkt mich zu sich.

Ich sehe mich in dem Fluchtauto durch den Wald rasen. Tom fährt, und wir streiten wegen unserer Geisel.
„Lass die Kleine beim Waldgasthof raus!", beschwöre ich Tom. „Sie ist viel zu jung, um gegen uns aussagen zu können. Wir haben doch erreicht, was wir wollten, also lass sie jetzt gehen!"
Ich bin so entschlossen wie selten. Nie erschien mir etwas wichtiger. Wider Erwarten bremst Tom an der Einfahrt zum Parkplatz ab. Manchmal überrascht er mich noch. Ich schnalle die Kleine los, steige aus und schiebe sie sanft in Richtung Schänke. Dann setze ich mich auf den Beifahrersitz und nicke Tom aufmunternd zu.

Die Fahrt geht in rasendem Tempo weiter. Ich befinde mich in einem Zustand jenseits von Angst und Erwartung. Wir haben mehr Geld auf dem Rücksitz als andere je auf ihrem Sparbuch. Was mich vor einer Stunde noch mit atemloser Spannung erfüllte, berührt mich kaum noch. Nichts ist mehr von Bedeutung, seit das Mädchen ausgestiegen ist. Tom fährt schnell, zu schnell für diese kurvige Straße. Doch das ist mir egal. Ich, die normalerweise schon bei einem geringeren Tempo vor Angst vergeht, lasse Tom gewähren. Als hätte alles seine Richtigkeit. Auch als der Wagen ins Schleudern gerät und wir schlagartig langsamer werden und nur noch reglos dahinzuschweben scheinen, empfinde ich nichts als Ruhe. Den Baum, der auf uns zukommt, begrüße ich wie das Ziel meiner Träume.

Ich suche mit meinen Blicken den Waldboden ab und entdecke das Wrack eines roten Autos. Wie hypnotisiert starre ich darauf – und begreife: Dies ist der für den Bankraub geklaute Wagen, „unser" Wagen. Was aber tue ich hier und Tom dort? Blaulicht flackert zwischen den Bäumen gleich irrlichternden Gasflammen. Kurz darauf kommt ein Polizeiwagen schlitternd am Unfallort zum Stehen. Zwei Männer in Uniform steigen aus, einer greift zum Funkgerät, der andere umrundet mit schnellen Schritten das an einem Baum zusammengestauchte Fahrzeug.

Andy. Meine erste Liebe, der beste Freund, den ich jemals hatte, Andy, der mich wegen meiner vielen Drogen verließ.

„Lass es gut sein, Samantha, komm endlich, wir müssen los!"
Es ist Toms Stimme, die in meinem Kopf dröhnt. Wovon redet er? Warum die Eile? Ich habe es nicht eilig. Ich möchte sehen, was Andy sucht. Wo ich ihn nach so langer Zeit mal wiedersehe.
„Sam, komm mit mir. Du wirst es sonst bereuen!"
Typisch Tom, immer drängend, drohend, die Richtung angebend. Doch heute lässt mich das kalt. Ich will nicht mit, um nichts in der Welt.

Ich folge Andy, der nun eingehend die Überreste des Autos untersucht, und spüre, wie die Erinnerungen an ein anderes Leben Gestalt annehmen. Andy und ich als Banknachbarn in der Schule. Andy und ich, die Unzertrennlichen, Andy und ich bei einer Party. Er reicht mir den ersten Joint meines Lebens.

‚Mein Gott, das ist ja Sam!'
Andys Gedanken reißen mich aus meiner Versunkenheit. Er hat mich erkannt!

„Samantha, lass den Quatsch, dies hier geht dich nichts mehr an, komm sofort mit!"
Schon wieder Tom. Muss sich immer einmischen, kann es nicht haben, wenn es mir ohne sein Zutun gut geht. Liebe nennt er das. Abgöttische Liebe, über die ich froh sein solle. Für keine Frau habe er je so empfunden. Das hat mir oft ein schlechtes Gewissen bereitet, wenn ich mich gegen seine Bevormundung zu wehren versuchte. Heute nicht.
„Geh doch voraus, wenn du meinst, dass es eilt, ich habe hier noch zu tun", halte ich ihm stumm entgegen. Ich will meine Ruhe. Tom wendet sich ab und verschwindet. Ich atme auf.

Wieder züngelt blaues Licht zwischen den Bäumen. Kein Ton durchdringt die Stille, bis auf die Stimmen in meinem Kopf. Im Augenblick interessiere ich mich mehr für die herannahenden Autos: eine Feuerwehr, gefolgt von einem Krankenwagen und einem weiteren Polizeiwagen. Der Wald ist in gespenstisch wogendes Blau getaucht. Ich nähere mich Andy, bis ich ihn fast berühren kann. Seine Züge sind mir vertraut, trotz des Entsetzens, das aus ihnen spricht. Er ist älter geworden, reifer, aber noch immer „mein" Andy.

Die Männer haben mittlerweile Werkzeug herangeschleppt und machen sich am Auto zu schaffen. Sie schneiden Teile vom Wrack. Stück für Stück bahnen sie sich ihren Weg.

„Sam, was tust du hier? Warum hat es nur so weit kommen müssen?!"
Ich zucke zusammen. Andys aufgebrachte Gedanken hallen in meinem Kopf, seine Verwirrung sticht in mein Herz. Wovon

spricht er nur? Plötzlich begreife ich: All diese Menschen versuchen, uns, Tom und mich, aus dem Auto zu befreien, in dem wir eingekeilt sitzen, blutverschmiert und seltsam verrenkt.

,Tom ist tot', schießt es mir durch den Kopf. Und ich sehe aus, als würde ich schlafen. Wie eine Fremde erscheint mir die Sam da drin, um die sich alle bemühen. Als gelte es ein Wettrennen zu gewinnen.

„Ich lebe noch!", will ich ihnen zurufen. „Habt keine Sorge, es geht mir gut!"

Tatsächlich fühle ich mich lebendiger und unbeschwerter denn je.

Ich blicke über Andys Schulter auf die zerschundene junge Frau, die gerade behutsam auf eine Trage gehoben wird. Tiefes Mitgefühl mit ihr erfasst mich.

„Sam", schluchzt Andy in meinem Kopf, „halte durch. Du darfst jetzt nicht gehen! Bleib hier, Sam!"

Mein Herz verkrampft sich. Ich habe mit einem Mal Angst. Zwei Männer ergreifen die Trage, schieben sie in den Krankenwagen. Andy wechselt ein paar Worte mit seinem Kollegen und steigt dann ebenfalls ein. Die Wagentür schlägt zu. Ich winke zum Abschied, doch niemand beachtet mich. Die plötzlich über mich hereinbrechende Einsamkeit raubt mir alle Kraft. Während das Fahrzeug einen Satz nach vorne macht, erfasst mich ein Sog, gegen den ich nicht ankann, obwohl ich mich heftig zur Wehr setze.

Ich höre, wie in weiter Ferne mein Name gerufen wird, und versuche die dumpfe Dunkelheit, die mit einem Mal auf mir lastet, zu durchdringen. Mühsam öffne ich die Lider. Schmerz jagt durch meinen Körper wie flüssiges Feuer, mein Herz pocht schwer in meiner Brust, doch über mir sehe ich Andys Augen, die mir beteuern, dass hinter dem Ende ein Anfang wartet. Dass alles seine Richtigkeit hat.

Heiligabend auf Obrion IV
Sophie Karlis

Mrs. Larsson trat in den dunklen Gang. Die anderen Büroparzellen lagen verlassen. Nur in der Einheit nebenan brannte noch Licht.
„Gehen Sie auch, Commander?"
Keine Antwort.
„Zeit, nach Hause zu gehen."
Sie spähte um die Ecke.
Commander Uqut beugte sich über eine Akte. Während er mit der Linken einige Zahlen notierte, flochten seine mittleren Hände einen der Zöpfe neu, die wie ein Bastumhang über seinen kantigen Rücken fielen. Der Zeigefinger einer weiteren Hand markierte eine Tabellenzeile in den Unterlagen neben ihm. Uqut wandte sich wieder dem Bildschirm zu.
„Wir sind die Letzten, Commander", sagte Mrs. Larsson. In der spiegelnden Scheibe sah sie die senkrechte Falte auf seiner Stirn. „Sie wollen doch nicht den Abend im Büro verbringen – heute."
„Abends ist es ruhiger als tagsüber", erwiderte Uqut ohne aufzublicken.
„Ich weiß, dass Sie viel zu tun haben, aber kein Mensch ...", begann Mrs. Larsson und verbesserte sich eilig, „... kein vernünftiges Lebewesen auf ganz Obrion IV arbeitet am Weihnachtsabend um diese Zeit."
„Ein Abend wie jeder andere", sagte Commander Uqut. „Für einen Ivehh."
„Sie haben den Engel aufgehängt", sagte Mrs. Larsson. Über der Landschaft von Papierbergen auf dem Tisch, an der Schreibtischlampe, drehte sich langsam im Luftzug der Klimaanlage der Engel aus Goldfolie, den sie ihm zum Einstand gegeben hatte.
„Dabei sagten Sie, es gebe für Sie kein Weihnachten."

„Ja", sagte Uqut.

„Und ich sagte, Weihnachten rühre alle Herzen an. Sehen Sie, ich hatte recht: Sie haben den Engel aufgehängt."

„Ein Geschenk", erwiderte Uqut. Die äußerste linke Hand zog einen Folianten heran und blätterte nach einer Referenzstelle. „Eine Geste der Höflichkeit."

„Oh", sagte Mrs. Larsson. Er meint es nicht persönlich, dachte sie. Es liegt an seiner Kultur. Durch die Fensterfront betrachtete sie die Sternformationen vor Obrion IV. Wie Puderzuckersprenkel am schwarzen Himmel. „Sie sollten sich ein gutes Essen gönnen. Eine Kerze anzünden. Auch wenn es nur ein Brauch von uns Menschen ist, dass wir zu Weihnachten Lieder singen und Lichter aufstellen und eine Tanne, aber ..."

„Hm?" Der Commander schlug eine Seite um.

„... oh, natürlich", fuhr Mrs. Larsson fort. „Tannen sind Nadelbäume, die bei uns auf der Erde wuchsen. Zu Weihnachten stellten wir sie in die Wohnung und schmückten sie mit Glaskugeln und Herzen und kleinen Figuren, und es duftete im ganzen Haus nach Tanne und Zimt."

„In die Wohnung?" Commander Uquts Blick traf ihren im Spiegel der Scheibe. „Einen Baum?"

„Es ist, wie soll ich sagen, ein Symbol. Für das Leben." Sie drehte den Ring an ihrem Finger. „Die Tannen blieben immer grün, selbst im Winter."

„Ah."

„So nannten wir die kalte Jahreszeit." Mrs. Larsson seufzte. „Draußen läge jetzt Schnee, und die Kinder liefen am Morgen in den Garten, um darin herumzutollen."

„Schnee entsteht, wenn Wasser unter dem Gefrierpunkt an Staubpartikeln kristallisiert", sagte Uqut.

„Sie haben recht, Commander. Es ist schwer zu erklären." Sie seufzte wieder.

Uqut schwang in seinem Drehsessel herum. „Warum gehen Sie dann nicht und stellen Kerzen auf?"

„Ich wäre längst zu Hause", sagte Mrs. Larsson ein wenig gekränkt. Er machte es einem wirklich nicht leicht, nett zu ihm zu sein. „Da sah ich Licht an Ihrem Platz. Ich dachte, der arme Commander verbringt den Abend im Büro, damit er nicht allein in seinem Quartier sitzt und durch das Fenster all die Lichter sieht. Sehen Sie, jeder hier auf Obrion IV verbringt den Abend mit der Familie, aber Ihre Angehörigen leben weit entfernt von hier. Niemand sollte einsam sein am Weihnachtsabend."

„Ivehh sind nicht einsam." Der Commander betrachtete sie aus seinen wässrigen Augen. „Einsam sein ist ein Gefühl."

„Sie haben den Engel aufgehängt."

„Sie haben ihn mir geschenkt."

„Ach", rief Mrs. Larsson. „Seien Sie doch nicht so stur! Fühlen Sie sich denn niemals verlassen, hier draußen, mitten in der Galaxie? Sehnen Sie sich nie nach Ihrer Heimat – nun sehen Sie mich nicht an, als ob Sie nicht wüssten, was ich meine. Ihr Heimatplanet, Commander. Wo Ihre Familie lebt. Ihr Vater, Ihre Mutter, die, mit denen Sie aufgewachsen sind. Wo die Orte sind, die Sie als Kind kannten –"

„Nein", sagte Uqut.

„Es ist völlig in Ordnung, sich am Heiligabend nach seiner Familie zu sehnen", sagte Mrs. Larsson, und eine Träne stahl sich in ihr Auge.

„Ivehh leben nicht in Familien. Sie wachsen auf und gehen ihrer Wege."

„Das weiß ich", sagte Mrs. Larsson. Ihre Stimme zitterte. Sie fasste sich ein Herz. „Aber es ist Weihnachten. Na los, machen Sie schon den Computer aus und kommen Sie mit mir. Ich koche uns ein Weihnachtsessen, und dann zünden wir die Kerzen an. Mögen Sie Glühwein? Ein Glühwein wäre herrlich. Was meinen Sie?"

Commander Uqut sah zu seinem Bildschirm, den Papieren auf seinem Tisch und dann auf den goldenen Engel an seiner Schreibtischlampe, der sich nun in die andere Richtung drehte.

Schließlich verschränkte er beide Armpaare vor der Brust und sah wieder Mrs. Larsson an.

„Weihnachten ist wichtig für Sie."

„Oh, ja", sagte Mrs. Larsson. „Es ist die schönste Zeit des Jahres. Als Mr. Larsson noch lebte –" Ein Schleier legte sich über ihren Blick.

„Ich habe gehört, was mit Mr. Larsson passiert ist", sagte der Commander. „Die Invasoren, nicht wahr?"

Mrs. Larsson tupfte sich den Augenwinkel. „Er wollte die Erde um keinen Preis verlassen."

„Seine Heimat?" fragte Commander Uqut. „Wo er herkam."

„Ja", flüsterte Mrs. Larsson. „Wo er herkam."

„Und Sie auch."

„Ich auch."

„Wo Schnee fiel. Wo Menschen mit ihrer Mutter und ihrem Vater und einem Baum Lieder sangen. Und sich Engel schenkten?"

„Ja."

„Verstehe", sagte Uqut. Er warf einen letzten Blick auf die Datenblätter und nickte. „Gehen wir."

Herzdame
Cornelia Fröschl

„Liljana, endlich, wo steckst du? Seit 20 Minuten müsste ich weg sein ...!"

Während ich mit meiner Babysitterin telefoniere, blicke ich zu meinem dreijährigen Töchterchen, das in Strumpfhosen auf dem Designer-Sofa herumhopst.
„Wie? Im Schnee? ... Die Straßenbahn? ... Was, erst in einer Stunde? ... Und was mach ich jetzt mit Daniela?"

„Daniela, nein, das ist der falsche Schuh. Gib her, Papi macht das. Wer hat dir bloß Stiefel mit Schnürsenkeln gekauft! Die Mami muss ja Zeit haben! Setz dich mal auf die Couch! Liebes Mädchen! So, und jetzt den rechten Fuß."
Daniela kichert, zieht ihren Fuß weg.
„Ich weiß, du bist kitzlig, aber wir müssen jetzt den Schuh anziehen. Papi hat es eilig. Jetzt ruf ich Mami an, ob du heute früher zu ihr kannst." Ich streiche ihr über das feine Haar. „Bleib schön sitzen, ja?"

„Hier ist die Mailbox von Lore Di ..." Wozu meine Ex ein Handy besitzt, wenn sie es doch nie einschaltet! Daniela hat den Schuh inzwischen wieder abgestreift und unter das Sofa fallen lassen. Als ich unter die Couch krieche, kreischt sie vor Vergnügen. Mit rotem Gesicht tauche ich auf, schlage mir auch noch den Kopf an.
„Verflucht!" Ich befühle meinen Hinterkopf und lächle Daniela zu, die plötzlich verstummt ist. „Nichts passiert, Dani."
Schon lacht sie wieder.
Ich rapple mich auf. Zehn vor zwei! Um Punkt zwei muss ich

an der Meraner Straße sein. Wenn die Höchstetter die Villa kauft, beauftragt sie mich mit der Inneneinrichtung, so viel ist klar.

Dass ich Lore nicht erreicht habe, ärgert mich. Nicht nur, weil ich jetzt Daniela zur Baubesichtigung mitschleppen muss. Anschließend wollte ich mich nämlich, fern von Farbvorschlägen und Kuscheltieren, mit einer Frau im Café treffen. Ja, eine Frau kennenlernen! Cappuccino trinken, reden und – mal sehen. Ihre Internetanzeige hat mich verlockt, wir haben uns gemailt. Dann sechs Stunden telefoniert. Und uns für Samstag, drei Uhr, im Altstadtcafé verabredet. Erkennungszeichen: heller Schal.
   Zum Glück besitze ich einen cremefarbenen aus Kaschmir. Am Mittwoch habe ich ein bordeauxfarbenes Hemd gekauft, am Donnerstag ein weißes mit bordeauxfarbenen Streifen. Und eine neue Kette für meine Taschenuhr.

„Daniela, wo sind deine Handschuhe? In der Manteltasche? Fein, die ziehen wir jetzt an. Schnell, das Mützchen. Stillhalten! Was für einen schönen gelben Schal du hast!"

Gestern Abend hat dann die Höchstetter angerufen. Gesagt, dass sie unbedingt noch übers Wochenende ihre Kaufentscheidung treffen will. Ich hab an mein Rendezvous gedacht. Und trotzdem zugesagt. Für eine halbe Stunde. Was bleibt mir übrig? Innenarchitekt ist inzwischen ein Luxusberuf. Viele sind arbeitslos.
   Obwohl ich gewohnt bin, am Wochenende zu arbeiten, komme ich heute nicht in Laune. Mein Gefühlsleben dürstet. Über acht Monate sind vergangen, seit ich das letzte Mal mit einer Frau geschlafen habe. Das sollte einem Mann zu denken geben – sagt Woody Allen.

Ich schlüpfe in meine Anzugsjacke, strecke meine Hand in Richtung Kommode aus. Verdammt, wo ist der Schal? Den habe ich doch gestern Abend extra rausgelegt!

„Hast du meinen Schal gesehen?", frage ich Dani. Ich bemühe mich, freundlich zu klingen. „Weißt du, hier auf der Kommode, auf der deine Puppe liegt?"

Daniela reißt ihre Augen auf. „Nein."

„Hast du vielleicht mit dem Schal gespielt?" Meine Augen tasten den Boden um sie herum ab. „Ich verstehe das, wenn die Schmusi mal einen schönen Schal anziehen will. Nein?" Ich rücke die Kommode von der Wand ab, bücke mich. Mein Kopf wird heiß, aber meine Stimme bleibt gefasst: „Daniela, ich brauche einen hellen Schal. Leihst Du mir deinen?"

Mit beiden Fäusten hält Daniela ihr zartgelbes Schmuckstück fest. Ich wühle in den Schubladen. „Du bekommst dafür einen blauen, guck mal?"

„Mag ich nicht."

So ein Dickschädel! Wie ihre Mutter!

„Er gefällt dir nicht?"

Mein Ton klingt schärfer als beabsichtigt. Ich halte ihr einen Strickschal hin, ein Endloswurm aus der Studienzeit, den meine Ex damals für mich gestrickt hat.

„Wie wärs mit bunten Streifen?"

Daniela schüttelt den Kopf: „Rosa."

„Danilein, bitte! Gib mir deinen Schal. Ich gehe auch mit dir Enten füttern!"

Obwohl es draußen nassen Schnee regnet, verspreche ich, schaukeln zu gehen und ihr ein Eis zu kaufen und versuche währenddessen, ihr den gelben Schal sachte von den Schultern zu ziehen. Daraufhin schreit sie so laut, dass ich fürchte, die Nachbarn könnten mich verdächtigen, sie zu schlagen. Also wickele ich mir den gestreiften Fauxpas selbst um den Hals, hebe mein brüllendes Kind auf den Arm und drücke ihm die Puppe in die Hand.

Daniela verstummt augenblicklich. Ihr Gesichtchen nimmt einen bestimmenden Ausdruck an.

„Du musst Schmusi auch anziehen!", befiehlt sie. Ich starre auf das Kleidchen der Puppe und zwinge mich, meine Tochter nicht mehr mit ihrer Mutter zu vergleichen.

„Schmusi friert nicht. Puppen können nicht frieren."

Sofort verändert sich Danielas Miene. „Doch. Es schneit." Ihre Stimme klingt weinerlich. „Schmusi muss Schuhe anziehen."

Zärtlich streichle ich Danielas Rücken. „Das machen wir im Auto, einverstanden?"

Sie biegt sich nach hinten, strampelt heftig.

„Ich muss Pipi!"

Natürlich. Jetzt, wo sie alles anhat: Mantel, Mütze, Handschuhe. Und ihren verdammten Schal.

Ich stelle sie auf den Boden, gehe vor ihr in die Hocke: „Daniela, du warst doch erst vorhin!"

„Muss aber!" Ihr gesamtes Körpergewicht zerrt an meiner Hand, an Ort und Stelle setzt sie sich aufs Parkett. Ich probiere mein „Komm-schon"-Lächeln: „Dani! Wir fahren gleich zu Mami." Ich gebe ihr einen Kuss auf ihr Näschen.

Sie schüttelt den Kopf, dass die Bommeln ihrer Mütze fliegen. Wie in Beton gegossen sitzt sie da, lässt sich keinen Millimeter bewegen. Ich nehme sie bei den Schultern und blicke direkt in ihre unglaublich runden Kinderaugen. „Musst du wirklich?" Ich könnte mir kein ernsteres Gesicht vorstellen als das zarte, fast durchsichtige meiner Tochter. Langsam nickt sie. Ich gebe mich geschlagen.

Mein Handy klingelt.

„Frau Höchstetter? ... ja ... nein ... ich bin schon unterwegs ... ja ... selbstverständlich ..."

Mist, warum hab ich der nicht einfach abgesagt? Das schaff ich nie mehr bis um drei! Wie in einem Film sehe ich mich mehrere

akademische Viertel zu spät ins Café einlaufen. „Die Dame mit dem Schal? Ist vor 20 Minuten gegangen", sagt der Kellner.
„So ein Sch...lamassel", sage ich zu Daniela. „Schlamassel", sie lacht, „Schlamassel."
„Ja", sage ich resigniert. Mechanisch ziehe ich Dani den Mantel aus und löse die Gurte ihrer Latzhose. Wenigstens wird sie mir nicht ins Auto pinkeln.

Während der Fahrt betrachte ich sie im Rückspiegel. Friedlich sieht sie aus, ihre Puppe im Arm. Mein Engelchen! Während sie ihrer „Kasperl und der Schneekönig"-CD lauscht, weile ich bei der Unbekannten im Café. Auf dem Foto wirkt sie ziemlich attraktiv. Ob sie tatsächlich so aussieht? ... tolle Haare ... hätte ich noch zum Friseur gehen sollen? ... schon viertel nach zwei! ... so ein Sauwetter! ... und das Schneetreiben wird immer dichter ... wenn so eine Frau wartet, setzt sich bestimmt gleich ein anderer an ihren Tisch ... der dann die Stirn runzelt, wenn ich atemlos stottere: „Entschuldigung, das ist meine Verabredung" ... verdammt, warum fährt der da vorne nicht schneller ... Mann, die Höchstetter hat Nerven ... im Winter eine Villa umbauen ...!

Plötzlich gellt Danielas Stimme in mein Ohr: Schmusi ist zu Boden gefallen. Ich schlage einen tollkühnen Haken zum Straßenrand, reiße die Wagentür auf, fische die Puppe hinter dem Sitz hervor und drücke sie Daniela unsanft in die Arme. „Pass halt besser auf deine Sachen auf, Du Schlamperle!"
Danielas Gesicht verzieht sich schlagartig. Auch das noch! Bevor Tränen fließen, schmatze ich ihr schnell ein Küsschen auf die Wange. „Bussi, Dani, Bussi, Bussi."

Wieder auf dem Fahrersitz, lege ich den Arm auf das Lenkrad, bette mein Kinn darauf und schaue dem mechanischen Takt des Scheibenwischers zwischen den tanzenden Flocken zu. Die Uhr zeigt zwanzig nach. Was soll ich tun? Der Höchstetter absagen kann ich nicht mehr. Aber meine Verabredung abblasen will ich auch nicht. Ich kann der doch nicht erzählen, dass ich einen beruflichen Termin vorgeschaltet habe! Oder dass ich meine Tochter mitbringen muss! Die hält mich glatt für einen Chaostyp!

Ein Blick in den Rückspiegel: Daniela ist eingeschlafen. Ich beuge mich nach hinten, streiche mit den Fingerspitzen über ihre Wange. Ganz zart. „Herzdame", flüstere ich.

Ich ziehe mein Handy aus dem Plankoffer und wähle. Ich warte. Warte. Niemand meldet sich. Wozu Frauen ein Handy haben? Hören die es nicht? Noch ein Versuch, dann tippe ich:

„Straßenbahn schuld. Sitze im Schneetreiben fest. Schaffe es nicht mehr. Tut mir wahnsinnig leid. Hoffe auf zweite Chance!"

Ein Mann muss wissen, wann ein Kampf verloren ist.
War das auch von Woody Allen?

Sterntaler
Marc van der Poel

„Warum tust du das?", fragt sie.

Ich lehne mich aus dem Fenster des Hotelzimmers und blicke hinab auf die Straße. Ein schäbiges kleines Hotel, dessen Namen ich schon wieder vergessen habe, in einer kleinen amerikanischen Stadt, nach deren Namen ich nicht einmal Ausschau gehalten habe, als der Bus das Ortsschild passierte. Alles, was ich weiß, ist, dass mein Fahrgeld genau bis hierher gereicht hat und ich nun festsitze und keine Ahnung habe, wie es morgen weitergehen soll. Aber ‚Morgen' kommt noch lange nicht. Es ist 11:03 p.m., und die Nacht quält sich durch diesen Ort, langsam wie ein rangierender Güterzug, ängstlich darauf bedacht, niemanden unter die Räder zu bekommen. Nicht gerade hier, wenn es sich irgendwie vermeiden lässt. Vielleicht ist es auch die Einladung, doch noch einmal aufzuspringen. Ein letztes Mal noch Himmel und zurück in einem leeren Waggon. Und dann?

Am Ende der Straße hängt eine Verkehrsampel an einem Drahtseil. Rot wechselt zu Grün. Dann wieder zu Rot.

Mir direkt gegenüber, auf der anderen Straßenseite, ist ein überlebensgroßer Indianer auf die hölzerne Fassade eines Hauses gemalt. Er trägt ein Stirnband und in der Armbeuge ein Gewehr. Darunter stehen die Worte ‚This is the land of peace, love, justice and no mercy'. Von seinen Augen blättert die Farbe ab. Dennoch starrt er mich ungerührt an. Ich starre zurück. Ich blinzle als Erster.

Irgendwo unter mir wird eine Tür aufgerissen. Ich höre jemanden lachen. Und Jazzmusik. Jimmy Scotts zerbrechliche Stimme schwebt körperlos über der Straße: ‚... Heaven is a place where nothing ever happens ...'. Ich schließe die Augen. Horche. Dann schlägt die Tür zu und es ist wieder ganz still.

Ich drehe mich langsam um zu dem Mädchen, das ich erst seit

ein paar Stunden kenne. Ihren Namen habe ich mir immerhin gemerkt. Julia.

Es gibt hier nur einen Highway. Und zwei Richtungen. Sie kam aus der anderen. Auch sie hat kein Geld mehr. Hat mir mit ihren letzten Dollars eine Mahlzeit spendiert. Und ein gemeinsames Hotelzimmer. Morgen stehen wir beide auf der Straße. Zwei Deutsche am Ende einer leeren Fahnenstange. In Shithole-Town, Nevada, USA.

Julia hat Pullover und Jeans ausgezogen und sitzt im Schneidersitz auf dem Bett. Sie sieht mich an.

„Was hast du gesagt?", frage ich.

„Ich habe dich gefragt, warum du das immer tust. Mit den Münzen in deiner Tasche klimpern."

„Ach das", sage ich und schlage mit der Hand auf meine Hosentasche. Es macht ein metallisches ‚Tschick'. „Ist nur so eine Angewohnheit. Ich merk das schon gar nicht mehr."

„Du machst das ständig. Deine Tasche bekommt schon ein Loch davon."

„Ja", sage ich, „sie bekommt ein Loch."

„Ist ja auch egal."

Ich stoße mich von der Fensterbank ab und gehe hinüber zum Bett, wo ich mich Julia gegenüber auf die Matratze setze. Ich greife in die Hosentasche und hole einige abgegriffene amerikanische Ein- und Fünfcentstücke daraus hervor. „Die habe ich von meinem Großvater."

„Und sie haben eine Bedeutung für dich?"

„Als ich ein kleines Kind war, hat er mir immer erzählt, sie könnten ihm Wünsche erfüllen, wenn er damit klimpert. Und er hat ständig damit geklimpert."

„So wie du."

„So wie ich."

Ich lege die Münzen in einer Reihe zwischen uns auf die Bettdecke. „Er hat sie immer seine ‚Sterntaler' genannt. Sie waren das erste Geld, das er verdient hat, als er als junger Mann in die Staaten gekommen ist. Als Kriegsgefangener. Mit Schuheputzen für die GIs. Und er hat sie nie ausgegeben, sondern als Glücksbringer behalten. Nach seiner Freilassung ist er noch ein paar Jahre hiergeblieben. Hat das ganze Land bereist. Und mir später die Geschichten seiner Abenteuer erzählt. Und er konnte erzählen. Als Kind saß ich auf seinem Schoß und habe Bilder an der Wand gesehen. Von den großen Städten. Den endlosen Highways. Von Cowboys und Indianern. Es hat mich mit einer wilden Begeisterung für alles Amerikanische erfüllt. Später kamen natürlich noch die Kinofilme dazu. Aber mein Großvater hat den Anfang gemacht."

„Was ist aus ihm geworden?"

„Er ist irgendwann nach Deutschland zurückgekehrt und hat für den Rest seines Lebens in einer Würstchenfabrik gearbeitet. Aber er hat sich immer zurück in die Staaten gesehnt. Er war sich ganz sicher, dass er hierher zurückkehren würde, wenn er in Rente ginge."

Ich mache eine Pause und tippe mit dem Fingernagel auf jede einzelne Münze. „Er hat sein Ausscheiden aus dem Betrieb nur um ein paar Wochen überlebt. Er kam wegen eines kleinen Schwächeanfalls ins Krankenhaus. Ich habe ihn dort besucht. Habe seine schmutzige Wäsche abgeholt. In der Hose waren seine Sterntaler. Ich habe sie eingesteckt, damit sie nicht verloren gehen. Am nächsten Tag war er tot. Herzversagen."

Julia berührt mich am Arm. "Und seitdem trägst du die Münzen bei dir."

"Ja. Und die Sehnsucht nach Amerika in mir." Ich schüttle den Kopf. "Ich hatte alles. Eine tolle Freundin, einen guten Job. Was man sich nur wünschen kann. Und hab irgendwann alles aufgegeben, um hierherzukommen. Ich musste einfach. Ich musste das Amerika meines Großvaters sehen. Die Highways suchen, die großen Städte. Und die Indianer ..."

„Und?", fragt Julia.

„Das hier ist nicht das gleiche Land." Ich versuche zu lächeln.

„Albern, was?"
„Gar nicht. Jeder hat wohl sein Kindermärchen, für das er sich manchmal zum Narren macht."
„Du auch?"
„Natürlich. Cinderella. Wie alle kleinen Mädchen. Und mich hat es nach Hollywood gezogen. Da musste *ich* einfach hin. Du weißt schon. Die Suche nach Prince Charming, der mich zum Star macht und so. Die ganze Ochsentour."
„Und?", frage ich.
„Diese Glasschuhe gehen so leicht kaputt. Und die Scherben sind verflixt scharf. Vor allem, wenn man irgendwann nichts anderes mehr will als möglichst schnell weglaufen."
Wir sitzen einander eine Weile schweigend gegenüber auf dem Bett. Dann rutsche ich ein Stück näher zu ihr hin, streiche über ihr Bein und beginne ihren Hals zu küssen.
Sie nimmt mein Gesicht in die Hände und sieht mich an. „Ich glaube nicht, dass ich mich in dich verlieben könnte", sagt sie.
Ich zucke mit den Schultern. „Schon klar. Ich mich in dich auch nicht."
Sie streichelt meine Wange und küsst mich vorsichtig auf den Mund. Dann sagt sie: „Weißt du, ich habe nämlich heute Geburtstag."
„Ist nicht wahr."
„Doch. Jedenfalls, was davon noch übrig ist."
„Wie alt bist du geworden?"
„Verrat ich nicht."
Ich nehme sie in die Arme, und wir halten einander eine ganze Weile einfach nur fest.
Dann lässt sie mich los, nimmt die Münzen von der Bettdecke auf und lässt sie langsam durch ihre Finger von einer Hand in die andere rinnen. „Das würde gerade für eine Dose Bier reichen. Ich meine hinterher."
„Okay", sage ich. „Ein Bier, das ist doch was Reelles."

Lemminge
Kirsten Bloem

Als mir meine Eltern an meinem dreiundzwanzigsten Geburtstag zu verstehen gaben, dass sie mich nun aber bald „in Weiß" zu sehen wünschten, hatten sie etwas ganz anderes im Sinn als meine Arbeitskleidung. Bislang musste ich sie in dieser Beziehung enttäuschen. Was den Mann fürs Leben betrifft, da kann ich mich einfach nicht festlegen.

Ich gehe zu Fuß nach Hause. An milden Tagen wie heute setze ich mich für eine Weile auf die Regentonne, die bei *Vinyl Records* auf der anderen Seite der schmalen Einbahnstraße steht. Musik schallt zu mir herüber. Ritchie, der eigentlich Rüdiger heißt, steht mit verschränkten Armen im Türrahmen und schwenkt seine dünnen Haare im Takt. Er spielt die alten Sachen von den Bands, deren Namen kaum einer mehr kennt: *Hölderlin* oder *Ougenweide*, zum Beispiel. Wenn eine Platte zu Ende gespielt ist, verschwindet er in seiner Schummerhöhle, um die nächste Scheibe aufzulegen. Dann stellt er sich mit einer Selbstgedrehten zurück in die Tür. Die ganze Zeit, während ich hier sitze, sieht er zu mir herüber, die Zigarette im Mundwinkel. Im Schaufenster parkt seine alte NSU. Beziehungsweise das, was von ihr übrig geblieben ist.

„Mumiah, mein Engel", hat Ritchie mich genannt, als er aus dem Koma aufwachte. Wochen später hat er mir grinsend „Slow, but not dead" von *Wall of Sleep* in die Hände gedrückt.

Es wird Zeit für mich. Ritchie schenkt mir zum Abschied ein schiefes Lächeln. Er legt die Hand auf seine Brust und macht eine lustige kleine Verbeugung. Es geht ihm gut.

Die Rollen meines Einkaufswagens schnurren vor mir her am Tiefkühlregal entlang. Es ist ein bisschen wie Gassi gehen. Immer die gleiche Runde: Obst und Gemüse, Kaffee, Tee, das Übliche. Dann noch Käse von der Theke.

„Hundert vom Pont l'Evêque und einen Chabichou", sage ich, als ich an der Reihe bin. Ich liebe es, die französischen Namen auszusprechen. Kleine Koseworte.

Die Verkäuferin mit den Daisy-Duck-Wimpern schlägt die beiden Käsestücke in feste Papierbögen ein und sieht mich dann erwartungsvoll an.

„Danke, das war's leider schon", sage ich. Ich muss mich zusammenreißen. Erst gestern habe ich einen versteinerten Tomme de Savoie entsorgt, der sich im Kühlschrank hinter den Essiggurken versteckt hatte.

Mein Fräulein Daisy braucht zwei Anläufe, um den Bon an die Tüte zu knipsen. Sie scheint heute nicht ganz auf der Höhe zu sein. Ihr Teint, bläulich schimmernde Wangen, Augenringe. Das hat nichts Gutes zu bedeuten. „Mit Ihnen alles in Ordnung?", frage ich vorsichtshalber.

Sie sieht mich verwundert an. „Ja, warum?"

„Ach, nichts ... ich dachte nur ..."

Dass ich mich nicht zurückhalten kann! Noch steht sie auf zwei Beinen, und falls sie hinter der Theke zusammenbrechen sollte ... Es wird sicher jemand zur Stelle sein.

Vielleicht ist es das Licht. Oder ein neues Make-Up. Vielleicht hat sie aber auch nur die Nacht durchgefeiert, sie ist jung.

„Einen schönen Abend", sage ich. Den wünsche ich ihr von Herzen.

Die Tüte mit dem Käse landet im Einkaufswagen neben dem Meeresfrüchtesalat und der Flasche Prosecco. Drei freie Tage müssen gefeiert werden. Zunächst ein Entspannungsbad, danach ein leckeres kleines Diner, ganz für mich allein. Und dann mein Lieblingsfilm:

Ein Lied von Liebe und Tod. Noch nie habe ich bis zum Ende durchgehalten. Dreimal habe ich es bis zu der Stelle geschafft, wo die lebenslustige Ilona entscheiden muss, ob sie die Nacht mit Lazlo, ihrem Geliebten, oder aber mit dem zum Sterben schönen Pianisten András verbringen möchte. Hier klinke ich mich jedes Mal aus und beginne die Vor- und Nachteile der beiden so unterschiedlichen Männer abzuwägen. Was täte ich an Ilonas Stelle? Entschiede ich mich für den Zuverlässigen, ein wenig Langweiligen, oder für den Gefährlichen mit der Todessehnsucht? Diese Erwägungen treiben mich so sehr um, dass ich irgendwann den Überblick verliere und in meinen weichen Sofakissen eindämmere.

Für wen Ilona sich am Ende entschieden hat? Ich weiß es immer noch nicht.

Garaus nach Sex im Kühlhaus. – Komet rast auf Erde zu. – Ach, du meine Güte, es ist unglaublich!

Langsam schiebt sich die Warteschlange am Zeitschriftenregal vorbei.

Vor mir steht ein Mann, weißes Hemd, Ärmel bis zu den Ellbogen hochgekrempelt, braune Haarkringel hinter die Ohren geklemmt. Er hat „meinen" Prosecco im Wagen, Käse, die gleichen Meeresfrüchte, … Er neigt den Kopf leicht zur Seite und reibt mit seinen Fingerspitzen die freigelegte Stelle am Hals. Er hat Glück, da gibt es keinen einzigen verdächtigen dunklen Fleck. Nichts als ein paar erregende Quadratzentimeter zarter, leicht gebräunter Männerhaut. Ich möchte Vampir sein.

Wenn er sich zu mir umdreht, bevor ich bis zehn gezählt habe, werde ich ihn fragen, ob wir unsere Einkäufe nicht einfach stehen lassen und zu ihm gehen wollen. Die Zeit bis zum Kometeneinschlag sollten wir keinesfalls mit Essen und Trinken verplempern.

Leider fängt in diesem Moment sein Handy an zu dudeln, und er verwickelt sich in eine Diskussion über Temperaturen und den Eisprung von einer Carola aus Rosenheim.

Meilenweit davon entfernt, mit dem Schlimmsten zu rechnen.

Dabei passiert es ganz unverhofft. Aus heiterem Himmel sozusagen.

Man muss sich das mal vor Augen führen: Du verabredest dich mit deinem Schatz beim Vietnamesen, nimmst auf dem Weg dorthin einen klitzekleinen Schlenker in Kauf, um nicht von dem Schmierlappen an der Imbissbude angequatscht zu werden, und – schwupps, kommt dir so ein durchgeknallter Kerl mit Samuraischwert in die Quere.

Oder – du marschierst mit dir und der Welt im Einklang an einem ausrangierten Bahngleis entlang. Die Sonne scheint, nicht zu heiß, genau richtig, links von dir Raps und Mohn, so weit das Auge reicht; in deinem Rucksack warten zwei köstliche Schinkentramezzini und ein prallrosa Pfirsich ohne Druckstelle darauf, von dir verspeist zu werden; du denkst, Mensch, kann das Leben schön sein, und dann – ratzfatz, aus und vorbei. Du hast dich im Gleis geirrt.

So geht das.

Frau Kolasch vom Kiosk legt ihr Kreuzworträtsel beiseite, als ich meine Einkaufstüten bei ihr absetze. „Krause Gedanken, Kindchen? Sie sehen erledigt aus."

Das hört man gern. „Na ja", sage ich, „war ein anstrengender Tag."

„Frühlingserwachen", orakelt sie mit hüpfender Augenbraue und piekt dabei mit dem Kugelschreiber in ihr bauschiges Haar. „Zwokommafünf läppische Sonnenstrählchen, und schon treibt's alle aus dem Haus. Wie die Lemminge, nich?"

Frau Kolasch kennt sich aus. Gestern noch Fachfrau für Kolibakterien, gibt sie heute die Lemmingexpertin.

„Erst vorhin hab ich was drüber gelesen. Die kleinen Biester stürzen sich u-ni-so-no..." Mitten im Satz hält sie inne und beginnt wie im Zeitraffer einen Stapel Tiermagazine durchzublättern.

„Da haben wir's", sagt sie. „Hören Sie mal zu: Lemminge,

skandinavischer Raum, gedrungen gebaute, kurzschwänzige Wühlmäuse mit großem Kopf, kleinen, rundlichen Ohren, kleinen Augen, dicht behaarten Füßen …"

Die Beschreibung passt haargenau auf den alten Brömmer vom Pelzgeschäft, dem ich heute die Sauerstoffmaske aufs Gesicht gedrückt habe. Leider vergeblich. Mit Badelatschen, Lederkäppi und sonst recht wenig am wolligen Leib, hat er neben seinem roten Sportflitzer im Krautacker gelegen. Aber davon erzähle ich Frau Kolasch nichts. Auch nicht von dem offenen Bauchtrauma, der abgetrennten Hand und der Unterschenkelfraktur vom Nachmittag. Ich will ihr ja keine Albträume verschaffen.

„Und was ist nun mit *unisono*?", frage ich.

„Ich habe gelesen, die stürzen sich zu Tausenden wie auf Kommando in den Tod. Da musste ich sofort an Sie denken, Kindchen. Hören Sie das? Da hinten kommt schon wieder einer von Ihren Kollegen angedüst. So geht das doch am laufenden Band, oder nich?" Frau Kolaschs Augen schimmern wässrig.

„Aber Frau Kolasch!" Ich kann mir das Lachen kaum verkneifen. „Jetzt übertreiben Sie mal nicht. Ich komme ganz gut zurecht. Und das mit dem Massenselbstmord von den Lemmingen – das ist doch sicher nur ein Märchen, oder?"

Frau Kolasch strafft sich. „Meinen Sie? Das wäre mir ehrlich gesagt auch lieber. Ich kann so traurige Geschichten irgendwie nich ab. Was bin ich froh, so heil und gemütlich hier im meinem Büdchen zu hocken und meine Kreuzworträtsel zu lösen. Zeitung, wie immer?"

Sie nimmt eine *Abendnachrichten* vom Stapel, rollt sie, pickt zwei dünne Gummiringe aus einer Blechdose und lässt sie von ihren rosa lackierten Fingernägeln über die Zeitung flitschen. „Ja, ja, der Frühling, da sprießen die Hormone. Ich sag immer … wie kleine Knallfrösche. Man weiß gar nich, wie einem geschieht."

„Und bei Ihnen", frage ich, weil sie offensichtlich irgendetwas loswerden muss, „sprießt es da auch?"

Sie beugt sich über die Ablage zu mir herüber. Richtig glücklich sieht sie aus. „Sie werden's nicht glauben, Kindchen", flüstert sie mir zu, „ich alte Schachtel hab mich tatsächlich noch mal verknallt. Ist aber alles noch ganz frisch. Heute Morgen allerdings ... Ich habe mal wieder die falsche Entscheidung getroffen. Ärgere mich schon den ganzen Tag darüber. Wissen Sie, wie das ist, wenn man sich dauernd selbst im Weg steht?"

„Nee", sage ich, „das Problem kenne ich nicht. Ich treffe meine Entscheidungen aus dem Bauch heraus."

„Das kriege ich nich mehr hin auf meine alten Tage", sagt sie. „Aber ist am Ende nicht sowieso alles nur eine Frage von Glück oder Pech?"

„Vielleicht können Sie's ja wieder geradebiegen mit Ihrem Verliebten", sage ich. „Sie schaffen das sicher."

„Genau! Geradebiegen ist auf alle Fälle einen Versuch wert." Sie lacht. „Brömmer Senior. Pelz-Brömmer. Sagt Ihnen doch was?"

Der Straßenlärm schwillt in meinem Kopf zu einem ohrenbetäubenden Dröhnen an. Ja, verdammt! Sagt mir was!

„ ... ist in aller Herrgottsfrühe an meinem Büdchen vorbeigeflitzt. Mit runtergelassenem Verdeck und so einem albernen Hütchen auf'm Kopf. Wollte mich zu einer Spritztour auf die Alb mitnehmen. Wenn er noch mal fragt, fahr ich mit."

Nein, ich kann es ihr nicht sagen. Ich werde jetzt nach Hause gehen, meinen Plattenspieler aus dem Keller holen und mir Ritchies Platte anhören.

Türen
Katja Sacher

Der Dietrich passt. Joschka stößt die schwere Tür der Villa auf und schiebt sich schnell ins Haus. Achtsam setzt er seinen prall gefüllten Rucksack auf dem Orientteppich ab, schaut sich um. Eine zierliche Kommode mit hohen Beinen, darüber blitzende Facetten eines Spiegels. Er lächelt seinem Spiegelbild zu. Gut, dass er sich hat breitschlagen lassen, der Patientin Eckström einen Gefallen zu tun.

Waschlappen, Jacken, wollene Leggins, den Fön und die Musikkassetten, alles Reiseutensilien für ihre Kur, hat er bereits mittags hier aufgestöbert – und eine grandiose Idee dazu. Die Villa wird Eric gefallen. Eine bessere Chance, ihm nahe zu kommen, würde es nie geben.

Irgendwo tickt eine Uhr. In der Küche summt leise der Kühlschrank – sonst Stille. Den Rucksack über der Schulter, begibt Joschka sich ins Kochrevier.

Er öffnet den Kühlschrank, zuckt zurück und knallt die Tür so hart zu, dass sie wieder auffliegt. Der bestialische Gestank springt ihn erneut an.

Luft! Er reißt am Hebel des Küchenfensters. Der ist blockiert. Vergebliches Rütteln an den anderen Fenstern. Sicherheitsglas überall – und Gitter. Auch der Griff der Terrassentür gibt nicht nach.

Joschka sucht nach den Schlüsseln für die Sicherheitsschlösser – Fehlanzeige. Sein Gesicht glüht. So ein Mist!

Er durchforstet den Keller nach Werkzeug, findet aber nur eine Isolierbox. Mit angehaltenem Atem verfrachtet er den stinkenden Inhalt des Kühlschranks dort hinein. „Üb immer treu und Redlichkeit", spukt sein Lieblingslied in seinem Kopf. „Üb immer ..."

Statt Frischluft inhaliert er einen Wachholderschnaps.

Mensch, Eric, nu melde dich endlich!
Versonnen nimmt er Kurs auf das Schlafzimmer im ersten Stock. Das Bett – extrabreit. Er zupft die Zudecke zurecht, schnuppert an den Laken, streichelt das Kopfkissen. Kleinkram räumt er in Schubladen. Perfekt.
An diesem ersten Abend mit Eric muss alles stimmen.
Fehler können tödlich sein.

Im prall gefüllten Rucksack wühlt er den verlockenden Düften seiner Mittagseinkäufe nach, lässt sich mit einer Käsebrezel aufs Sofa plumpsen.
Sein Handy deponiert er auf dem runden Marmortisch vor sich. Betrachtet es. Lange.
Eric ... und wenn sie dich geschnappt haben? Joschka massiert seine Stirn.
Zum ersten Mal in seinem Leben ist alles anders – besser. Die Karten sind neu verteilt. Heute hat er das Ass im Ärmel, und Eric, der Unfehlbare, hat sein Spiel vermasselt.
Eric hat die Nerven verloren. Dabei hatte er die Hälfte der Scheinchen schon im Sack.
Er hat seine Kapuze vom Gesicht gezogen, um die Sirenen besser hören zu können. Seine Fans bei der Polizei dürften inzwischen freudig sein Portrait aus der Überwachungskamera der Bank bestaunen. Bezaubernd, von vorn und im Profil.
Heute, Eric ...!
Joschka wird leicht zumute, seidenweich.
Eric, ich will ... Ich will dich, verdammt noch mal.
Er zieht den Atem tief ein. Verheißung überflutet ihn wie eine Welle – und Stolz. Er ist es, der Eric ein grandioses Versteck zum Abtauchen bietet. In einer Luxusbude! Er, Joschka. Der ‚Kleine'.
Jetzt ist Schluss mit klein! 174 Zentimeter, wohlgeformt, geschmeidig und fit, so klein ist das nicht.

Joschka atmet tief durch. Die anderen wissen nichts über ihn, das war ihm immer wichtig. Absolut nichts. Er lächelt.
Gut, dass sie ihn brauchen. Eric braucht Unterschlupf.
Eric, der Athlet mit den blonden Härchen auf seinen braunen Armen. Der sensible Eric mit den vollen Lippen und der Stimme eines Al Pacino. Auf der Schulter eine flammende Rose.

Joschka streckt sich. Zeit, dass Eric ihn ernst nimmt. Woher er den Schlüssel hat, hat er gefragt und zum ersten Mal hat Respekt in seinem Ton gelegen. Organisiert – das musste reichen. Reden ist Silber.

Das Zimmer liegt bereits im Dämmerlicht, als ein Pfiff ihn aufschreckt. Den würde er aus tausenden erkennen. Das ist Eric.
Er springt auf, rammt sich den Marmortisch gegen die Knie, stürzt blind zum Eingang, stolpert. Verdammte Kühlbox! Durch den Spion erahnt er seidig lockiges Haar. Blut schießt ihm ins Gesicht, er reißt die Tür auf.
Eric drückt sich in den Flur. Sich und einen schweren Koffer. Zwei Schatten folgen ihm. Joschka schluckt.
Und dann, während sein Blick noch die Umgebung abtastet und im Bungalow die Rollläden, wie von Geisterhand geführt, heruntergleiten, löst sich aus dem Halbdunkel der Buchenhecke eine weitere Gestalt. Der schöne Paolo. Säbelzahntiger, widerlicher!
Joschka nimmt sich viel Zeit zum Absperren des Dreifachschlosses. Die anderen schwatzen schon im Wohnzimmer, er zelebriert das Hantieren mit dem Schlüssel und pfeift leise sein Lied. Zart streichen seine Fingerspitzen den Kerben im Bart nach, bevor er den Schlüssel in seiner Hosentasche verschwinden lässt.

Die Bande rekelt sich in den Kissen der Wohnlandschaft.
„Boah, was stinkt hier so?"

„Cool bleiben, Leute, das war mal ein Fisch."
„Echt?"
Joschka nickt.
„Ekelhaft!"
„Man gewöhnt sich dran. Hier, probiert's mal mit Schnaps! Lüften geht nicht." Die Flasche kreist.
„Erst mal Geld zählen – oder?"
„Nääh! Ich kratz ab vor Kohldampf! Kleiner, haste nichts Pikantes? Was für echte Kerle?"
„Pikantes? Klaro. Davon hab ich genug." Für den Bruchteil einer Sekunde kreuzt sein Blick sich mit Erics. Der wühlt in seinen Taschen herum. „Mein Handy ist weg."
„Ein Unglück kommt selten allein!"
Joschka wählt die Teller mit den Goldrosen am Rand. Er tischt auf. Sie hauen rein. Graben ihre Zähne in Roastbeef, Toast und Bärlauch-Ecken, schwatzen, rülpsen, lachen.

Nur Eric ist schweigsam. Mit den Zähnen massiert er seine Unterlippe.

An der Spüle steht er hinter Joschka, mit einem leeren Teller und seinem Duft nach Sandelholz.

„Du ..."

Joschka greift nach dem Teller, atmet den Duft. In seinem Rücken lodert Glut ... Er glüht und hält ganz still. Wehrlos, aufrecht.

Atem fliegt.

Sie berühren sich nicht. – Ihre zueinander gewandten Gesichter und ein Teller mit Goldrosen, den sie gemeinsam halten. Mehr nicht ...

Paolo tanzt pfeifend zur Tür herein. „Gibst nen prima Kellner ab, Kleiner!"

„Hey, mach noch paar Würstchen heiß, du Würstchen!", tönt es vom Essplatz her.

Paolo fasst in Erics Haar, spielt mit einer Locke. Joschkas Wangen brennen.

Paolo streift mit einer Hand über Erics Hintern, packt fest zu. Er schiebt, und Eric lässt sich schieben. Richtung Sofa.
Joschka sieht ihnen nach.
Übelkeit steigt in ihm hoch. So ist das also.
Kleiner, sieh mal nach. Ich brauch ne Pfeffermühle.
Kleiner, sach bloß, hier gibt's kein Eis? Ham se keine Musik in der Bruchbude? Ach, schmeiß mir doch noch so ‚ne Krabbeneier her!
Joschka trägt ein Tablett und eine heitere Miene ins Zimmer. Er grinst sie alle an, er lächelt Eric zu, würgt den Brechreiz ab. Der geht sie nichts an.
Eric schaut an ihm vorbei. Weichei!
„Boah, ist das schmierig." Mit gespreizten Fingern räumt Joschka Paolos Teller ab.
„Halt die Klappe, du Sack!"
In Joschkas Mund wird die Spucke knapp. Er verdrückt sich in die Küche. Hat Eric das Zittern seiner Knie bemerkt? Ach, soll er doch ...

Nach dem Essen will Paolo kein Bier mehr. Er will Wein. Rotwein.
„Kleiner, schau mal im Keller nach – aber ja keinen Franzosen." Er schüttelt sich vor Lachen. „Sonst kann ich hinterher nicht mehr auf italienisch ... zählen."

Im Weinregal entdeckt Joschka einen Valpolicella, in der Nische daneben eine metallene Tür. In ihrem Sicherheitsschloss steckt der Schlüssel, und sie lässt sich leicht und geräuschlos zum Garten hin öffnen. Er tritt einen Schritt ins Freie. Tief atmet er die Nachtluft ein, den leeren Blick zum Himmel gerichtet.
Üb immer treu und Redlichkeit ... Ein Schluchzer löst sich aus seiner Kehle.
Schluss! Die da drin sind keine Träne wert. Allesamt nicht. Kurz zögert er – die Hand an der kühlen Klinke. Dann dreht er

den Schlüssel von außen im Schloss.

Mit der flachen Hand klopft er dreimal auf das Metall: Viel Erfolg beim Ausbrechen!

Er verzieht seinen Mund, stellt sich den schönen Paolo vor, wie er mit der Nagelfeile an Gitterstäben sägt.

Pikant! – Aber echte Kerle schaffen das.

Lautlos gleitet er in die Nacht.

Zehn Jahre und ein Mauerfall
Christopher Kaatz

„Mirko!"
Eine Frauenstimme ruft meinen Namen.
Ich drehe mich auf meinem Stuhl um.
„Mirko, bist du das wirklich, Mirko Abel?"
Die Gäste an den Nebentischen schauen hoch, die Bedienung balanciert ihr Tablett, sieht mich böse an, als hätte ich Mirko gerufen, und ich suche die Frau, die zu der Stimme gehört.
Zwischen den Caféhaustischen winkt eine Frau mit der Figur einer russischen Balletttänzerin und einem Gesicht, das nur aus Augen besteht, und kommt auf mich zu.
Ich erkenne sie sofort.
Julia.
Obwohl zehn Jahre vergangen sind. Zehn Jahre und ein Mauerfall.
Vor zehn Jahren saßen wir gemeinsam in einer Klasse in Leipzig. Und heute treffen wir uns wieder in einem Café in Berlin. Westberlin.
Julia stürzt sich auf mich. Impulsiv, stürmisch, lachend. Wir umarmen uns, klopfen uns mit flachen Händen auf die Schultern.
Julia.
Sie hat immer gelacht, sprudelte über vor Tatendrang, spielte Theater, Volleyball und hat alle Jungs in der FDJ verrückt gemacht.
Mich auch.
Schmerzhaft erinnere ich mich. So viele Nächte, in denen ich alleine war. Allein mit mir und meinen Gedanken an Julia. An die blaue Bluse, ihre Brüste, die Beine, ihre wirbelnden Haare, das Lachen.
Julia lacht auch jetzt, sie nimmt keine Rücksicht auf die anderen Gäste im Café.

„Wie schön, Mirko." Sie klatscht in die Hände wie ein kleines Mädchen.

„Du hast dich nicht verändert, ich habe so oft an dich gedacht. Was machst du, wie geht es dir, wo wohnst du, was arbeitest du?"

Sie feuert ihre Fragen in einem Stakkato ab, das mir den Atem nimmt.

„Komm setz dich, Julia!"

Ich unterbreche ihren Redeschwall und schiebe sie auf einen Stuhl. Die Aufmerksamkeit der anderen Gäste lässt nach.

Ich habe auch oft an sie gedacht.

Ein halbes Jahr vor dem Fall der Mauer ist sie abgehauen. Republikflucht. Über Ungarn in die BRD. Ich betrachte sie. Den Kopf in die Hände gestützt, strahlt sie mich an. Sie hat sich verändert. Aus einem hübschen Mädchen ist eine schöne Frau geworden. Schmal ist sie, zu schmal, aber ihre Augen leuchten.

„Du trägst die Haare kürzer, das steht dir."

Glatt gelogen, ich habe immer für ihre langen Haare geschwärmt, die sich um ihren Kopf legten wie ein goldener Schleier.

„Gut siehst du aus, Mirko."

Da ist es wieder, das Ziehen, das ich im Magen gespürt habe, wenn ich ihre Stimme hörte oder nachts in meinem Bett an sie dachte. Jahrelang war dieses Gefühl verschwunden. Vergessen und verdrängt. Und jetzt ist es wieder da.

„Du warst plötzlich weg."

Julia nickt.

„Ich wollte studieren, Mirko, und ich wollte leben. Ich wollte tanzen und schauspielern und alle die Dinge machen, die ich dort nicht machen konnte."

Julia hat „dort" gesagt. Nicht „in der DDR" oder „bei uns".

„Ich konnte mit niemandem darüber sprechen, Mirko. Nicht einmal mit dir. Es war zu gefährlich. Weißt du? Auch für dich."

Ja, ich weiß. Ich habe manches gewusst. Jeden Monat habe

ich Berichte geschrieben. Berichte an die Stasi. Julia kam auch vor in diesen Berichten. Ihre Republikflucht kam nicht vor. Ich wusste ja auch nichts davon. Aber ich habe etwas geahnt. Habe über ihre kritische Haltung geschrieben, ihren Zorn, ihr Aufbegehren. Vielleicht wollte ich ja nur verhindern, dass sie wegging. Meine Gefühle gingen niemanden etwas an, auch meinen Führungsoffizier nicht. Er hat wohl mächtig Ärger bekommen, als Julia abgehauen war.

Stumm nicke ich.

„Woran denkst du, Mirko?"

Wenn ich ihr jetzt sage, dass ich IM war, dass ich Berichte geschrieben habe, dass sie in diesen Berichten vorgekommen ist, wird sie aufstehen, mich ansehen und gehen. Sie wird mich verachten. Bestenfalls. Wenn sie sich überhaupt noch mit mir abgibt.

„An uns."

Das stimmt sogar. Mühsam lächele ich. Auch Lächeln kann gelogen sein.

„Ach Mirko."

Julia seufzt.

„Du hast mir so gefehlt."

Julias Augen schimmern.

Ich liebe diese Frau, ich habe sie immer geliebt. Jetzt ist sie mir so nah wie niemals zuvor in meinem Leben und weiter entfernt von mir, als ich es ertragen kann.

Ich nehme ihre Hand. Schmale Finger, hell glänzende Fingernägel. Meine Fingerkuppen streichen über ihren Handrücken. Ich spüre Gänsehaut.

„Komm!"

Nur ein Wort.

Wir stehen hastig auf, ich bezahle und wir verlassen das Lokal wie zwei Flüchtende. Ich fliehe vor meiner Vergangenheit, fliehe ich auch vor meinem Leben? Aber ich fliehe zusammen mit der Frau, die ich liebe. Wir fahren in meinem kleinen Auto zu ihrer

Wohnung. Das Treppenhaus stürmen wir hinauf, Hand in Hand. Vor der Wohnungstür ziehe ich sie an mich. Atemlos. Ich muss Julia jetzt küssen. Unsere Lippen suchen sich, finden sich, gleiten ab, drängen weiter. Ihre Lippen glühen auf meinem Gesicht, wir pressen uns aneinander wie Ertrinkende. Julia schließt die Wohnungstür auf. Wir stolpern in den Flur. Keuchend halten wir inne.
    Julia lehnt sich an die Wand. Ich nehme nichts wahr. Nur sie. Ich will sie streicheln, berühren, besitzen.
    Jetzt!
    Sie zieht mich in ihr Schlafzimmer. Zwei Verliebte reisen zusammen in das Paradies. Alles, was ich vor über zehn Jahren erträumt habe, geschieht jetzt, und gleichzeitig passiert nichts davon. Ihr Körper fühlt sich anders an, als ich damals geträumt habe. Sie ist so fest. Wie eine Katze bewegt sie sich. Spannung und Nachgeben. Fordern und Anschmiegen. Das Blut rauscht in meinem Kopf. Ich spüre das Zittern ihrer Bauchmuskeln. Ich höre ihr Knurren, wenn ich mich in ihr bewege und ich rieche ihre Haut, die nach Zitronen und nach Gras duftet. Endlich weiß ich, was Glück bedeutet.
    Einen Moment hält sie inne in ihrer Bewegung. Erstarrt. Julia hält mich fest, zieht mich an sich. Ihr Kuss saugt an mir, beißt mich und hält mich fest. Ganz fest. Zitternd liegen wir nebeneinander.
    Julia keucht.
    Ich starre an die Decke.
    „Mirko."
    Julia sagt nur ein Wort, nur dieses eine Wort.
    Und ich denke: Julia.
    Ich denke es, als ob ich nie mehr etwas anderes denken könnte.
    Später trinken wir im Wohnzimmer Tee. Julia sitzt im Schneidersitz auf der Couch und hält die Tasse zwischen den Händen. Sie erzählt von ihrer Flucht, von Ungarn und der ersten Zeit in der BRD.

Nein, „BRD" sagt sie nie, sie sagt „Westdeutschland", und mir fällt immer wieder das Kürzel „BRD" ein, wenn sie erzählt.

„Ich wollte nichts mehr zu tun haben mit meinem alten Leben, weißt du?"

Ihre nackten Zehen bewegen sich.

„Es war mir alles egal, ich habe nur nach vorne gesehen, nie mehr zurück. Das Einzige, was mich an die alte Zeit erinnert hat, warst du. An dich habe ich oft gedacht. Und ich habe oft bedauert, mich nicht wenigstens von dir verabschiedet zu haben. Du warst der Einzige, dem ich hätte vertrauen können."

Jedes Wort frisst sich tief in mich ein.

Was soll ich sagen?

Was kann ich sagen?

Nur nach vorne sehen, denke ich. Ja, das ist es. Nicht zurückschauen. Was gewesen ist, zählt nicht mehr. Nur das Jetzt und Hier.

Ich weiß, dass das gelogen ist. Jämmerlich gelogen und feige. Aber ich weiß auch, dass es keine Alternative gibt. Schade, dass dies das Leben ist und kein Hollywoodfilm. Da geht alles immer gut aus. Wir werden kein Happy End haben, fürchte ich. Oder doch?

„Ich bin so froh, dass wir uns getroffen haben."

Julias Stimme löst immer noch kleine Stromschläge in meinem Magen aus.

„Ja, ich auch."

Meine Antwort klingt lahm, aber Julia nimmt sie begeistert auf.

Drei Tage später ziehe ich bei Julia ein, obwohl ich eine Wohnung in der gleichen Stadt habe. Die Zweiraumplatte in Marzahn behalte ich. Was soll ich auch sonst mit ihr machen. Es stört Julia nicht, dass ich keinen Arbeitsplatz habe, sie will auch nicht wissen, warum ich in den letzten sechs Jahren siebenmal rausgeflogen bin und meinen Job verloren habe. Ich nehme an, dass sie es nicht wissen will, vorsichtshalber erzähle ich es ihr nicht. Es gibt eine Menge Jobs, bei denen sich niemand um meine DDR-Vergangenheit schert. Aber ich finde keine Wurzeln mehr. Habe nie welche besessen.

Drei Jahre Arbeit für die Stasi. Jahre, in denen ich überzeugt war, meine Pflicht zu tun. War es nicht der Staat, der wollte, dass ich tat, was ich getan habe? Ich habe berichtet. Lückenlos, aufrichtig und gewissenhaft.

Gewissen.

Hatte ich ein schlechtes Gewissen? Alles, was ich berichtet habe, hatte sich so zugetragen. Ich habe nichts berichtet, was nicht offensichtlich war. Was nicht viele wussten, oder wissen konnten, wenn sie es wollten.

Jetzt liege ich nachts wach neben Julia und führe fiktive Diskussionen. Ich diskutiere mit Julia, ohne ein Wort zu sagen. Ich höre ihren Atemzügen zu, manchmal, wenn sie sich umgedreht hat, sehe ich ihren Körper an, ihre langen Beine, den flachen Bauch und ihre Brüste, die sich heben und senken in gleichmäßigem Rhythmus.

Ich rede mit ihr, ohne zu sprechen. Mir fallen Argumente ein, mit denen ich mich selber überzeugen will. Aber ich kann mich nicht einmal überreden. Ist es überhaupt möglich, jemanden dazu zu überreden, etwas zu begreifen und zu verstehen?

Nach der Wende war alles anders. Niemand hatte gewusst, wie viele Mitarbeiter der Stasi es gegeben hat. Das Wort „IM" habe ich erst nach der Wende kennengelernt. Mein Führungsoffizier hat mir versichert, dass alle Unterlagen vernichtet seien. Ich habe ihm geglaubt, weil ich diesen Staat nicht gekannt habe. Die meisten seiner Bürger haben ihn nicht gekannt. Gründlich und systematisch war Material angehäuft worden. Schon das Passiv ist verräterisch: „... war angehäuft worden". Wer hat angehäuft? Ich?

Natürlich!

Ich habe dazu beigetragen wie so viele andere auch. Kann heute

Unrecht sein, was damals Recht war? War es damals Recht? War es gerecht? War es richtig?

Fragen, die meine schlaflosen Nächte neben Julia begleiten. Morgens zwischen drei und vier Uhr ist es am schlimmsten. Die Stunde der Depressionen, habe ich gelesen. Depressive wachen nachts häufig auf. Immer gegen drei oder vier Uhr. Bin ich depressiv?

„Du wirkst so still? Bist du nicht glücklich?"

Julia fragt mich das oft. Sie gibt selbst die Antwort.

„Natürlich bist du das. Mit mir kannst du doch nur glücklich sein. Ich bin so happy." Dann umarmt sie mich und gibt mir einen Kuss.

Ich bekomme ein flaues Gefühl im Magen, eine Erektion und Kopfschmerzen. Alles gleichzeitig. Und nachts liege ich dann wieder wach und formuliere kleine Vorträge an Julia, die ich nie halte.

Sie habe nichts mehr mit der DDR zu tun haben wollen. Sie wollte nichts mehr wissen von dem System, von dem Leben in der DDR, von der Staatssicherheit. Erst jetzt, da wir uns getroffen hätten und zusammen seien, jetzt sei sie in der Lage, sich mit allem auseinanderzusetzen, jetzt wolle sie alles wissen.

Julia hat Einsicht in ihre Stasiakte beantragt. Vor sechs Wochen.

Heute stehe ich in meiner Plattenwohnung, sehe in den Spiegel und habe Angst vor Julia. Manchmal treffen wir uns bei mir. Sie hat einen Schlüssel. Es ist kurz vor neun, und um neun Uhr wollte sie kommen, hat sie gesagt.

Ich versuche, die kleinen Fältchen unter meinen Augen zu zählen. Wenn ich die Augen zusammenkneife, werden es mehr. Kerben des Lebens und Zeugen meiner Niederlagen. Bei 23 höre ich auf zu zählen. Es sind keine Lachfalten, schon lange nicht mehr, und ich habe eine Scheißangst.

Ich sehe meine Augen im Spiegel und spüre den eiskalten Tennisball im Magen. Als Julia mich anrief, habe ich es sofort gewusst.

"Ich komme morgen früh um neun", hat sie gesagt, sonst nichts. Trotzdem habe ich es gewusst. An ihrer Stimme, rau, zitternd, habe ich es erkannt. Und jetzt ist es neun. Ich muss nicht auf die Uhr sehen, ich höre den Schlüssel im Schloss. Julia ist immer pünktlich.

Ich drücke mich vom Waschbecken ab und will mich von meinem Spiegelbild verabschieden, aber mein Lächeln misslingt.

Dann sitzen Julia und ich am Tisch und sehen dem Kaffee dabei zu, wie er in den Tassen kalt wird. Sie zeichnet mit einem Fingernagel die Blume auf der Plastiktischdecke nach, und mir fällt ein, wie lange es her ist, dass ich diesen Finger geküsst und an ihm gelutscht habe. Zwei Nächte, denke ich und kratze mich am Nacken.

Vor mir liegt ein grauer Aktendeckel, dem man sein Alter ansieht. Julia hat ihn mitgebracht. Ich habe ihn noch nie zuvor gesehen, aber ich weiß genau, was darin steht. Julia weiß es auch, immerhin hat sie es ja gelesen.

Und jetzt weiß ich, dass Julia die Akte kennt, und Julia weiß, dass ich das weiß. Klingt kompliziert, ist aber ganz einfach.

Julia sieht auf und schaut zwei Zentimeter an mir vorbei.

„Wie konntest du das tun?"

Ihre Lippen zucken, als sie versucht, sie zusammenzupressen, und der Zeigefinger zeichnet keine Linien mehr.

„Ich ..." Ich sehe auf Julias Zeigefingernagel. Wenn sie wieder anfängt zu malen, wird alles gut, denke ich. Julia hebt den Arm, ballt die rechte Hand zur Faust und lässt sie auf den Tisch fallen. Sie schlägt nicht auf den Tisch. Die kleine Faust fällt wie ein Spatz, den seine Geschwister aus dem Netz gedrängt haben. Lautlos.

Es wird nicht gut, denke ich und atme laut aus.

„Ich habe nicht gewusst ... es ..." Ich hasse es, zu stammeln.

Julia lacht bitter auf.

„Du hast es nicht gewusst?" Sie sieht mich scharf an.

„Du hast mich geliebt." Ich bin über meinen Einwand selbst verblüfft.

Julia zuckt zusammen, und ich weiß, dass sie gleich weinen wird.

Sie schaut zum Fenster. Ich folge ihrem Blick. Auf der anderen Seite der Straße noch einmal der gleiche Plattenbau und dahinter wieder einer und dahinter noch einmal zwölf. Fünfzehn mal Förderung des privaten Wohnungsbaus für Arbeiter und Kinderreiche.

„Ich habe deine Sicherheit geliebt, deinen Optimismus", sagt sie.

Julia weint noch nicht.

Ich liebe sie.

Julia sieht mich an.

„Ich habe einen Verräter geliebt."

Ich zucke zusammen.

„Du weißt nicht, wie das war." Ich spüre, dass ich schlucken muss, aber ich will jetzt nicht schlucken. Schlucken zeigt Verlegenheit und Schwäche.

„Nein, das weiß ich nicht." Julias Stimme zittert. Sie flüstert. „Erzähle es mir, wie war es denn? Ich habe in dem gleichen Land gelebt wie du, in der gleichen Stadt. Ich bin in die gleiche Schule gegangen. Wie haben die immer gesagt: ‚Sozialistisch arbeiten, lernen und leben!' Was war ich blöd. Ich habe nichts gewusst, gar nichts."

Jetzt weint Julia.

Ich stütze die Ellbogen auf den Tisch und halte mein Gesicht mit beiden Händen fest, als hätte ich Angst, mein Kopf könnte vom Hals fallen.

„Was haben die aus uns gemacht?"

Julia zuckt zusammen.

„Aus uns?"

Sie ballt beide Fäuste, dass die Fingerknöchel weiß hervortreten.

„Aus dir, Mirko Abel, nicht aus uns!"

Ich sehe Julias Augen, die roten Ränder, den verschmierten Lidstrich, und rieche ihr Parfüm. Obwohl wir am gleichen Tisch sitzen, spüre ich die Entfernung, die uns trennt.

„Wir müssen reden. Wir gehören doch zusammen. Gib uns eine Chance!" Ich schmecke meine Worte, schal, aufgewärmt und grau.

Sie schüttelt den Kopf. Sie trägt ihr Haar zu kurz, denke ich. Wie habe ich es geliebt, wenn ihre langen Haare ausgelassen um ihren Kopf flogen.

„Du hast viel geredet, Mirko, zu viel und zu lange. Und du hast viel zu viel geschrieben."

Julia starrt auf den Aktendeckel auf dem Tisch, und ich vermeide es, auf den Tisch zu schauen.

„Ich konnte nicht anders, Julia. Ich habe an den Staat geglaubt, wir wollten etwas aufbauen, eine bessere Welt.

Ich weiß, wie hohl das klingt, und höre mir selber beim Reden zu, als säße ich in einem muffigen Kino, in dem ein schlechter Film läuft.

Julia hustet.

„Es ist vorbei, Mirko. Die Zeit der sozialistischen Phrasen ist vorbei. Es gibt jetzt andere Phrasen. Du wirst dich umstellen müssen. Und sag nicht, du hättest das alles für uns getan. Dann schreie ich ganz laut."

Ich fühle mich durchschaut, ich weiß, dass Julia schreien würde, und ich weiß, dass sie recht hat.

„Mirko, ich verstehe das nicht, ich verstehe dich nicht, wie konntest du das tun?"

Ich denke darüber nach, ob ich mich selber verstehe. Ich habe so oft und so lange darüber nachgedacht, dass ich meine stummen Dialoge als Theaterstück aufführen könnte.

Julia steht auf.

„Lies diesen Dreck." Sie zeigt mit dem Kinn auf den grauen Aktendeckel, der immer noch auf dem Tisch liegt. „Lies es, und du wirst sehen, was du aus dir gemacht hast. Ich will es nicht mehr sehen, und ich will dich nicht mehr sehen. Nie mehr!"

Als Julia gegangen ist, sitze ich am Tisch und starre auf die Akte. Ich spüre das glimmende Feuer der Scham, und ich weiß, dass ich es nicht löschen kann.

Pappgrau und abgegriffen. Durch wie viele Hände ist dieses Zeugnis meines Verrats gegangen?

Kopien, Stempel, Berichte.

Ich sehe auf die Registernummer der Hauptabteilung II und lese den Decknamen:

„Kain".

„Streng geheim" steht oben rechts. Unterstrichen.

Nichts ist mehr geheim.

Ich will ihn nicht lesen, ich kann ihn nicht lesen, jetzt noch nicht:

Den IM-Vorgang „Kain" unter der Reg.-Nr: 3304 178 /81.

Nachtschicht
Nina Hornauer

Ich war mir sicher, dass mir heute Nacht jemand eine Pistole vor die Nase halten würde.
„Schau nicht so nervös, Mädel. Es passiert schon nichts", sagte mein Chef und zog sich seinen Mantel an. Ich blies Luft aus meiner Nase. Er hatte gut reden. Gleich würde er in seine Wohnung fahren und erst morgen früh wieder in die Tankstelle kommen, um das Geld zu zählen, das er im Schlaf verdient hatte. Sollte ich blutüberströmt am Boden liegen, würde er zuerst die Kasse überprüfen, dann erst meinen Pulsschlag. Ich schaute auf die Überwachungskamera an der Decke.
„Hals und Beinbruch, Schätzchen. Und guten Rutsch!"
Er zwinkerte meinen Brüsten zu und verschwand.

Ich hasste Nachtschichten. Und ich hasste es zu arbeiten, während andere feierten. Das Licht für Zapfsäule sieben leuchtete auf. Ich sah auf den Überwachungsmonitor. Ein Mann in einer Jeansjacke fuchtelte mit dem Tankschlauch herum. Mein erster Kunde. Vor Autofahrern musst du keine Angst haben, hatte der Chef gesagt. Vor denen, die zu Fuß kommen, solltest du dich in Acht nehmen, die können nicht mehr fahren. An der Luftstation stieg eine Frau aus ihrem Wagen. Sie trug ein Cocktailkleid. Wie gerne wäre ich heute Abend auch auf eine Party gegangen.

Der Mann kam herein, nickte mir zu, nahm sich eine Zeitschrift und blätterte darin. Kurz darauf trat auch die Frau ein. Rot geschminkte Lippen dominierten ihr Gesicht, und ein Haarknoten explodierte auf ihrem Hinterkopf. Sie stellte sich vor die Kühltheke und spielte mit einer Strähne. Der Mann beobachtete sie. Die Zeitschrift hielt er aufgeschlagen in seiner Hand, las jedoch nicht, sondern schien die Härchen an ihrem Nacken zu zählen. Er bemerkte, dass ich ihn beobachtete, und versteckte seinen erröteten Kopf hinter der Zeitschrift. Ich schmunzelte. So schlimm war es ja doch nicht – noch nicht. Zumindest war es interessant, die Kunden zu beobachten. Ob er sie wohl ansprechen würde?

„Hallo? Haben Sie mich gehört?"

Ich zuckte zusammen. Ein junger Mann mit fettigen Haaren stand plötzlich vor mir.

„Entschuldigung, was haben Sie gesagt?"

„Ein Päckchen von den Kippen da, und noch die hier."

Er stellte zwei Flaschen auf die Theke.

Sein Atem roch nach Bier. Er wischte sich mit dem Jackenärmel die Nase und sah mich mit müden Augen an. In seiner Augenbraue steckte ein silberner Ring. Er wippte mit dem Oberkörper vor und zurück. Auf Drogen, dachte ich, und versuchte, ihn so schnell wie möglich abzukassieren.

„Sechs achtzig mit Pfand."

Ich hoffte, dass er mich für diesen Betrag nicht überfallen wollte. Er hielt mir eine Hand voll Kleingeld entgegen. Seine Fingernägel waren abgekaut und braun verfärbt.

„Soll ich's mir selbst abzählen?"

Er nickte und starrte auf die Münzen in seiner Hand. Ich nahm eine Münze nach der anderen und zählte laut.

„Fünfzig, sechzig, eins zehn."

Er hustete, und ich spürte seinen Atem auf meinem Gesicht. Widerlich. Er zog den Schleim in seiner Nase hoch. Gleich würde er noch auf den Boden rotzen. Ich nahm die letzten zwei Münzen.

„Fünf neunzig, sechs."

Er drehte seine Hand um, als hoffte er irgendwo zwischen den Fingern 80 Cent zu finden.

„Scheiße."

„Das reicht leider nicht."

Er kniff die Augen zusammen. Ich seufzte.

„Okay, das passt so. Frohes neues Jahr", sagte ich und dachte: Nun verschwinde endlich.
„Wirklich?"
Ich nickte ihm zu.
„Ausnahmsweise!"
Er lächelte, und sein Gesicht wurde fast hübsch.
„Danke!"
Er griff meine Hand, in der ich die Münzen hielt, und schüttelte sie. Ich musste eine Faust ballen, damit das Geld nicht herausfiel.
„Danke, das ist total nett von Ihnen."
„Ist ja schon gut."
Der Mann in der Jeansjacke sah bereits zu uns herüber.
„Doch, ganz ernsthaft. Das würde nicht jede machen."
Er hielt immer noch meine Hand, und als ich sie zurückziehen wollte, hielt er sie fester. Ein paar unsichtbare Spinnen krabbelten über meinen Rücken. Was wollte er von mir? Gleich würde er ein Messer herausnehmen und mich aufritzen. Der war ja nicht normal!

Endlich ließ er meine Hand los und suchte etwas in seiner Hosentasche. Er stellte eine kleine Plastikfigur auf die Theke, eine Miniatur-Prinzessin mit einer Krone auf ihren gelben Haaren. Sie trug ein aufgemaltes rosa Kleid, und das Gesicht bestand hauptsächlich aus einem roten Mund, so wie bei der Frau mit dem Cocktailkleid.
„Für Sie", grinste er. „Schönes neues Jahr."
Es war eine dieser Figuren, wie ich sie als Kind aus Kaugummiautomaten gezogen hatte, einer der Hauptgewinne.
Ich starrte ihn an, unterdrückte ein Lachen und sagte: „Danke."
„Die soll Ihnen Glück bringen. Sie hat mir ein bisschen Glück gebracht, wie gerade eben."
Er stemmte sich in einem Schwung hoch, kniete sich auf die

Theke und gab mir einen Kuss auf die Wange. Ich schubste ihn von mir, trat einen Schritt zurück und unterdrückte meine Übelkeit. Er grinste, sprang von der Theke und drehte sich zu dem Mann mit der Jeansjacke um.
„Darf ich Sie umarmen?"
„Nein."
„Ach kommen Sie, Sie sehen aus, als hätten Sie es nötig."
„Fass mich nicht an."
Der Junge drückte ihn an sich. Der Mann ließ es über sich ergehen. Dabei machte er allerdings den Eindruck, als würde er ihn gerne in ein Regal schubsen. Dann umarmte der Junge die Frau. Ihr schien es zu gefallen, sie lächelte. „Sie sehen aus wie meine Prinzessin", sagte er zu ihr und lachte. An der Tür drehte er sich noch einmal um und winkte mir zu. Aus seinen Augen war die Müdigkeit verschwunden, und er sah aus wie ein ganz normaler Junge.

Heimsuchung
Claudia Vieregge

„Du bist total verrückt!"
Cora fischt mit dem Messer im Nutellaglas. „Komplett durchgeknallt. Und naiv." Mit der Zungenspitze schleckt sie die braune Schokoladenmasse von der Klinge und sieht mich an.
„Naiv", schnaube ich. Kopfschüttelnd werfe ich mein Brötchen zurück in den Brotkorb. „Da bist du ja nun wirklich die Letzte, die sich dazu äußern sollte ..."
Schließlich habe ich mitgezählt: Vierzehn Beziehungen in den vergangenen drei Jahren. Davon haben allein sechs kürzer als einen Monat gedauert. Zehnerpack-Billyboy-Kontakte, das ist alles, was Cora zustandebringt. Und da will sie mir vorhalten ...
Ich bin halt nicht so. Bei mir läuft das anders.

„Ich hab es dir schon so oft erklärt, die große Liebe gibt es nur im Film", meint Cora. Voller Konzentration verteilt sie die braune Creme auf ihrer Semmel. „Das erste Treffen", philosophiert sie, „legt den Grundstein für die Beziehung. Entweder sagst du da ,Sorry, I'm a lady', oder du lässt dich flachlegen."
Wie zum Beweis beißt sie in ihr Brötchen.
„Du mit deiner Jahrmarktspsychologie", verteidige ich mich. „Das ist alles viel komplizierter. Zumindest, wenn man es ernsthaft angeht."

Ich weiß noch genau, wie es mir mit Benno erging, dem grausamsten Langeweiler im Universum. So was könnte glatt schon als Straftatbestand zählen, versuchte Körperverletzung oder so was. Bei unserem ersten Treffen kannte ich nach einer halben Stunde sowohl das Lieblingsgericht als auch das Sternzeichen seiner Schwester Erika, die von einem Finanzbeamten getrennt lebt und wirklich die allerbesten Tricks zur Pflege von Orchideen kennt. Ich habe weniger als drei Sätze gesprochen. Immer nur auf seinen karierten Pullunder geguckt. Dann, letzte Rettung, das Klo.

Das Fenster zum Hof auf der Damentoilette hat sich mit mir verbündet. Auf der Flucht vor Benno hat es mir seine Flügel geliehen, sozusagen. Glück gehabt!

„Na ja, du musst es selber wissen", meint Cora und schiebt die Brötchenkrümel auf ihrem Teller zusammen. „Denk doch nur mal an den Typen aus dem Krankenhaus."

Oh Gott, dieser Arzt, Dr. Dingsbums. Wobei ich jetzt im Rückblick so ganz spontan die Betonung auf Bums legen würde. Eine „adäquate Ergänzung zu seinem Lebensentwurf" hat er gesucht.

Wunderschöne Finger schmückten seine Hände. Gleich beim ersten Treffen hat er damit noch vor dem Essen meine Körperöffnungen erkunden wollen. Nicht mit mir, hab ich gedacht und ihn stante pede in meinen Herpes genitalis eingeweiht. Höchste Ansteckungsgefahr. Ich meine, schließlich ist er Arzt, was soll ich da lang drum rumreden? Erst gestern habe ich es Cora gebeichtet.

„Das ist nicht nur inkonsequent, sondern auch demütigend für dein Selbst", analysiert sie zwischen zwei Kaubewegungen. „Wie oft willst du dir noch die Pest an den Hals lügen, nur um nicht „Nein" sagen zu müssen?"

Die Sache mit Veit hab ich ihr von vornherein verschwiegen. Wohlweislich. Geht sie doch gar nichts an. Garantiert würde sie wieder irgendeine Psychomacke diagnostizieren, nur weil mir dieses stundenlange Rumgekuschle nicht liegt. Ich meine, so viel Zeit hat doch heute auch kaum noch jemand.

Dabei standen unsere Sterne gar nicht schlecht, davon war Veit überzeugt. Auf seinem Laptop hat er meine komplette astrologische Lebensvorausschau runtergeladen. Wir würden zwei

Kinder bekommen, er Karriere machen und unendlich glücklich sein. Sagten die Sterne.

Er hat geredet wie ein Wasserfall. Dabei wollte ich ihn die ganze Zeit auf seinen kleinen Tippfehler bei meinem Geburtsdatum aufmerksam machen. Juni, nicht Juli. Aber jedes Mal, wenn ich einen Versuch machte, tippte er wie wild auf den Ausdruck seiner Astro-Analyse; stieß wie in Extase astrologische Vokabeln hervor. Radixstellung, wobei ich da zuerst noch ans Kamasutra dachte. Drittes Haus, viertes Haus. Mein Gott, hab ich gedacht, soll er doch mit Immobilien handeln, der Veit.

Anstatt ihn auf den Mond zu schießen, hab ich einen Besuch bei meiner kranken Tante vorgeschoben. Aber das muss ich Cora ja nicht auf die Nase binden.

„Du solltest dich mal hören, wenn du von deinen Treffen erzählst. Wie war das noch gleich mit diesem Viktor?"

Cora legt ihren Kopf in den Nacken und lacht, genauso wie vor drei Monaten. Halb krank hat sie sich gelacht.

„Lederstiefel und Peitsche! Du?" Ihr Gekreische ist sicherlich bis zu der Lehmann unten im Souterrain gedrungen, garantiert.

Mein Gott, ich wollte halt nicht so verklemmt sein. Und einmal ist immer das erste Mal. Ich konnte doch nicht ahnen, was so ein Gummiriemen alles anrichtet. Zu meiner eigenen Überraschung habe ich wohl verdammt gut getroffen. Nun gut, er wollte es ja nicht anders.

Viktor hat ausgesehen, als trüge er eine billige Gummikette, nachdem sich das Ding um seinen Hals gewickelt hat. Außerdem hab ich erst kürzlich darüber gelesen, dass „Mann" in Kombination mit „todesnahen Erlebnissen" besonders intensiv ejakuliert. Also.

Jedenfalls bin ich dann rausgestürzt, aus seiner Wohnung, und in diesen verdammten Stiefeln nach Hause gestelzt. So peinlich, die

Blicke in der U-Bahn. Das war natürlich ein gefundenes Fressen für Cora.

Wirklich verstehen kann Cora mich wohl nicht. Auch nicht nach der Sache mit Carl.

Meine Mutter hatte mich ja immer schon vor Künstlern gewarnt. Nimm dir einen, der jeden Morgen ins Büro fährt, hatte sie mich ständig ermahnt. Als gäbe es so jemanden irgendwo zu kaufen. Abgewogen und luftdicht verpackt. Nur keinen Künstler, aber ich wollte ja nicht hören.

Jede Stelle meines Körpers hat Carl mit roter Acrylfarbe überzogen. Dabei hasse ich rot.

Ich bin dann irgendwann im Bethanien-Hospital aufgewacht. Allergische Schockreaktion. Eine Woche stationärer Aufenthalt, und das bei neununddreißig Grad im Schatten. Im heißesten Sommer des Jahrhunderts. Pünktlich zu meiner Entlassung schwang das Wetter um.

Heulend bin ich direkt zu meiner Freundin gefahren.

„Ich will doch gar nichts Besonderes", hab ich in ihre Analyse geschluchzt. „Einfach nur ein bisschen Herzklopfen. Und jemanden, zu dem ich unter die Decke schlüpfen kann, wenn ich schlecht geträumt habe. Mit dem ich durch den Wald laufen kann, der mich zum Lachen bringt. Einen, der eben nicht immer gleich an das Eine denkt."

Mit schief gelegtem Kopf sah sie mich an.

„Da wird es wohl das Beste sein, wenn du dir einen Hund zulegst", hat sie dann geantwortet.

Cora ist komplett verrückt, finde ich.

Unberechenbar
Philipp Reichert

Wir streiten an diesem Morgen. Besser: Mila schreit mich an und ich argumentiere, und dabei hatte ich heute noch keinen Kaffee. Milas blaue Augen verraten drei Wünsche: zerbrechen, zerkratzen, zerfetzen. Dann dreht sie sich um und läuft weinend davon.
„Und wohin willst du jetzt?", frage ich sie.
„In das Land, das du von allen am meisten hasst! Adieu!"
Die Wohnung erzittert, als Mila die Tür zuschlägt, und das Glasfenster darüber bekommt zwei kleine Sprünge.

Dabei habe ich alles richtig gemacht, das heißt, nach Nemos weiblicher Sicht der Dinge. Ich habe mich bereit erklärt, mit Mila nach Portugal zu reisen. Anstatt zu fliegen, mit dem Auto durch Frankreich zu fahren. Mich bemüht, spontan zu sein. Nördlich von Coimbra liegt ein kleines Ferienhaus, nur wenige Kilometer landeinwärts. Wo ich konnte, fragte ich Mila nach ihren Wünschen, habe ich das Wir betont und das Ich vermieden. Um kein Homo faber zu werden, wie Nemo sagt.

Die Dinge logisch zu durchdenken, hat zumindest den Vorteil, dass man falsche Entscheidungen ausschließen kann. Ich habe genau drei Möglichkeiten, auf Milas Clairefontaine-Block schreibe ich sie auf: entweder Mila vergessen und weiter hier studieren. Negativ. Oder nach Frankreich fahren und versuchen, sie zu finden. Positiv. Oder dieser Wohnung, dieser Stadt entfliehen, in der mich alles an sie erinnert, und mein Glück an einem dritten Ort versuchen. Null und nichtig. Tertium non datur, quod erat demonstrandum, kleines Quadrat an den Rand gemalt. So viel zu den Fakten.
Doch dann öffnet sich die Haustür, und die unbekannte Größe betritt mein Zimmer. Nemos Mascara ist verlaufen,

seine Augen sind gerötet.

„Ich werde diesen Mistkerl nie wiedersehen", sagt er, einen großen roten Wäschekorb in den Händen. Er hat heute die Weißwäsche gewaschen.

„Mila hat mich verlassen", sage ich.

„Willkommen im Club", sagt Nemo, zuckt die Achseln auf unnachahmliche Weise, geht in die Küche. Ich höre, wie er unseren großen Kühlschrank aufmacht. Lauter Sachen drin und nichts zu essen – so ist das, wenn man mit Nemo zusammenwohnt.

Dann schießt ein Sektkorken mit charakteristischem Plopp aus einer Flasche Dom Perignon, wie die Startpistole beim Hundertmeterlauf. Wieder einmal hat Nemo aus nicht vorhandenem Geld etwas gemacht.

Nemo setzt sich auf meine Couch, die einmal weiß war und durch ihn im Lauf der Zeit verschiedene andere Farben angenommen hat. Unsere Sektgläser sind kaputt, also bringt er zwei Kaffeetassen mit. Auf der einen steht „Instant Pleasure Coffee Shop" – seine Tasse, auf der anderen „Ich teile heimlich durch null" – meine Tasse.

„Frustsaufen", sagt Nemo.

„Es ist vier Uhr."

„Und?"

„Nachmittags."

„Du trinkst zuerst", sagt er. Mit geübter Hand gießt er ein, ohne dass die Tasse überläuft.

„Dann erzählst du zuerst", sage ich. Und Nemo erzählt. Wie Tim ihm versprochen hat, ihm einen guten Job zu besorgen. Ihn aus den Schulden herauszuholen. Und ihn dann hat sitzen lassen.

„Ich habe heute bei ihm übernachtet, und er sagte, dass er mich liebt. Am Morgen war er fort. Dann ging ich ins Bad, um zu duschen, und auf dem Spiegel stand mit Abdeckstift geschrieben: Du redest und kostest zuviel. Ade."

„Ade? Mein Gott. So was Ähnliches hat Mila auch zu mir gesagt."

„Dann hast du wohl gerade ein Déjà-vu."
„Hör auf, diese Sprache zu sprechen."
„Danke für deine Anteilnahme!"
Ich schüttele den Kopf. So ist das immer mit Nemo. Denn nicht anders lief es bei Nemos drei letzten Typen.
„Das war doch klar", sage ich.
„Dass du das sagst, war klar", ruft Nemo, rückt auf der Couch ein gutes Stück weiter von mir weg und greift sich durch sein schütteres Haar.
„Tut mir leid. Es tut mir wirklich leid, doch das passiert dir immer wieder, Nemo. Du musst doch irgendwann das Muster erkennen, das dahintersteckt."
„Scheiß auf Muster. Ich vertraue nun mal lieber einem Mann als meinem Dispo!"
Er trinkt hastig und fragt: „Was ist jetzt mit Mila?"

Die Liste liegt immer noch auf meinem Schreibtisch, als träfe sie keine Schuld.
Ich habe nur aufgeschrieben, was mir nötig schien. Kosten für Unterkunft, Verpflegung, nächstgelegene Krankenhäuser im Notfall sowie Busverbindungen, sollte unser Auto schlappmachen. Weiterhin: eine ausreichende Menge an Sonnenmilch, Kleidung zum Wechseln und Kohletabletten. Einen kleinen Sonnenschirm für die Terrasse, Kondome. Ich habe großzügig kalkuliert. Die Liste ist kompakt, aber recht vollständig und umfasst knapp zwei Seiten.
„Als du ihr die Liste gezeigt hast, ist sie wahrscheinlich vom Stuhl gekippt", meint Nemo. „Die Frau, die behauptet, Mathematik sei nichts als eine kultivierte Form von Geisteskrankheit."
„Oh ja, sie hat mich angeschrien: Du und deine verdammte Checkliste! Immer alles beweisen, immer alles in Gleichungen auflösen! Ich hasse sie! Ich hasse dich! Warum verschwindest du nicht hinter einer deiner Raum füllenden Kurven? Such dir doch ein Gleichheitszeichen als Freundin!"

Da lacht Nemo, dass er einen Schluckauf bekommt und den Rest aus seiner Sekttasse auf der rechten Couchlehne verschüttet. Dann kommt er wieder näher und nimmt mich in den Arm. Ich nehme ihn auch in den Arm, so weit sind wir mittlerweile. Ich trinke.

„Hey, der schmeckt echt gut."

„Nur das Beste vom Besten, Schätzchen."

„Weißt du, Mila ist einfach unberechenbar. Sie hat ein Problem damit, auch nur drei Stunden vorauszuplanen und eine vernünftige Zeiteinteilung für Schlaf, Arbeit und Freizeit zu machen. Und ich, ich habe ein noch größeres Problem, denn ich liebe sie, und sie ist weg. In Frankreich."

„Quel dommage", sagt Nemo. In solchen Situationen offenbart er immer erstaunliche Fremdsprachenkenntnisse. „Was will sie dort?"

„Sprechen üben, was weiß ich. Sie sagte, sie könnte in der Cidre-Fabrik arbeiten über den Sommer. Bei ihren Verwandten in der Normandie."

Dann stehe ich auf und zeige Nemo den Block, auf dem ich meine weitere Planung skizziert habe.

„Du bist der einzige Mensch, den ich kenne, der nach seiner Trennung eine Mindmap malt."

„Es ist immer am besten, sich über seine Optionen genau im Klaren zu sein. Ich habe genau zwei, wenn es um Mila geht. Gib mir mal deine Bewertung.

Möglichkeit eins: Ich vergesse Mila und ihre Planlosigkeit und werde weiter arbeiten, damit ich im nächsten Semester nicht in Geldnot gerate."

„Das ist also Möglichkeit eins? Typisch für dich!"

„Ich nehm das mal als Nein. Möglichkeit zwei: Ich folge ihr mit dem Wagen nach Frankreich und versuche sie zu finden."

„Gefällt mir schon besser. Mila ist die tollste Frau, der du je begegnet bist, und vor allem überhaupt nicht so wie du. Du brauchst so jemanden. Jemanden, der dir sagt, dass es auch Menschen und nicht nur Zahlen gibt und dass du endlich dieses Hemd in den Kleidersack wirfst. Du wärst verrückt, wenn du sie gehen lässt."

„Aber was mache ich, wenn sie nicht in dieser Cidre-Fabrik ist?"

„Dann suchst du weiter."

„Und wenn mir der Sprit ausgeht?"

„Dann tankst du nach."

„Oder noch schlimmer – wenn ich sie finde und sie trotzdem nicht zu mir zurückwill?"

„Dann bringst du mir gefälligst eine große Flasche Cidre mit!"

Ich lache, ich kann nicht anders. Doch Quadrat hin oder her, ein Zweig fehlt noch in meinem Diagramm.

„Ich hatte mir da noch etwas überlegt."

„Was?"

„Ich gehe. Aber nicht, um Mila zu finden. Sondern ich gehe weg. An irgendeinen unbekannten Ort, und dort fange ich neu an."

„Das kannst, darfst und wirst du nicht tun."

„Erklär mir das."

„Du kannst es nicht tun, weil du gar kein Geld dazu hast. Du darfst es nicht tun, weil ich dich nicht gehen lassen werde, außer um Mila zu finden und mit ihr zurückzukommen. Und du wirst es nicht tun, weil du nun mal du bist."

Q. E. D.

„Nemo, an dir ist ein verdammt guter Logiker verloren gegangen!"

„C'est la vie. Ich häng jetzt meine Wäsche auf."

Mein Entschluss steht fest, ich bleibe im Bereich größer als null. In meinem Bücherregal steht ein riesiger Weltatlas, auf dem man ein kleines Kind wickeln könnte. Ich lege ihn auf den Boden und schlage Frankreich auf. Normandie. Wie heißt der Ort, von dem mir Mila erzählt hat? Einer dieser Namen mit den verdammten Bindestrichen. Ich weiß noch, wie ich einmal auf der Fahrt nach Südfrankreich versucht habe, Brot zu kaufen und das Zahlensystem zu lernen. Dabei wurde ich fast verrückt. Vier mal zwanzig, plus zehn, plus neun. Und aus diesem Land soll Descartes stammen.

Es war irgendetwas mit Besteck, weiß ich noch. Messer. Gabel. Mila studiert diese Sprache und lässt keine Chance aus, sie mir beizubringen. Ich schließe die Augen und sehe uns in der Mensa sitzen. Hähnchen mögen wir beide. Ich rede über Induktion und sie über Intonation. Mit ihren kleinen Händen malt sie beim Essen den „accent" in die Luft. Wir kommen auf den Urlaub zu sprechen. Ich höre ihre Stimme in meinem Kopf:

„Der Ort wurde nach einer Weggabelung benannt, auf der er gegründet wurde. In früherer Zeit war sie eine bedeutende Handelsroute, und die Fabrik verhalf dem Dorf zu Größe und Wohlstand."

Boissonville-la-Fourche. Ich hab es.

Auf meinem Schreibtisch liegt der Schlüssel für den Wagen.

„Trink du den Rest", rufe ich Nemo zu und bin durch die Tür.

„Denk an den Cidre!"

Eiszeit
Ulrike Weinhart

Rob, der leitende Ingenieur der Biokuppel Inc., hat mich hergefahren. „Ich wünsch dir Glück, Karen", hat er gesagt. Da habe ich noch gelacht. „Glück?", habe ich geantwortet, „das hat nichts mit Glück zu tun. Das ist reine Technik. Können. Beherrschung. Selbstbeherrschung und die der Umwelt." Rob hat nichts erwidert. Nur komisch angesehen hat er mich, besorgt, ein wenig traurig, wenn ich jetzt darüber nachdenke. Dann ist die Türe hinter mir zugefallen, und meine Prüfung hat begonnen.

Wie lange ist das jetzt her? Heute ist der 108. Tag hier draußen. Oder drinnen – je nachdem, von wo man es betrachtet. Kommt mir vor wie mein halbes Leben. Seit Mitternacht schneit es ununterbrochen. Dazwischen immer wieder Hagel und ein höllischer Sturm. Der Wind treibt ganze Äste, Blätter, Kiesel an die metallenen Kuppelwände meines Wohniglus. Ich erschrecke mich bei jedem Einschlag, fürchte, dass die Scheiben bersten, obwohl sie aus Duralglas sind und eine Kuppel nachweislich die stabilste Form eines Baus ist.

Zwölf Tage habe ich nichts mehr gegessen, und heute wird es nicht anders werden. Die Schmerzen im Bein machen mich fast rasend. Meine Vitaminpacks sind alle, die Notration Flüssigprotein auch. Seit ich das Wasser nicht mehr aus der Quelle holen kann, sondern aus der Regenfalle vom Dach des Iglus trinke, habe ich Durchfall. Ich hätte Desinfektionstabletten benutzen müssen, nur dachte ich, das Wasser hier wäre okay. Blöd von mir, einfach blöd. Das macht einen schlechten Eindruck, garantiert.

Ich weiß nicht, warum sie mich nicht holen. Ich meine, das ist ein Notfall! Nach dem Unfall habe ich sie tagelang angefunkt. Bis die Energiekonsole leer war und der Kommunikator keinen Mucks mehr von sich gab. Sie müssten mich längst geortet haben. Schließlich haben die mich doch hierhergeschickt, und zumindest Rob weiß ganz genau, dass ich noch hier draußen bin. Außerdem funktioniert der Peilsender noch. Das habe ich geprüft. Prüfe ich. Täglich. Mehrmals. Mürbe wollen sie mich machen, davon bin ich überzeugt. Sie warten auf die Karen-kriegt-die-Panik-Attacke. Da können sie lange warten!

Die ersten Tage, nachdem Rob mich abgesetzt hat, fand ich noch, dass es ein Riesenspaß sei. Ich habe mich auf das Abenteuer gefreut. Die Landschaft, die ich auf dem Weg ins Zielgebiet durchwanderte, glich einer spätsommerlichen nördlichen Tundra. Niedrige Büsche, Wollgras, rot-gelb gefärbte Ahornbäume im Zwergwuchs, Indian Summer, großartig, zum Weinen schön. Ich weiß jetzt schon, dass ich das alles vermissen werde. Nahrung gab es in Hülle und Fülle. Beeren, Pilze und Flechten, die der Identifikator als essbar einstufte. Und eiweißreich, Protein-Stufe acht. Sie schmeckten sogar. Meine Waffe brauchte ich nicht. Später würde ich mir etwas zum Essen schießen müssen, jetzt hatte ich sie nur zur Verteidigung. Falls mich was angreifen würde. Aber da war nichts.

Mein erstes echtes Problem bildete der Fluss. Ungezähmt rauschte er innerhalb seiner felsigen Uferbegrenzung wie eine Herde wilder Büffel an mir vorbei, das Kollern von riesigen Gesteinsbrocken, die er mitführte, klang wie das Donnern Tausender Hufe. Drei Tagesmärsche flussaufwärts konnte ich ihn endlich überqueren. In einer weitläufigen Talsenke lag er ausgebreitet wie ein grauer, geöffneter Zopf auf dem Kopfkissen, aufgedröselt in Hunderte kleiner Rinnsale, die ich durchwaten oder überspringen konnte.

Danach türmte sich nur noch ein Gebirgszug, den mein Positionator als die Illusion Range auswies, zwischen mir und dem Zielgebiet.

Meine Stimmung war euphorisch. Ich befand mich in der bestmöglichen Gesellschaft, nämlich meiner eigenen, und hatte zum ersten Mal seit dem Studium ausreichend Zeit, den Dingen auf den Grund zu gehen, große Gedanken bis zu deren logischem Ende durchzudenken, ungestört durch beruflichen Druck, durch die Nähe anderer Menschen, durch Paul. Ich kam mir vor, wie zur Kur auf Kosten der ESA. Ich weiß, dass diese Survivaltrainings unter anderem darauf ausgelegt sind, auf Einsamkeit zu trainieren. Das schafft nicht jeder. Nora zum Beispiel musste nach 84 Tagen abbrechen. Einsamkeitskoller. Ich habe sie gesehen, als sie sie zurückbrachten. Sie war abgemagert, sprach zu sich selbst, und als ich sie nach einer Woche im Krankenhaus besuchte, weinte sie immer noch. Danach haben sie ihr den Status A genommen. Nora wird bei der ‚Mission Titan' nicht mit von der Partie sein.

Karen schon! Karen kann gut mit Einsamkeit. Karen ist außerdem eine harte Nuss. Mich kriegen sie nicht klein. Nicht wegen so einer Lappalie wie einer gescheiterten Beziehung. Oder einem gebrochenen Bein.

Wenn es nur nicht so weh tun würde! Nachher löse ich den Verband und sehe nach. Irgendwann muss es mal zuheilen. Dann kann ich wieder jagen gehen, um endlich etwas zu essen zu bekommen.

Und das Schwindelgefühl und die elende Müdigkeit hören dann hoffentlich auch wieder auf.

In den ersten Nächten in der Kuppel hab ich lange wach gelegen, im Schlafsack vor dem Iglu, die Hände hinter dem Kopf verschränkt, und vollkommen fasziniert von den Aktivitäten am nächtlichen Himmel. Ich sah in die Unendlichkeit des Weltraums mit seinen entfernten Galaxien, beobachtete Planetenkonstellationen, die ich so klar und ungestört durch Streulicht noch nie wahrgenommen hatte. Dabei dachte ich an Vergangenes und Zukünftiges. Auch an Paul. An den Blick, mit dem er mich angesehen hat, als ich ihm sagte, dass ich mich für die Aussiedlung beworben habe.

Ich stellte mir Titan vor, den Mond aus Stein und Eis, der da draußen im Weltall Saturn umkreist und auf dem ich künftig leben werde. Ich sortierte erfüllbare Wünsche von aussichtslosen Träumen, multiplizierte diese mit Hoffnungen, unterschied ungesunden Ehrgeiz von der Lust, mich beruflich bis zur Decke zu strecken, subtrahierte Verletzungen, dividierte Meines durch Fremdes.

Nach und nach brachte ich Ordnung in Form von Mathematik und Logik in meine Gedanken und damit in mein Leben.

Wenn die Nächte immerwährende Stürme in meiner Psyche bedeuteten, waren die Tage durch ganz elementares Überleben geprägt. Sie schenkten mir die Erholung, die ich brauchte. Die Entscheidungen waren vergleichsweise einfach zu treffen und hießen ‚gewinnen oder verlieren‘, ‚überleben oder scheitern‘. Die Überquerung der Illusion Range kostete mich viel mehr Zeit, als ich veranschlagt hatte. Ein Weg, den die Satellitendaten mir als passable Möglichkeit angeboten hatten, erwies sich als ungangbar. Ich musste aufgeben und verlor zwei Tage auf dem Rückweg. Die Route, die ich stattdessen wählte, verlief über weite Strecken entlang des Gebirgshauptkamms. Hier kam ich erstmalig mit dem arktischen Höhenklima in Berührung. Ein Vorgeschmack auf den Winter oberhalb des 66. Breitengrades. Oder den Sommer auf Titan. Winde von einhundertvierzig Kilometern in der Stunde fegten mich von den Beinen. Rutschend, stürzend, zuletzt auf allen Vieren kriechend, rettete ich mich in eine geschütztere Region und verkroch mich zwei Tage im Iglu. Schlief. Als ich aufwachte, schien ein trübes, kaum wahrnehmbares Restlicht durch die Fester des Iglus. Ich war eingeschneit! Habe mich freigegraben, mit den bloßen Händen.

Auf der Oberfläche des Saturnmondes Titan herrschen im Schnitt minus 167 Grad. Die Atmosphäre enthält zu 90 Prozent Stickstoff, ein paar weitere Gase, wie Argon 40, Zeuge des letzten Vulkanausbruchs. Keinen Sauerstoff, außer den im Eis gebundenen. Wenn es regnet, sinken die bis zu einem Zentimeter großen Tropfen aus Methan siebenmal langsamer als Wasser zu Boden, fallen in Flüsse, Seen und Ozeane aus Ethan. Immerwährender Wind formt aus dem Eis kilometerlange Dünen. Der Himmel über Titan ist gelb-orange und es wird nicht heller als auf der Erde im Dämmerlicht des frühen Morgens. Titan ähnelt der Erde, wie sie vor 3,8 Millionen Jahren war. Die Atmosphäre enthält alle Bestandteile der Ursuppe, aus der alles Leben entstehen kann, in der alles möglich ist. Ein Ort, an dem alles noch einmal von vorn beginnen kann.

Nebenraum der Hölle, nur in kalt, hat Paul meinen Mond genannt. „Hast du es so bitter nötig zu fliehen, Karen?", hat er mich gefragt und damit bewiesen, dass er nichts verstanden hat.

Es hat nichts mit Paul zu tun. Ich will keinen Lebenspartner, ich brauche auch keinen. Menschen sind eine zu ungenaue Größe, unberechenbar sozusagen. Immer anders als die Summe ihrer Eigenschaften, selten mehr, meistens weniger. Nie geradlinig, nicht vorhersagbar. Chaotisch. Nein, mit Menschen kenne ich mich nicht aus, und wenn ich ehrlich bin, will ich mich gar nicht auskennen.

Mit einem Ruck fahre ich hoch. Sehe kaum etwas. Es ist dämmrig. Wieder eingeschneit!!? Nein, zum Glück nicht. Ich muss eingeschlafen sein. Hab den ganzen Tag verschlafen. Der Sturm hat nachgelassen. Das einzige Geräusch, das ich höre, ist mein eigener Herzschlag, und ich spüre, wie er in meinem verletzen

Bein hämmert. Verdammt schnell für einen Ruhepuls! Meine Zähne klappern. Im Medikamentenbeutel fahnde ich nach einer Schmerztablette und spüle sie mit dem Regenwasser – pfeif auf den Durchfall – herab. Irgendwo muss die goldene Wärmefolie liegen. Doch zuerst schäle ich mich vorsichtig aus der Thermohose, sauge Luft durch die Zähne, verdammt, tut das weh! Und dann sehe ich es. Oberhalb des Verbandes läuft auf der Oberschenkelinnenseite ein blau-roter Strich.

Scheiße! Scheiße-scheiße-scheiße. Ich nehme das Antibiotikum seit zwei Tagen – es müsste längst angeschlagen haben. Paul hat gesagt, es ist Breitband. Wenn es bis jetzt nicht wirkt ...

Sie müssen mich holen! Jetzt holen. Was soll das? Schließlich ist es eine Übung, nur eine blöde Übung. Überleben in einem überdimensionalen Gewächshaus, einer Glaskuppel, die 1800 Quadratkilometer Erde überspannt und in der man alle Klimazonen, alle meteorologischen Eventualitäten, zu Trainingszwecken simulieren kann. Simulieren!! Aber das hier ist ernst. Ich simuliere hier keine Sepsis, ich kann daran verrecken. Wirklich verrecken!

Mit dem gesunden Bein trete ich gegen die Energiekonsole – sechs Monate Energievorrat sollte sie haben, dass ich nicht lache. Drücke die ‚on' Taste des Kommunikators – das Display bleibt dunkel, leblos. Der Peilsender zeigt grünes Licht. Immerhin.

Ich krieche in den Schafsack zurück, hülle mich so gut es geht in die Goldfolie. Sie werden mich holen. Paul weiß, dass ich hier bin. Paul.

„Was willst du wirklich auf Titan, Karen?", hat Paul mich eines Nachts gefragt, als ich mitten in einer Auswertung von Vorbeiflugdaten der Cassini-Sonde steckte.

„Eine Keimzelle sein, für ein neues Leben", habe ich ihm geantwortet.

„Das hättest du auch mit mir hier auf der Erde sein können", hat er gesagt. Als ich eine halbe Stunde später den Computer ausschaltete und in seinem Labor nach ihm suchte, war er gegangen.

Auf seinem Schreibtisch fand ich eine Geo-Ausgabe mit dem Titel „Mit der nächsten Generation die Welt verbessern".

Meine Aufregung kriege ich in den Griff. Ich bin viel zu fiebrig und zu müde, um hier den Affen zu markieren. Den Peilsender habe ich seit zwölf Tagen keine zwei Meter weit bewegt – das muss denen im Kontrollzentrum längst aufgefallen sein. Die pennen ja nicht. Psychoterror vom Feinsten – das ist das hier. Leute, ich hab hier eine Nachricht für euch, falls ihr mich hört oder seht: Karen kriegt ihr nicht klein! Ich erschrecke über die Lautstärke meiner eigenen Worte, die im Iglu hallen. Klein-klein-kle... So wird es klingen, wenn ich zum ersten Mal auf Titans Oberfläche stehe. Ich und ein paar Dutzend andere. Wenn wir eigenhändig die Evolution anschieben; aus der chemischen Ursuppe mit unserem Wissen, unserer Technik und unserer schöpferischen Kraft Leben erschaffen. Möglichkeiten ausreizen, die es hier auf diesem Rohrkrepierer-Planeten nie gegeben hat. Göttliche Schöpfung? Diesmal nicht. Diesmal wird es besser. Weil Karen Young ihre Finger im Spiel hat. Ha! Und Karen ruht nicht, auch nicht am siebten Tag. Welche aufregenden Ergebnisse werde ich erzielen?

Ich könnte mich viel besser um deren Berechnung kümmern, wenn ich nicht so müde wäre. So unheimlich müde.

Frau Bergers goldener Vogel
Hella Lopez

Mit zitternden Knien lenkte Frau Berger den Wagen auf den Hof. Es war Freitag, und sie hatte sich fest vorgenommen, ihn heute zu fragen. Doch allein schon bei der Vorstellung hatte sie so weiche Knie bekommen, dass sie die Kupplung kaum bedienen konnte. Und wenn sie den Mut einfach nicht aufbrächte? Sie ahnte schon das einsame Wochenende, das wieder auf sie warten würde. Allein auf dem Sofa, mit den Bruchstücken seines Bildes vor ihren geschlossenen Augen und dem schmerzlichen Ziehen in der Brust.

Sie parkte ihren kleinen Wagen vor dem flachen Bürogebäude. Es war noch lange nicht acht. Bisher war sie immer die Erste gewesen, um ihn auf keinen Fall zu versäumen. Sie steckte den Schlüssel ins Schloss der Eingangstür und hielt die Luft an. Jemand war ihr zuvorgekommen. Die neue junge Kollegin stand an der Empfangstheke, sortierte die Eingangspost und nickte ihr eifrig zu.

„Guten Morgen, Frau Berger. In Zukunft komme ich auch so früh. Sie sind mein Vorbild."

Das hat mir noch gefehlt, dachte Frau Berger, und ihr Blick glitt rasch über die Post. Sie atmete auf. Nur Briefe, noch keine Pakete. Frau Berger nickte freundlich. „Nicht nötig. In Ihrem Alter geht man doch spät ins Bett." Sie winkte der Kollegin zu, verschwand in ihre Bürokabine hinter Glas und drückte den Startknopf ihres Computers. Während er hochfuhr, öffnete sie das Fenster. Die Luft war noch sehr kühl, aber sie würde das Fenster offen lassen, damit sie ihn in der Fensterspiegelung rechtzeitig sah.

Auch wenn die Kollegen sich über sie lustig machten: Hitzewallungen, Wechseljahre! Wenn die wüssten. Frau Berger seufzte.

Während der nächsten Stunde musste ihr goldener Vogel kommen. Als sie am Morgen aufgestanden war, hatte sie ausnahmsweise nicht gegen den niedrigen Blutdruck ankämpfen müssen, als sie an ihren Vorsatz dachte. Sie durfte ihn nicht verpassen, sonst war nicht nur der Tag verloren, sondern das ganze Wochenende. Sie würde sich vorläufig nicht vom Platz rühren. Geschäftig hackte Frau Berger auf der Tastatur herum, blickte gebannt auf den Bildschirm und behielt dabei die Spiegelung des offenen Fensters im Auge, in der sie die Straße bis zur Biegung überschauen konnte. Dem Telefon warf sie bannende Blicke zu. Es sollte die nächste Zeit schweigen. Niemand durfte ihr zuvorkommen und die Pakete annehmen.

Aus dem Augenwinkel erblickte sie endlich das gelbe Postauto, wie es um die Ecke flitzte. Gleich darauf hielt es knirschend auf dem Kies, direkt vor ihrem Bürofenster. Auf dem Fahrersitz saß er auf gleicher Höhe mit ihr. Sie sah ihn hinter der Windschutzscheibe winken, sah seine Zähne blitzen. Rockige Töne schallten aus dem Autoradio zu ihr herüber. Schnell nahm Frau Berger den Telefonhörer, legte ihn falsch herum auf, sicher ist sicher, und eilte nach vorn zur Empfangstheke. Da stürmte er auch schon herein und knallte ein paar kleinere Pakete auf die Theke.
„Hei!", rief er und kaute auf seinem Kaugummi. Eigentlich mochte Frau Berger so was gar nicht, aber er, fand sie, wirkte so unbekümmert und lässig dabei. Wie immer schämte sie sich, als sie merkte, dass sie rot wurde. Aber seitdem sie ihm das Gedicht auf einem Zettel zugesteckt und ihm das Du angeboten hatte, wurde auch er rot, wenn er sie sah. Er kaute noch heftiger auf seinem Kaugummi, stützte sich auf die Empfangstheke und schob ihr die Quittungen hin.
„Geht's dir gut?", fragte er so laut, dass Frau Berger einen erschrockenen Blick um sich warf. Jeder, der vorüberkäme, musste ihre wild pulsierende Herzschlagader am Halse sehen, und wie sollte sie die Vertrautheit mit diesem jungen Mann erklären? Zum

Glück war niemand zu sehen. Sie atmete auf. Ihr Blick senkte sich auf die lange perlmutterne Narbe auf seinem Unterarm. Mit ihr hatte alles begonnen.

„Arbeitsunfall. Ich bin durch ein Glasdach gekracht und hab grad so überlebt", hatte er erzählt, als er ihren gebannten Blick darauf fühlte. „Als das passierte, bin ich noch mal geboren. Meinen Job war ich allerdings los. Seither fahre ich Pakete aus."
Nie zuvor hatte sie bemerkt, wie schön das Sehnenspiel einer Männerhand, eines kräftigen Männerarmes war. Und nie zuvor hatte sie gleichzeitig die Verletzlichkeit begriffen. Seither klopfte ihr Herz in einem anderen Rhythmus, seither hatte sie einige Kilo verloren und schminkte sich morgens wieder sorgfältiger.

Frau Berger löste ihren Blick von der Narbe und blickte auf. „Mir geht's gut", sagte sie. „Und dir? Geht's wieder auf die Piste am Wochenende?" Sie erschrak über ihren neutralen Tonfall. Sie war sicher, er wusste, was sie erhoffte und dennoch würde sie wieder die Gelegenheit versäumen, ihn zu fragen.

„Klar", meinte er, „Party ist angesagt". Enttäuscht senkte Frau Berger den Blick.

Die Kollegin kam nach vorn geeilt. „Der Chef möchte die Statistiken von Ihnen, ich mach das hier fertig."

Frau Berger schwitzte. Die Herzschläge dröhnten derart in ihren Ohren, dass sie sicher war, die Kollegin müsse sie hören und entdecken, was mit ihr los war. „Nein, ich erledige das selber", entgegnete Frau Berger schroff.

Er betrachtete die neue Kollegin neugierig. Natürlich, sie ist jung, und mich hält er wohl für jenseits von Gut und Böse, dachte Frau Berger.

„Ich bin gleich fertig und bring dem Chef dann die Statistiken", sagte Frau Berger und hielt sich krampfhaft an den Quittungen fest. Solange er die nicht hatte, konnte er nicht gehen. Die

Kollegin schob sich neben sie und besah die Pakete. Frau Berger schwitzte noch mehr.

Seitdem er regelmäßig mit seinem gelben Postauto um die Ecke geflogen und mit den Paketen in den Empfang gestürmt kam, lebte sie wieder. Auch wenn es wehtat, würde sie sich das nicht einfach wegnehmen lassen. Sie wollte weiterhin morgens gern ins Büro eilen, ihm entgegen, wollte die Weite in der Brust behalten, die sie endlich wieder fühlte. Auch wenn es ihr als Preis dafür abends auf dem Nachhauseweg das Herz einschnürte. Auch wenn es aussichtslos war, gab es immer einen neuen Morgen. Nur vor den Wochenenden fürchtete sie sich.

„Alles Rücksendungen", sagte die Kollegin und schnappte sich ein paar Pakete. „Ich bring schon was ins Lager." Endlich ging sie. Ein Päckchen fiel zu Boden. Er bückte sich, kniete für einen Augenblick vor Frau Berger, blickte auf und wurde rot. Frau Bergers Herz drohte zu zerspringen. Verzweifelt hob sie die Arme.

„Was kann ich für die 30 Jahre mehr", stieß sie hervor.

Er erhob sich, stand mit hängenden Armen und glühendem Gesicht vor ihr. „Du lässt mich ja auch nicht kalt", sagte er. Frau Berger nickte.

„Und wenn ich jetzt einfach zu dir ins Auto steige und wir fliegen ans Ende der Welt?"

Sein Gesicht wurde traurig. „Vielleicht weißt du gar nicht, wie gut du's hier hast. Ein warmes Büro. In meinem Auto ist es immer zu heiß oder zu kalt, und den Job hab ich grad noch für ein paar Tage. Und ich will mich nicht binden." Frau Berger zitterte.

„Du gehst fort?"

Er strich ihr über den Arm und nickte. Dann lachte er auf, und seine Zähne blitzten. „Zur nächsten Station. Aber du bist die beste Erinnerung, die ich mitnehme. Du bist sehr mutig."

Vor Frau Bergers Augen verschwamm seine Gestalt, als er davonspurtete. Aber ihr Herz schlug ruhiger. Sie konnte ihren goldenen Vogel in keinen Käfig stecken, ihm auch nicht folgen. Er brauchte sie nicht. Aber lächeln konnte sie, trotzdem lächeln, denn für einen Augenblick war er bei ihr gelandet.

Metamorphose
Sophie Karlis

„Ich habe mich verpuppt", sagte Kerz.
Am anderen Ende der Leitung klickte ein Feuerzeug, dann folgte ein tiefer Atemzug. Im Hintergrund waren die Geräusche der Straße zu hören.
„Wie meinst du das, verpuppt", fragte Fiedler nach einer Weile.
„Verpuppt eben", sagte Kerz. „Eingesponnen in einen Kokon. Wie eine Raupe."
„Du bist keine Raupe. Menschen verpuppen sich nicht."
„Ich habe es aber getan", sagte Kerz.
„Hast du getrunken?" Es knisterte, als Fiedler Rauch gegen den Telefonhörer blies. „Soll ich vorbeikommen?"
„Ich bin völlig klar", sagte Kerz. „Kein Grund zur Sorge."
Er hörte Fiedler auf- und abgehen und dabei die Telefonschnur hinter sich über den Boden schleifen.
„Wie kannst du dann mit mir telefonieren? Hast du Telefon in deinem Kokon?"
„Ich bin noch nicht ganz fertig", sagte Kerz. „Ich wollte nur eben Bescheid sagen, bevor ich es ... abschließe."
Einen Moment lang war nur Fiedlers Schnaufen zu hören.
„Ich werde nicht ins Büro kommen können für eine Zeit", sagte Kerz in das Schweigen.
„Jetzt hör aber auf!"
„Ich weiß nicht mal, ob ich überhaupt wieder ins Büro werde kommen können."
„Wenn es wegen der Sache mit Marquardt ist, ich kann mit ihm reden, wenn du willst", sagte Fiedler.
„Marquardt hat nichts damit ...", begann Kerz.
Unvermittelt heulte auf der Straße vor Fiedlers Fenster ein Martinshorn auf, es stach durch den Hörer direkt in sein Trommelfell. Er zuckte zurück. Als das Geräusch sich entfernte und er

sich dem Telefon wieder nähern mochte, hörte er jenes Schaben, das entstand, wenn Fiedler sich den Hinterkopf kratzte.

„Also gut", sagte Fiedler. „Wie lange, glaubst du, wirst du ... nicht ins Büro kommen können?"

„Schwer zu sagen", sagte Kerz. „Ich verpuppe mich zum ersten Mal. Der Kokon ist auch nicht besonders schön geworden. Über dem Knie spannt er ein bisschen."

„Mensch, Kerz, das ist doch –"

„Reg dich nur nicht auf", sagte Kerz.

„Ha, du hast gut reden! Was ... was bezweckst du nur mit diesem Unsinn?"

„Ich werde mich verwandeln, nehme ich an. So läuft es bei den Raupen."

Es gab einen Knall.

„Hast du gerade auf den Tisch geschlagen?" fragte Kerz.

Fiedler stöhnte. „Was stimmt denn nicht mit dir? In was willst du dich denn bitte schön verwandeln?"

„Keine Ahnung."

„Kerz. Mensch. Kerz!"

Kerz schwieg.

„Ich meine, du warst doch immer ganz normal, nie exzentrisch. Eher gesellig sogar. Die Kollegen mögen dich. Sie fragen nach dir, und – ..." Fiedler rang nach Atem. „Verdammt, Kerz. Das ist der pure Wahnsinn ... der pure Wahnsinn ist das doch. Komm zu dir. Wir gehen zu Herbert am Eck, trinken ein paar Biere und sprechen von alten Zeiten. Mit Marquardt rede ich. Wahnsinn ist das doch, ich ... Kerz? Bist du noch da?"

„Ja."

„Dann sag was, Mann. Sag schon was!"

„Ich muss es tun", sagte Kerz.

„Nichts musst du. Du bist ein freier Mann."

„Es kann nicht länger warten", sagte Kerz

„Nein, hör zu, warte, leg nicht auf – –"

Kerz drückte die rote Taste und ließ das Telefon auf den Teppich fallen. Es entstand kein Geräusch.

Überhaupt war es jetzt sehr still um ihn.

Faden klebte sich an Faden, ringsherum, in gleichmäßiger Bewegung. Bald umgab der Kokon ihn bis zum Hals, schließlich sah er nur noch mit den Augen über den oberen Rand. Wo sein Knie gewesen war, schmerzte es nicht mehr.

Indem das Tageslicht um ihn abnahm, lichteten sich seine Gedanken, sie wurden durchsichtig wie schwerer Rauch, der zum Fenster hinaus abzieht und mit dem Wind fortgeweht wird. Als das Spinnen endete, hatte er alle Fragen hinter sich gelassen. Er hörte ein tiefes, rhythmisches Donnern und erkannte es als seinen eigenen Herzschlag.

Ich *bin*, dachte er zuletzt.

Dann dachte er nicht mehr.

Schneegewitter
Cornelia Fröschl

Spüren, wie sich der Weg den Berg hinaufwindet. Eine zähe Flüssigkeit, die sich um die Reifen meines Fahrrads legt und bremst. Und jeden Tritt in die Pedale zum Kampf mit einer immer dichter werdenden Masse macht, die sich gegen meinen Willen stemmt. Das ist so unerträglich, ja aussichtslos, dass mir nichts anderes übrig bleibt, als meine Illusion einer Urlaubstour aufzugeben.

Nicht mehr auf den Weg als eine Strecke schauen, sondern treten.
    Einatmen. Ausatmen.
    Ich trete. Einatmen.
    Ich trete. Ausatmen.
    Einfach nur treten und die Muskeln im linken Bein spüren und die Reaktion darauf im rechten und die Kraft aus der Hüfte, jetzt, während des Tretens! Wie der Magnet des Pedals den rechten Fuß nach unten zieht und nicht nachlässt und jetzt am linken anzieht, Gefangene beide, und die Hände am Lenker.
    Da ist nichts als das Treten und die kalte Luft in den Lungen und das Pochen in der Brust.
    Habe ich genug gefrühstückt? Wieder die Luft tief in den Lungen.
    Luft, die kälter und grauer wird. Wie der Himmel über mir. Dazu die Schwerkraft der Steine, ringsum nur Steine und ein Weg, der jetzt noch schwarzer Asphalt ist.

Dicht hinter Alex am Gebirgshang entlang. Weit über dem Tal, in dem vor zwei Stunden die Sonne in einem grünen Becken badete, hervorquoll aus tiefem Blau. Lapislazuli! Und der riesige Fels einen Schatten warf, der jetzt wächst unter den Wolken am Himmel, Tritt für Tritt dunkler.

Nein, nicht an die Hütte oben denken: treten, nur treten und die blasskalte Luft in die Brust saugen, meinen Atem wie Flügel ausbreiten, die Lungen weiten wie vom Wind getriebene Segel, die das Treten leichter machen. Nur noch wenige Kurven nach oben, mein Atem trägt mich, tief einatmen beim Treten und tief ausatmen beim Treten.

Ich weiß, ich kann fliegen, ich werde geflogen gegen die sanften Daunen, die jetzt aus dem Schatten über mir treten und sich um meinen Blick sammeln wie Schwärme von weißen Fliegen – sich feuchtkalt auf meine Beine legen.

Nur treten und atmen, tief atmen und treten und den Rand der Kapuze im Gesicht spüren gegen die jetzt immer dichter wirbelnden Flocken. Kristalle, die um meinen Körper sticheln, während ich mich mühe, schneller zu treten. Bläht Euch doch, Segel, auf, durch den Sturm! Dass ich oben die Hütte erreiche unter den Peitschenhieben des Schneegewitters!

Wie still es hier oben ist, denke ich, als ich unter dem knappen Vordach einer versperrten Hütte stehe. Mit meiner gesamten Rückenfläche an die Holzwand gedrückt, beide Arme eng um mich geschlungen. Als könnte ich meinen schlotternden Körper durch eine Geste wärmen. Ich schaue dem Rieseln zu, das mich umspült wie trübes Wasser, und begreife, dass ich hier nicht bleiben kann. Ich sehe zu Alex hin, der neben mir steht und sich sogleich über sein Fahrrad beugt, als müsse er es auf Mängel prüfen, und mein Blick stößt an seinen Rücken.

Ich ahne plötzlich, dass er mir die Schuld an unserer Misere gibt.

Weil ich so langsam bin. Ohne mich wäre er längst über den Berg, und nun spürt er mit jedem Quadratzentimeter seiner durchnässten Haut, dass ich für ihn ein Risiko bin.

„Fahren wir!", sage ich mit fester Stimme. Wortlos schwingt er sich auf den Sattel, dreht sich aber doch zu mir und beobachtet, wie ich mit starrem Gesicht mein Fahrrad erklimme.

„Es geht schon!", sage ich. Obwohl das überflüssig ist, weil es sowieso gehen muss und weil mein Gewicht von selber bergab will und die Reifen nicht mal rutschen, als ich meine Hände um die Bremshebel klammere.

Ich weiß kein anderes Mittel gegen die Kälte, als sie zu spüren. Solang ich nicht erfriere, lebe ich, denke ich und frage mich, was mich in der Wirklichkeit hält.

Vielleicht die Kurven zählen, die so überraschend aus dem weißen Vorhang auftauchen, dass ich nur im Schritttempo fahren kann?

Augenblick für Augenblick kommt es einzig darauf an, gegen das zunehmende Schlingern die Bremsen fester zu pressen und auf den Schatten vor mir zu achten. Alex' Schatten, der meine Orientierung ist. Nur Alex' eisblauen Schatten, mehr brauche ich nicht. Seltsam, befreiend, nichts sonst zu brauchen als dies. Obwohl sein Schatten sich manchmal so nebelig auflöst wie die Gewissheit, dass wir uns lieben – und dennoch folge ich ihm.

Da, aus dem Nichts, ein Wagen neben uns. Eine Frau steigt aus und zu ihren beiden Kindern auf den Rücksitz, damit wir uns am Gebläse der Heizung wärmen können, Alex und ich, dicht an dicht. Gerettet, denke ich, aber ich fühle es nicht. Fast bedaure ich, dass der Zustand des Nichts-mehr-zu-Brauchens unterbrochen ist und staune über Alex, der mit dem Fahrer Witze darüber macht, dass ein Auto nur fünf Gänge hat. Sechzehn weniger als unsere Räder, die wir am Wegrand zurücklassen mussten. Aneinandergekettet. Abgesperrt. Sorgfältig.

Ich sehe die Finger meiner Hände an, weiß wie Leichen, und spüre meine Zehen nicht mehr. Obwohl der Luftstrahl auf meiner

Haut brennt, beginnt das Blut aus meinen Beinen zu weichen. Dann frage ich den Fahrer, wie weit es noch ist, um nicht sagen zu müssen, dass Angst aus meinen Schultern hochsteigt. Weil ich fürchte, sie könnten erfrieren, beginne ich, meine Hände heftig gegeneinanderzureiben, aber es ist, als würde ich die Kälte nur schneller verteilen, die jetzt in meine Arme kriecht.

Ich könnte das Wasser der Badewanne, das mich umhüllt, austrinken vor Durst. Vielleicht hätte ich das vorhin tun sollen, während das Blut in meine Glieder zurückkehrte, schmerzhaft wie Nadelstiche. Dann hätte ich mir nicht die Zunge an dem kochenden Tee verbrüht, den Alex mir gebracht hat, – obwohl ich ihn um kaltes Wasser gebeten hatte.

Und, vielleicht, wenn ich ihn nicht angeschrien hätte deshalb, wäre er bei mir geblieben? Und nicht mit dem Auto weggefahren, um die Räder zu holen? Ich wäre jetzt nicht allein. Abgetaucht in meine Angst. Vielleicht wäre mir dann nicht so klar, dass mein Körper eine Grenze ist, die nur ich überschreiten kann, und dass es keinen Menschen gibt, der dies mit mir teilt.

Beautiful Sunday
Jürgen Hayer

Sonntags mag es Martha festlich. Das Frühstück wird im Esszimmer serviert, auf dem Tisch eine seidene Decke, Kuchen auf feinstem Kristall und neben dem Gedeck aus Meißner Porzellan Großmutters gestickte Servietten. Ein Arrangement für die Sinne, meint Martha. Übertrieben, findet Herbert.

„Möchtest du ein Stückchen Bienenstich?"
Herberts Augen lugen über den Rand der Zeitung. „Aber gerne, Liebling."
„Dann reich mir doch mal deinen Teller rüber, Schatz."
Herbert legt die Zeitung beiseite und schiebt den Teller in Richtung Martha, die am anderen Ende des Tisches sitzt.
„Herbert! So lang sind meine Arme nicht. Du musst mir den Teller schon bringen."
„Ach, Martha, warum ziehst du den Tisch sonntags immer auf vier Meter aus? Ich verstehe nicht, dass du auch noch die Einlegplatte …"
„Zwei Meter und achtundneunzig Zentimeter, Herbert. Bei dir wird der Tisch jede Woche ein paar Zentimeter länger."
Herbert starrt seine Frau an. „Ob du nun vier Meter oder zwei Meter und achtundneunzig Zentimeter von mir entfernt bist – das tut doch nichts zur Sache. Der Tisch ist zu lang für zwei Personen. Basta!"
„Willst du nun ein Stückchen Bienenstich?"
„Nein!"
„Nein?" Martha verdreht die Augen. „Bist du beleidigt?"
„Bin ich nicht. Ich bin satt."
„Du hast es satt?" Martha spielt aufgeregt mit dem obersten Knopf ihres Morgenmantels. „Wie soll ich das verstehen?"
„Siehst du – du sitzt so weit von mir entfernt, dass du mich

nicht einmal richtig verstehen kannst!" Herbert wischt mit der Serviette seinen Mund ab und steht auf.
„Das hast du absichtlich gemacht, Herbert!" Der Knopf von Marthas Morgenmantel löst sich und fällt zu Boden.
„Was soll ich absichtlich gemacht haben?"
„Du hast deinen Mund an der Serviette abgeputzt, obwohl wir vereinbart haben, Großmutters Servietten zu schonen."
„Haben wir das?"
„Tu nicht so. Erst letzten Sonntag hast du mir versprochen, ein Papiertaschentuch einzustecken, um dir damit den Mund abzuwischen."
Herbert mustert Marthas geblümten Morgenmantel. „An deinem Morgenrock fehlt ein Knopf. Warum ziehst du nicht den hübschen Kimono an, den ich dir zu Weihnachten geschenkt habe? Musst du den auch schonen?"
„Du meinst den zitronengelben mit dem roten Drachen drauf?"
„Ja, genau."
„Wenn ich den trage, bekomme ich Hautausschlag."
„Mein Gott, bist du empfindlich."
„Diese Bemerkung hättest du dir sparen können. Setz dich wieder hin, wir haben unser Lied noch nicht gehört."
Martha geht zum Plattenspieler und legt „Beautiful Sunday" auf, den alten Hit von Daniel Boone. „Ach Schatz, erinnerst du dich noch an unsere ersten Tanzstunden?"
Martha lächelt, als Herbert sich hinsetzt. Dann nimmt auch sie wieder Platz.
„Also gut, ein Stück Bienenstich geht noch." Herbert rollt die Zeitung zusammen und schiebt mit ihr den Teller in Marthas Reichweite. Marthas Lächeln verformt sich zu einem O. „Kannst du nicht aufstehen und mir den Teller bringen?"
Herbert lehnt sich zurück und grinst. „Eben noch sollte ich mich hinsetzen. Ja, was denn nun?"
Martha holt tief Luft. Im Hintergrund erklingt der Refrain

„Hey, hey, hey, it's a beautiful day". Für einen Moment konzentriert sie sich ganz auf das Lied. Dann erfasst ihr Blick Herberts wippenden Kopf. Lächelnd bugsiert Martha ein Stück Bienenstich auf den Teller und bringt es Herbert. „Lass es dir schmecken. Der Sonntag ist viel zu schade, um zu streiten."
„Wie recht du hast, Martha. Der Kuchen schmeckt lecker."
Während Herbert an seiner Kaffeetasse nippt und sich dann genüsslich einen Bissen Bienenstich in den Mund schiebt, streicht Martha zärtlich durch sein Haar. „Ich leg mich noch mal ins Bett, Schatz. Kommst du auch?" Sie tänzelt zur Tür.
„Geh du nur zuerst ins Bad. Ich zieh mich nach dir an." Herberts Kopf verschwindet hinter der Sonntagszeitung.
„Aus, Herbert. Ich ziehe mich aus."
Herbert ringt nach Luft. Ein Stückchen Bienenstich ist in die Luftröhre geraten. „Du ziehst aus?", röchelt er.
Martha kullern Tränen über die Wangen. „Du hast mich schon richtig verstanden."
„Hab ich nicht."
„Hast du wohl."
Herbert zieht ein Papiertaschentuch aus seiner Pyjamahose und putzt sich den Mund ab.
„Ach Herbert, wir hätten es so nett haben können."
„Das haben wir ja auch. Aber du weißt doch, Liebling, wenigstens sonntags sollte ich mein Herz schonen."

Abgeliebt
Kirsten Bloem

Unten, auf der Straße, laute Stimmen. Rufe. Das Scheppern eines umstürzenden Mülleimers. Klirrendes Glas in einem vorbeirumpelnden Pick-up.
Weit oben, unter einem Himmel, sommerblau, wolkenlos – das Zimmer. Der Geruch von sonnenheißem Staub und feuchter Haut.
Die junge Frau liegt mit geschlossenen Augen auf dem zerwühlten Bett. Haarsträhnen fallen über ihr Gesicht, beschatten ihre Lider. Sie lächelt. Warme, satte Zufriedenheit. Nach dieser Nacht nennt sie es Liebe.
Es ist spät am Morgen, ein Donnerstag oder Freitag. Der Tag nach seiner Rückkehr.

Ich fahre für ein paar Tage an die See, hat er angekündigt, ich muss dringend abschalten, mich bewegen, einmal keine Bücher aufschlagen, das geht hier alles nicht. Er spannte das Surfbrett auf seine Klapperkiste und fuhr los. Dass sie ihn hätte begleiten können, stand nicht zur Debatte. Sie hatte nicht zu fragen gewagt, denn dieses Mal wollte sie alles richtig machen. Acht Tage wartete sie vergeblich auf ein Lebenszeichen von ihm. Kein Anruf, kein Hallo-du-fehlst-mir.
Dann, endlich, gestern Morgen, eine Karte in ihrem Briefkasten. Eine krabbenförmige Insel im aufgewühlten Meer. Auf der Rückseite makellos gerundete Druckbuchstaben in schwarzer Tinte. Toller Wind! Lou und Caro sind auch hier, welch ein Zufall! Bis bald – Jan.
Sie greift nach dem Telefonhörer – bestimmt ist er wieder daheim! –, wählt seine Nummer wie im Schlaf. Mit pochendem Herzen lauscht sie dem Klingeln, dort am anderen Ende der Stadt.

Bin heute Nacht zu Hause angekommen, sagt er, als er endlich abnimmt, stell dir vor, ich hab zweiunddreißig Grad hier in der Bude, ein richtiger Backofen, zu heiß, um sich was anzuziehen. Sein Atem an ihrem Ohr. Sie stellt ihn sich vor, wie er an die Wand gelehnt seinen nackten Rücken an den Kacheln neben der Spüle kühlt, und mit den Zehen imaginäre Grundrisse aufs Linoleum malt. Ach, sagt sie, heut Nacht schon, und dann: Können wir uns sehen, jetzt gleich? Sie horcht in die atmende Stille hinein.

Später, sagt er, später, du weißt doch, nach so einer Fahrt! Ja, sagt sie, ich weiß, bis dann also, ich freu mich auf dich. Da hat er schon aufgelegt.

Und sie erinnert sich an den Abend vor zwei Wochen, als er sie das erste Mal mit zu sich hinaufgenommen hat in die stickige Schwüle seiner Studentenbude. Bad, Küche, Schlafzimmer: ein Tisch, zwei Stühle, ein Schrank, ein Bett. Miese Isolierung, sagte er und zog sich das Hemd über den Kopf, im Winter friert die Klospülung ein, schrecklich was?

Sie dachte, dass sie das ertragen könnte, wenn sie nur mit ihm zusammen wäre. Sie hockte sich auf die Tischkante, ließ ihre Sandalen von den Füßen fallen und beobachtete ihn dabei, wie er im Zimmer herumging, Zeichenblöcke, Bücher, Lineale von einem Stuhl nahm und an der Wand aufschichtete, den Kühlschrank öffnete, zwei Gläser mit Weißwein füllte.

Auf dich, sagte er lächelnd und hob sein Glas. Sie wartete, dass er seine Lippen in ihre Halsbeuge, auf ihren Mund presste. Auf uns, sagte sie, verrückt vor Verlangen, und er kam und schlang ihr Haar um seine Hand und zog ihr Gesicht an seines heran. Was für schöne Augen du hast, sagte er. Dann beugte er sich über den Tisch und ließ mit sanftem Pusten Staubflocken über die geschwungenen Bahnen einer silbrig schimmernden Pappkonstruktion wirbeln. Was soll das sein, fragte sie, unsicher lachend, vielleicht Utopia? Er drehte sich zu ihr um und riss die Augen auf. Utopia? Du aber auch! Das Guggenheim, Bilbao,

mein Gott!, ja kennst du das denn nicht?
Er hat den Tisch freigeräumt und sie darauf gelegt. An ihrem ersten Abend.

Von fern, noch halb im Schlaf, vernimmt sie das Läuten des Telefons. Sie greift nach dem Laken, das sich um ihre Knie geschlungen hat, zieht es an ihr Gesicht heran und atmet die raue salzige Feuchte der Insel ein. Heute Nacht ist sie dort gewesen mit ihm. Sie fühlte den Wind auf ihrer Haut und das Reiben des schwebenden Sandes, und sie war Teil der Wellen, die sie durch die stürmische See trugen und sie im Morgengrauen auf weichen Strand betteten.
Sie hört seine Stimme, im Zimmer nebenan, gedämpfte Worte, laut genug, Caro.
Caro! Welch ein Zufall!
Und jetzt, in dieser Sekunde, schlägt sie die Augen auf und sieht durch das Dachfenster hinauf in den Himmel, wo der Kondensstreifen eines Jets das Blau durchschneidet, wie ein Messer.

„Ich muss gleich los", sagt er, als sie aus dem Schlafzimmer tritt.
Er steht rasiert und mit einem frischen Hemd und Jeans bekleidet neben der Tür. Unerreichbar. Die Zärtlichkeiten der vergangenen Nacht fallen wie wertloser Plunder von ihr ab. Sie wischt die feuchtkalten Hände am Stoff ihres Kleides ab.
„Den trinkst du doch, oder?", fragt er, als er einen Becher mit schwarzem Kaffee auf den Tisch stellt.
Nein, ich trinke Tee, hast du's schon vergessen?, will sie sagen, aber da ist dieser Klumpen in ihrem Hals. Und die Beine – die sich so kraftvoll um seinen Körper geschlungen haben – wie betäubt, sie meint den Halt zu verlieren, sobald sie sich vom Türrahmen löst.
„Jetzt setz dich doch", sagt er ungeduldig. Er kommt auf sie zu und legt seine Hände auf ihre nackten Schultern, schiebt sie zum

Tisch hin. „Dein Kaffee wird ja kalt."

Sie lässt sich auf denselben Stuhl sacken, auf dem sie sich um Mitternacht noch geliebt haben. Sie starrt auf seine gebräunte Hand, die wie selbstverständlich Frühstücksflocken in eine Keramikschale schüttet, nach der Milchflasche greift. Sie sieht, wie sich der leuchtend weiße Strahl in die Schale ergießt.

„Caro", sagt sie leise, „ich wusste nicht ..."

Zweiunddreißig Grad. Minus.

„Wie das eben manchmal im Urlaub so geht", sagt er und wartet, mit dem Schlüsselbund in der Hosentasche klimpernd, auf ein Wort der Absolution.

Dann ist er fort.

Aufgeweichte Flocken steigen an die Oberfläche. Winzige Schokoladenquadrate färben die Milch. Auf der Schachtel, die vor ihr auf dem Tisch steht, liest sie:

Genießen Sie die kleinen und großen Augenblicke des Lebens.

Mit einem Ruck reißt sie das Museum mit den verschlungenen Dächern zu sich heran. Ein Strom brauner Pampe schießt um die Papierwände herum, löst die millimeterkleinen Menschen von ihrem festen Untergrund und reißt sie mit sich fort, über den Tisch, auf ihr Kleid, auf den Boden.

Sie erschrickt. Niemals zuvor hat sie solch einen kindischen Racheakt begangen. So etwas tut man doch nicht! Dumm, dumm, dumm! Wieder einmal hat sie alles falsch gemacht.

Sie legt ihr Gesicht in die Hände und weint.

Gleich wird sie die Wohnung verlassen, die Treppen hinuntergehen, zur Tür hinaus auf die Straße treten. Sie wird die falsche Straßenbahn besteigen und sich auf den Platz neben dem Fenster setzen. Sie wird glauben, dass ihr Herz entzweibricht.

Dir auf den Fersen
Katharina Offenborn

Jonas, ich muss mit dir reden. Ich kann es nicht mehr ertragen, schweigend neben dir zu sitzen. Sie sagen, du könntest mich nicht verstehen, nur weil du hier liegst in diesem gnadenlos weißen Bett, gespickt mit Schläuchen, blass und stumm.

Der Anblick täuscht, sagt mein Herz.

Trotzdem zittere ich vor Angst. Die Stille hat mir hinter dem Piepen und Surren der Monitoren aufgelauert und liegt jetzt schwer auf mir. Sie wird mich knebeln, bis ich ersticke an allem, was ich dir nicht sagen kann. Das will ich nicht zulassen. Auch dein Herz protestiert wild unter meinen Fingern, das spüre ich. Nur ruhig, mein Geliebter, wir schaffen das schon.

Ich wünschte, ich wäre mehr wie du, Jonas. Dann würde ich nicht auf das achten, was die Ärzte über dich sagen. Sie haben dich aufgegeben, nach all den Wochen des Wartens. Du hast dich nie um die Meinung von Experten gekümmert. Du warst du, ganz du, auch in deiner Sorglosigkeit. Daran konnte dich niemand hindern, das konnte dir auch keiner ersparen. Weißt du eigentlich, dass ich nie etwas anderes wollte, als dir auf den Fersen zu bleiben? Dir auf den Fersen, während du unterwegs warst in Welten, die mir ohne dich verschlossen geblieben wären. Um einen Blick zu erhaschen, wenigstens einen Blick. Wie damals, als ich Afrika lieben lernte – und dich.

Nicht auszudenken, was geschehen wäre, wenn du dich im Kindergarten hättest überreden lassen, etwas anderes zu zeichnen als die Umrisse von Afrika! Es war zum Glück seit jeher unmöglich, dich von einem Vorhaben abzubringen. Niemals sah ich dich

Menschen zeichnen. Oder Bäume. Die Sonne. Vögel. Die Erzieherin hat oft auf deine Werke geschielt, den Kopf geschüttelt und mit den Schultern gezuckt. Ich ließ sie dann nicht aus den Augen, hatte sie fest im Blick – wie dich. Es machte mir Angst, wenn sie so finster dreinsah, deshalb war ich froh, dass sie mir nicht halb so viel Aufmerksamkeit schenkte wie dir. Du aber warst nicht aus der Ruhe zu bringen, hast angestrengt die Stirn gerunzelt und gezeichnet. Immer wieder Afrika, freihändig, aus dem Gedächtnis.

Ich kannte mit meinen fünfeinhalb Jahren noch keinen Unterschied zwischen Kontinenten und Ländern. Und hatte auch keine Vorstellung von dem, was du tatest. Doch ich mochte deine Unbeirrbarkeit und wünschte, ich hätte so sein können wie du.

Du hattest keine Freunde. Du warst zu stolz, darum zu bitten, mitspielen zu dürfen. Das entdeckte ich gleich am ersten Tag. Deshalb fragte ich dich, ob du Lust hättest, mit mir zu spielen. Auch ich war einsam. Keiner, der mit mir das Kreuzchen-Spiel gespielt hätte. Du warst unermüdlich darin – wenn du nicht gerade am Zeichnen warst. Wir hatten jeder ein eigenes Buch für unser Spiel, winzig klein, groß genug für uns.

Doch ich schweife ab. Das passiert, wenn man einem Menschen wie dir schon so lange auf die Finger schaut. Deine Finger faszinierten mich schon immer, wie sie sich um den Stift krümmten und, ohne zu zögern, zeichneten. Einfach so. Sie ließen mich ahnen, was der Mensch vermag, wenn er ein klares Bild im Kopf hat. So viel hatte ich verstanden: Afrika wohnte in deinem Kopf, nicht in deinen Fingern.

An diesem Vormittag schien die Sonne von hinten durch das Fenster. Ein Strahl fiel auf deine Haare, die sich niemals ganz bändigen ließen. Du sahst aus, als hättest du einen Heiligenschein. Ich saß schräg vor dir. So konnte ich beides gleich gut im Blick behalten, dein Gesicht und deine Zeichnung. Ich liebe Afrika bereits, dein Afrika. Plötzlich dieses Leuchten. Du schautest hoch, kurz nur, direkt in meine Augen. Hätte ich dich in dem Moment bloß zeichnen können, um den Augenblick festzuhalten, in dem ich mich in dich verliebte! Du hast sofort etwas gemerkt, hast nochmals aufgeschaut. Und, im Gegensatz zu mir, begriffen, was geschah. Das hast du mir Jahre später gestanden, als das Schicksal uns eine zweite Chance gab.

Heute weiß ich, dass ich genau in diesem Moment der Hoffnung verfiel. Für immer. Diese Hoffnung hat all den Jahren getrotzt, in denen sich unsere Wege voneinander entfernt hatten. Wie soll sie nicht dem standhalten können, was sie heute vor Augen hat?

Der Anblick trügt, weiß mein Herz.

Jonas, wenn du gewusst hättest, was auf uns zukommt, hättest du dir nicht damals schon gewünscht, wir würden zusammenbleiben? Wir waren nur Kinder, zugegeben, aber wenn mein Wunsch, dir so nahe wie möglich zu sein, ein kindlicher Wunsch war, dann bin ich niemals erwachsen geworden. Vielleicht hätte ich es werden sollen. Würde ich dann wohl auch hier an deinem Bett sitzen und deine Finger anstarren? Und meine, die auf deinem Herzen liegen, eingebettet zwischen Schläuchen?

Wenn ich meine Augen schließe, sehe ich dich vor mir wie früher, höre dich sagen: „Komm, Judith, komm in meine Arme, bevor ich mich wieder ganz verliere."

Und dann streichle ich dich, wie ich dich immer gestreichelt habe, als wäre es das erste und das letzte Mal, fahre dir mit meinen Fingerkuppen über Stirn und Wangen, zeichne ganz zart deine Augenbrauen nach und deine Lippen, spüre die Bartstoppeln auf deinem Kinn. Wühle in deinem Haar. Lege meinen Kopf an deine Brust.

Erinnerungen daran, wie du dich anfühlst, an deine Haut, deine Wärme, deinen Geruch. Und während ich mich erinnere, halte ich meine Hände zitternd an dein Herz gepresst und vermisse allem voran deinen Geruch.

„Judith, meine kleine Judith", hast du an dem Abend gesagt, an dem wir im Foyer der Oper nach dreißig Jahren übereinander gestolpert waren, und hast mich wie selbstverständlich bei der Hand genommen. Du, der über Landesgrenzen hinaus bekannte Wissenschaftler, mich, die ewige Studentin in ihrem fünften Studium. Wir sahen uns schweigend an, minutenlang. Deine Augenlider zuckten, und dein Mund wirkte, als wäre er vor Einsamkeit erstarrt. „Ich habe mich in mir selbst verlaufen, Judith", sagtest du endlich und ludst mich auf ein Glas Sekt ein. Danach brachtest du mich ohne ein weiteres Wort zum Taxi hinaus.

Erst drei Monate später riefst du mich an.

„Ich kann nicht mehr, Judith. Bitte komm zu mir."

In jener Nacht hielten wir einander zum ersten Mal in den Armen. Wir haben gelacht und geweint, und du hast stundenlang von dir erzählt, als würde dein Leben davon abhängen. Ich hätte dir ewig zuhören mögen. Als der Morgen graute und du mich heimschicken wolltest, sah ich dich nur stumm an. Ich spürte, dass meine Hoffnung ganz zu verlöschen drohte. In diesem Moment hast auch du endlich begriffen, dass wir zusammengehören, hast es dir eingestanden, dass du mich bei dir haben willst, komme, was wolle. Deshalb sitze ich hier. Und niemand, hörst du, niemand kann daran etwas ändern. Niemand kann mir die Hoffnung je wieder nehmen.

Was wäre ich heute ohne dich, Liebster? Grau sind die Haare an unseren Schläfen geworden, und ich weiß längst, wo Afrika liegt. War dort, mit dir, gleich nachdem wir einander gefunden hatten. Und ich weiß auch, wie sich deine Hände auf meinem Körper anfühlen, dieselben Hände, die jetzt reglos auf der Decke liegen.

Das wünsche ich mir noch einmal: deine Hände auf meiner Haut, während ich mich an dich schmiege.

Ach, Jonas. Sie sagen, du wirst nie mehr derselbe sein wie früher. Sie sagen, du wachst gar nicht mehr auf – und wenn, kannst du vielleicht nicht mehr sprechen. Ich lasse sie reden und glaube, was ich glauben will. Mir kann keiner weismachen, dass meine Worte sich ungehört verlieren, weil du mich angeblich nicht verstehst. Prognosen und Diagnosen können mir gestohlen bleiben, solange ich spüre, wie dein Herz gegen deine Rippen pocht. Weißt du, was ich denke? Du bist mir wieder nur ein Stück vorausgeeilt. So bist du eben. Du wirst mir aber, wie immer, die Türe aufhalten, wenn ich dich erst einmal eingeholt habe.

Ich wüsste nur zu gerne, welches Bild du gerade im Kopf trägst. Doch ich will mich gedulden. Deine Finger werden es mir einzeichnen, eines Tages, und dann werde ich alles begreifen. Ganz bestimmt.

Angsthase
Meike Stewen

„Nein."

So ein kurzes Wort und doch so hart. Aber das muss es auch sein, denkt Kyra, das geht so nicht weiter. „Nein, Ann", wiederholt sie, „das mache ich nicht. Diesmal nicht."

„Mama, bitte!"

Das Mädchen zieht an Kyras linker Hand; an einem breiten Lederarmband schlummert rund und glänzend das Gerät. Um es zu aktivieren, müsste Kyra den Code eingeben. Stattdessen starrt sie nach unten, über das Geländer in den Kanal. Noch können sie ihn sehen: einen orangefarbenen Fleck dicht unter der Wasseroberfläche, wie ein überdimensionaler Goldfisch sieht er aus. Ein toter Goldfisch. Das Fell, die platt geliebte Füllung haben sich voller Wasser gesogen, der Hase sinkt unerbittlich immer tiefer.

„Mama, Mama, *Mama*, mach, dass er wieder da ist!"

Kyra will gar nicht spüren, wie es sich anfühlt, etwas oder jemanden für immer zu verlieren. Aber wenn sie Ann so hört, dann erinnert sie sich doch.

„Du hättest ihn besser festhalten sollen", sagt sie und beißt sich auf die Unterlippe, bis es wehtut. „Man muss schon aufpassen im Leben, auch jetzt noch. Diesmal war es nur ein Stoffhase. Daran lernst du es eben."

Jetzt weint Ann. „Du bist gemein, ich hasse dich!" Sie ist noch zu klein, um zu verstehen, worum es geht.

Wie oft ist Kyra schon über diese Brücke gegangen, Ann im Bauch, Ann im Kinderwagen, und hat sich vorgestellt, sie würde das Mädchen stattdessen im Arm tragen: den weichen Körper an der Brust, den feuchten Atem am Hals. Sie würde sich ans Geländer stellen, um die Blätter zu beobachten, die langsam an der Wasseroberfläche in Richtung Meer treiben. Und stehen und schauen und lehnen und halten, aber auf einmal würde sie das

Halten vergessen, über das Stehen und Lehnen und Schauen hinweg. So schnell kann das gehen, denkt Kyra. Eine falsche Bewegung, einmal Niesen auf der Autobahn. Sie nimmt Anns Hand.

„Aua!", sagt Ann und versucht sich loszureißen. Sie weint immer noch, aber das ist normal. So ein Abschied tut weh.

„Komm, wir gehen zum Strand", sagt Kyra. „Ich kauf dir auch ein Eis. Okay? Dann setzen wir uns auf den Deich."

Das Gras auf dem Deich ist noch feucht vom Regen. Kyra breitet ihre Jacke aus und klopft auf eine Stelle, an die ihre Tochter sich setzen soll. Aber Ann schüttelt den Kopf und lutscht weiter am Eis. Dann läuft sie zu dem kleinen Spielplatz unten an der Strandpromenade.

Der Tag war anstrengend. Kyra lässt sich selbst auf die ausgebreitete Jacke sinken.

„Lauf aber nur so weit, dass du mich noch sehen kannst, hörst du?", ruft Kyra und dreht sich zum Spielplatz, um Ann im Auge zu behalten. Das Mädchen schaut nicht zurück. Sie sitzt auf dem schmalen Schaukelbrett, lutscht am Eis und schwingt langsam hin und her und her und hin. Und sieht zum Meer, das man gar nicht richtig erkennen kann, weil es erst noch zurückkommen muss, aus einer anderen Zone auf der Erdkugel. Aber hören kann man es schon: Ich komme bald, ich komme bald, ruft es aus der Ferne. Wartet's nur ab.

Mit Eimern und Schaufeln kehren die Wattwanderer von ihren Spaziergängen zurück. Ganz gemächlich, denn das Meer ist langsam, das holt sie jetzt nicht mehr ein. Wenn es erst mal da ist, dann ist es zu spät, aber so schnell ist das Meer nicht. Es ist eben nur stärker. Die Menschen gehen raus und kommen wieder zurück. Es ist wie ein Spiel, denkt Kyra, und es ist doch gut, wenn man zwar schwächer ist, aber weiß, dass man trotzdem gewinnt.

Kyra sieht zu Ann hinüber, die weiterschaukelt und dabei auf den Boden schaut. Geduckt sitzt sie da, zusammengekrümmt wie ein Fötus. Vor langer, langer Zeit hat man mal geglaubt, dass der Mensch im Mutterleib den gesamten Evolutionsprozess im Zeitraffer durchlebt: vom Fisch zum Reptil zum Homo sapiens. Weil alles Leben ja schließlich aus dem Wasser gekommen ist, irgendwann. Aber der Mensch hat keine Kiemen, hat sie nie gehabt, auch nicht im Uterus. Für das Meer hat er nie geübt.

Die Spaziergänger bringen Muschelschalen aus dem Watt zurück, getrocknete Seesterne und tote Krebse. Kyra legt sich flach auf den Rücken und dreht den Kopf zu ihrer Tochter, die noch immer auf der Schaukel sitzt. Wie aufgerollt kauert sie da, wie ein Hering, wie ein Rollmops. Auch Rollmöpse können unter Wasser nicht atmen, denkt Kyra und zuckt zusammen, als sie die beiden Holzstäbchen sieht, die in Anns Rücken stecken.

Kyra will schreien, bringt aber nur ein Blubbern hervor. Sie will aufspringen, aber ihre Beine liegen schwer im Gras. Wie gelähmt. Sie hebt den linken Arm, an dem sie das Armband mit dem Gerät trägt, ganz langsam, ganz schwerfällig. Kyra muss sich konzentrieren, um den Arm weiter anzuheben, Stück für Stück für Stück, immer höher, bis er ihr Blickfeld erreicht: Sie sieht einen kurzen Stumpen aus nassem orangefarbenen Plüsch.

Kyra schreit.
Und fährt hoch.
Ein Traum, denkt sie. Ein dummer Traum.
Ein langer Traum. Es ist dunkel um sie herum.

Um diese Zeit sind nur noch wenige Menschen am Strand: ein einsamer Spaziergänger, ein Liebespärchen. Niemand ruft, niemand lacht, niemand schreit, bloß das Rauschen des Meeres ist noch zu hören; die Wellen, die einige Meter entfernt gegen die Promenade schlagen.

Mein Gott, denkt Kyra und betrachtet im Mondlicht ihre langen, schlanken Arme, auf denen sich die feinen Härchen aufrichten. Mein Gott, wo ist Ann?

Kyra springt auf und sieht sich um. Der verlassene Spielplatz.

Die Jacke. Das Gras. Ann hat ihre Sandalen darauf abgestellt, die weißen Socken stecken drin.

„Ann!", schreit Kyra und läuft zur Promenade.

Ich bin schon da, ich bin schon längst da, murmelt das Wasser, das gegen die Betonwand schwappt. Ganz leise, ganz ruhig, als könnte es keiner Menschenseele etwas zuleide tun. Manchmal, raunen die Wellen, manchmal sind wir eben doch schneller. Und stärker sind wir sowieso. Der Mensch hat keine Kiemen. Ein falsches Wort, einmal Niesen auf der Autobahn. Einmal am Strand eingeschlafen. Mein Gott, denkt Kyra erneut, doch der liebe Gott hat damit nichts zu tun.

Zitternd hebt sie den linken Arm, der sich taub anfühlt. Sie klappt die Abdeckung des runden Kastens zur Seite und drückt auf einen Knopf. Das Display leuchtet auf. Ein Glück. Ganz langsam tippt Kyra den Code ein. Okay. Alles in Ordnung, so weit. Jetzt leuchtet auch die kleine Taste mit dem Pfeil, der nach links zeigt, grün auf. Kyra presst sie fest nach unten.

Es geht los: Formen und Farben ziehen in einem Sog an Kyra vorbei, erst gemächlich, dann immer schneller. Es wird heller. Sie steht nicht mehr auf Grasboden, sondern auf Pflastersteinen. Ein orangefarbener Bogen zieht sich durchs Blickfeld, von unten nach oben. Kyra drückt auf den roten Knopf mit dem Quadrat. Der Sog lässt nach, und sie atmet tief durch.

Wie gut, denkt sie. Wie gut, dass das geht. Man stelle sich nur vor. Früher war das noch anders. Da haben sich die Menschen Teppiche gekauft, die ein Leben lang halten, ohne zu wissen, ob sie selbst überhaupt ein Leben lang leben. Und dabei kann es doch so schnell gehen: ein unbedachtes Wort, einmal Niesen auf der Autobahn. Einmal mit offenen Schnürsenkeln über die frisch gebohnerte Treppe. Wie gut, denkt Kyra, dass das jetzt anders ist.

Ann lacht und schwenkt ihren orangefarbenen Stoffhasen hin

und her und her und hin.

„Komm weg vom Brückengeländer", sagt Kyra und nimmt ihre Tochter am Arm.

Der Ruf der Traumfädenspinnerin
Ulrike Weinhart

Als das Telefon klingelte, lag ich wach. Wie in vielen Nächten um diese Zeit, seit dem Donnerstag, an dem Jessie gegangen war. Zwischen vier und fünf Uhr verflüchtigten sich meine Träume, lösten sich auf, zerrissen wie Nebelschwaden im Wind. Auch wenn ich verzweifelt versuchte, sie zu halten, und mich an ihren fantastischen Inhalt klammerte, wurden sie durchscheinend und ließen die bittere Realität zu mir durchdringen. Die Trauer, Jessie verloren zu haben, nicht in der Lage gewesen zu sein, sie festzuhalten, war jeden Morgen meine erste Empfindung. Und mit ihr kam die Einsamkeit, ein nachtschwarzes Gefühl ohne Anfang und Ende, das mir fast die Kraft raubte, den kommenden Tag zu bestehen.

Ich rollte mich zur Seite und griff nach dem Hörer.
„Ja?"
„Hallo, Matthias." Im Hintergrund spielte Country Musik.
Ich seufzte.
„Jessie. Wo bist du?"
„Las Vegas." Ihre Stimme klang so nah, als sei sie nebenan. Aber fremd. Kein Wunder, nach elf Monaten.

Nachdem sie das erste Mal fortgegangen war, hatte ich ihre Bilder von den Wänden abgenommen. Ich wollte ihre fröhlich-farbigen Welten voller fantastischer Fabelwesen nicht mehr sehen. Konnte die lächelnden Drachen nicht mehr ertragen, die Fische in Tropfenform, in einem Meer aus Rosa und Orange. Die braungrünen Leguane, deren ineinander verhakte Körper ein Klettergerüst bildeten, auf dem Kinder spielten. Ich hatte sie sorgfältig mit Folie umwickelt und hinter das Regal im Schuppen gestellt. Neben die Kisten mit längst vergessenen Büchern, der alten

Weihnachtsbeleuchtung und meinen Skistiefeln.
Jessie war wiedergekommen. Und wieder gegangen. Vielleicht hätte ich die Bilder danach wegwerfen sollen. Ich glaubte ohnehin nicht, dass ich sie hätte halten können, wenn die Bilder noch an ihrem Platz gehangen hätten.

„Las Vegas", echote ich und versuchte, mir Jessie in dieser Glitzerstadt vorzustellen. Jessie zwischen Spieltischen, Touristen und Glamourshows. Ich sah sie als übernächtigtes Barmädchen, wie sie, in eine kurze römische Toga gekleidet, ebenso müden Männern an den Spielautomaten Drinks anbot.

„Es ist schön, deine Stimme zu hören."
„Matthias, ich vermisse dich so."

„Weißt du, Matthias", hatte sie eines Abends gesagt, als wir zusammen auf dem Sofa vor dem Kamin saßen, sie ihre Füße auf meinen Schoß gelegt hatte und den Kater kraulte. „Es hat nichts mit dir zu tun."

Das war der Anfang vom Ende.

Ihr sei es bei mir zu eng.

„Jessie, ich sperre dich nicht ein. Du kannst tun, was immer du willst."

„Ich weiß. Nur, mein Leben ist mir zu klein. Ich möchte ein größeres führen."

Sie konnte mir nicht erklären, was genau sie damit meinte.

„Sollen wir verreisen? Was denkst du? Wo möchtest du hinfahren?"

„Das ist es nicht."

„Ein anderer Job? Wegziehen? Willst du ein Kind?"

Kopfschütteln.

„Liebst du mich nicht mehr?"

„Doch", sagte sie und zauberte aus dem Nichts ein Lächeln auf ihr Gesicht. Nur ihre Augen erreichte es nicht. Sie blickten dunkel und voll unstillbarer Sehnsucht. Aber nicht nach mir.

Im Hörer knisterte es. Jessie holte tief Luft, ehe sie laut und gepresst zugleich sprach.

„Matthias, hör doch, wir könnten einen Wohnwagen kaufen und ihn an die Küste stellen. Und dort zusammen leben. In Baja California. Ich war dort. Das Meer ist wunderbar. Türkisfarben, und jede Menge Fische drin. Wir könnten Muscheln suchen und Tequila trinken. Ich habe fantastische Sonnenuntergänge gesehen. Die Sonne leuchtete rot und orange, ein riesiger Ball aus Feuer, und ich schwör dir, als er im Meer versank, hat es gezischt."

Atemlos.

Ich liebte es, ihren Geschichten zuzuhören, wie sie aus Erlebtem goldene Traumfäden spann und diese mit ihrem Lebensstoff verwebte.

Aber es waren ihre Träume und ihr Leben. Vor meinem Fenster begann es zu dämmern. In eineinhalb Stunden würde ich im Büro sitzen.

Eines Morgens um vier weckte mich ein Geräusch in der Küche. Am Schrank lehnte eine Reisetasche, und Jessie mühte sich, unsere Espressokanne in einen übervollen Rucksack zu quetschen. Sie erschrak, als ich hereinkam.

„Du gehst." Ich sprach das Offensichtliche aus. Ihre Gedanken dahinter, ihre Beweggründe, konnte ich nicht einmal erahnen.

Sie nickte. Ihre Augen waren tintenschwarz. Die Arme hingen an ihrem Körper herab, wie fremde leblose Anhängsel, viel zu lang für diese zierliche Person. Ihr Rucksack stand aufrecht zwischen ihren Beinen, als wolle er sie stützen.

„Frag bitte nicht, warum", flüsterte sie und enthob mich damit der einzigen Frage, die ich an sie gehabt hätte.

„Ich liebe dich." Sie schlang diese viel zu langen Arme um mich und drückte mir einen flüchtigen Kuss auf die Wange. Dann war sie fort.

Ich weiß noch, dass ich minutenlang auf die geschlossene Tür gestarrt und ihren Lippen nachgespürt habe, meinen eigenen Herzschlag als Rauschen in den Ohren.

„Wie geht's Moses?"
„Gut. Er bringt fast jeden Tag eine Maus."
„Bring ihn mit, wenn du kommst, Matthias. Du kommst doch?"
Ihre Stimme ängstlich, kindlich, ganz das kleine Mädchen, das etwas Dummes angestellt hat.
Herrgott, ich bin nicht dein verdammter Vater, Jessie!

Regelmäßig fand ich Postkarten in meinem Briefkasten. Eine aus Dublin, die nächste aus Key West, dann eine von Hawaii. Ich las nicht eine einzige. Ich starrte auf die Bilder von fremden Städten und fernen Traumstränden und versuchte, sie in diesen Szenerien zu finden.

Jessie mochte nicht schwimmen. Ein einziges Mal waren wir zusammen an den Weiher im Wald gefahren. Sie blieb am Ufer, die Füße bis zu den Knöcheln im Wasser, und lachte über die Faxen, die ich im See für sie machte.
„Komm rein, es ist ganz warm", rief ich ihr zu und spritzte sie nass.
„Ich mag nicht", gab sie zurück, „das Wasser ist schwarz. Wasser muss aber türkis sein." Sie hatte sich umgedreht und, wie ein kleiner Hund, die Kiesel zwischen ihren Beinen hindurch in meine Richtung gebuddelt.

Sie begann von Las Vegas zu erzählen. Malte mir mit Worten Bilder von den Wundern und den Verrücktheiten dieser Stadt. Ich lauschte, bis der Operator die Verbindung unterbrach und sie aufforderte, Geld nachzuwerfen.

Jede Karte, die gekommen war, hatte mir den Schorf von der Wunde gerissen, und ich blutete erneut. Aber schließlich heilt

jede, auch die größte Wunde und hinterlässt nichts außer einer hellen, fleischigen Narbe.
Und jetzt dieser Anruf ...

„Matthias, diesmal wird es funktionieren. Komm zu mir, und ich laufe nicht mehr weg. Bestimmt nicht! Ich bin so müde, viel zu müde, um fortzulaufen." Sie schnaubte ein kurzes Lachen ins Telefon. „Ich sehne mich nach Ruhe, nach Zärtlichkeit, nach Zweisamkeit. Mit Moses und dir."

Auf kleinen, glucksenden Wellen trieben meine Gedanken an den Strand. Ihr schmaler Körper schmiegte sich vor mir in den Sand. Ein heißer Wind blies stetig über uns hinweg, und die Reflexion des Sonnenlichtes auf dem weißen Sand ließ mich fast erblinden. Ihre Haut war glatt und weich, so unglaublich weich ...

„Matthias?"
„Ich denke darüber nach."
„Wirklich?"
„Wirklich, Jessie."

Nachdem sie aufgelegt hatte, stand ich auf und machte mir einen Espresso in der neuen Kanne. Der Kater strich mir um die Beine. Ich wählte eine grüne Dose vom Regal.
„Wildragout, alter Freund?" Die Antwort war ein gleichmäßiges Schnurren.
Draußen war es inzwischen hell geworden. Ein dünner Nebel hob vom Boden ab und schwebte in die Höhe wie die Vorhänge im Theater. Es würde ein wundervoller, kühler Herbsttag werden. Wenn ich von der Arbeit kam, würde ich zuerst joggen gehen und danach endlich meine Einkommensteuererklärung fertig machen.

Ungebremst
Bettina Heinzl

Onkel Erwin ist der Schwächste in der Gruppe, das habe ich von Anfang an gemerkt.
 Zum dritten Mal versucht er es. Mich hat er überredet mitzumachen.
 Er hält den Kopf gesenkt und stapft keuchend vor mir. Ich kann seinen Atem sehen. Weiße Wölkchen neben seinem Kopf, wie von einer Dampflok in die Luft geschnaubt.
 „Erwin, weiter. Du schaffst das schon", versuche ich ihn und mich anzuspornen, aber er strauchelt und bleibt stehen.
 Ich blicke über die Schulter zurück in den Hang. Eine weiße, glitzernde Fläche, flankiert von mächtigen Fichten. Tiefe Demut überkommt mich. Ich fühle mich verbunden mit der Natur, und meine jämmerlichen Ängste erscheinen mir jetzt banal.
 Geschichten vom Yeti geistern mir durch den Kopf, und einen Moment glaube ich, ihn zwischen den Bäumen entlanghuschen zu sehen.
 Das Bild wird wieder überlagert von der gleißenden Fläche, die mir in die Augen schneidet, wie ein Skalpell. Ich muss blinzeln und stelle mir vor, wie Onkel Erwin und ich mit verrenkten Gliedmaßen hinunterstürzen auf die porzellanharte Weite.

„Ist ganz schön anstrengend, was? Aber macht die Lungen frei", japst Erwin, und die weißen Wölkchen kommen stoßweise aus seinem Mund.
 Ich schüttle den Kopf und schaue in den milchweißen Himmel. Ein großer Vogel zieht bedächtig seine Kreise. Aasfresser, wahrscheinlich. Auf der Suche nach leichter Beute. Die Natur kennt kein Mitleid, nur die Starken kommen durch.
 Es fängt an zu schneien. Winzige Flocken, die sich im zunehmenden Wind wie Stiche auf der Haut anfühlen.

„Es ist saukalt. Jetzt wäre ein Schluck von dem Jägertee gut. Wo ist der überhaupt?"

Erwin deutet matt mit dem Skistock hinunter und schickt mir eine Duftwelle seines Rasierwassers vorbei. Paco Rabanne. Ich frage mich, warum er sich für solch eine Unternehmung rasiert und After Shave aufgetragen hat. Ein Bart hätte ihn wärmen können.

„Hey, schickt die Flasche her", schreit Erwin. „Ist schließlich für alle gedacht."

Die Mitstreiter am Ende des Trupps scherzen miteinander und halten abwechselnd die Thermosflasche an die Lippen.

„Ist noch genug drin. Aber passt auf, der geht ganz schön in die Beine", ruft einer, und die anderen lachen.

Sie lachen lauter als sonst. Ich spüre ihre Angst, weil sie auch mich fest im Griff hat. Noch funktioniert das Räderwerk in mir. Ich fühle Muskeln schmerzen, von denen ich nicht geahnt hatte, dass sie sich in meinem Körper befinden. Aber meine Füße werden langsam klamm. Beim letzten Sturz hat sich Schnee unter die Wadenschoner geschoben und sickert nun in meine Stiefel. Ob der Ötzi sich auch so einsam gefühlt hat wie ich mich in diesem Moment? Ahnte er, dass er im ewigen Eis verenden würde?

Ich darf mich diesen Gedanken nicht hingeben, sonst bin ich verloren.

„Wir könnten jetzt gemütlich in der Hütte sitzen und dem knisternden Feuer im Kamin zuschauen", sage ich. Ein letzter Versuch, Erwin umzustimmen.

„Sei nicht so ein Weichling." Er lässt die Schultern kreisen, macht eine Faust und stößt sie in den Himmel. „Wenn du das hier geschafft hast, wirst du dich großartig fühlen. Lass uns weitergehen, bevor die Muskeln kalt werden."

Sein Körper hat die enthusiastische Rede nicht mitbekommen. Erwins Tritt ist unkonzentriert, und das wird sofort bestraft. Der rechte Ski rutscht zurück. Erwin hat keine Kraft, das Bein nach vorne zu schieben und ich muss ihn stützen. Er dreht den Kopf zu mir, die

Mütze aus der Stirn schiebend. Seine Wangen schimmern violett.

„Nicht stehen bleiben, schließt auf", schreien sie hinter uns.

„Weiter, Erwin, wir sind gleich da. Diesmal klappt es bestimmt."

Erwin sieht mich dankbar an, nickt und geht voran.

Ich konzentriere mich auf das Knirschen des Schnees unter meinen Skiern und setze einen Fuß vor den anderen. Links, rechts, links, rechts ...

Eisige Luft brennt in meinen Lungen, weil ich der Versuchung, durch den Mund zu atmen, nicht widerstehen konnte. Das blöde Stirnband sitzt zu eng. Hätte ich nur die Mütze mitgenommen. Warum mache ich das Ganze überhaupt mit?

Ich habe keine Kraft mehr und sinke auf die Knie.

Lieber Gott, lass es gelingen ... nicht unbedingt für mich ... na ja, schon auch. Ich will ja wieder heil runter ... aber mehr wegen Onkel Erwin ... er wünscht sich so sehr, einmal erfolgreich zu sein.

Jemand versucht, mich hochzuzerren. Ich umschlinge seine Beine, zitiere Konfuzius, in der Hoffnung, man möge mich für höhenkrank erklären und mit dem Rettungshubschrauber ins Tal befördern.

Nichts dergleichen geschieht.

Ich werde auf die Füße gehievt und eingereiht. Wie Schlachtvieh.

„So, meine Herrschaften. Auf geht's! Die Skier zum Pflug stellen, die Spitze vorn, hinten breit, und locker in den Knien stehen. Nur Mut, schließlich sind es nur zweihundert Meter", schreit der Skilehrer.

Und Erwin jagt als Erster den Übungshang hinunter.

Er hat alles vergessen, was wir in der letzten Stunde trainiert haben. Den Oberkörper lehnt er nach hinten, die Skier stehen parallel zueinander.

Hoffentlich kann er sich wenigstens erinnern, wie man bremst.

Ein ungünstiger Zeitpunkt
Sophie Karlis

Der Tee hatte gerade drei Minuten gezogen, da klingelte es zum ersten Mal an der Haustür. Sorgenvoll blickte Zwölfenturm von der Teetasse zur Uhr, dann zur Tür und wieder zurück zur Teetasse. Es klingelte erneut, gefolgt von wütendem Pochen. Gleich darauf erschien wie der Vollmond ein Kopf draußen vor dem Küchenfenster, und Hände links und rechts gaben Zwölfenturm zu verstehen, dass er zum Ersten ein Idiot sei und zum Zweiten die Tür öffnen solle, und zwar dalli.

Es ist Herr Munzinger, dachte Zwölfenturm. Er steht in meinem Blumenbeet.

Die Faust des Nachbarn schlug gegen das Fenster, sodass die Scheibe klirrte. Auch die acht Teetassen klirrten an ihren Haken entlang der Wand. Als Zwölfenturm die Schultern hochzog und ihm bedeutete, dass er die Tür lieber nicht öffnen wolle, zog sich Herr Munzinger aus dem Blumenbeet zurück.

Eine Weile blieb es still. Nur der Teewecker tickte.

Dann tauchte der Nachbar auf der Veranda auf.

„Machen Sie auf, Sie Popanz, Sie!"

Zwölfenturm blickte zur Uhr, auf seine Teetasse, wieder zur Uhr und schließlich zu Herrn Munzinger vor der Hintertür. „Es wäre besser, wenn Sie später wiederkämen", rief er zurück und zeigte auf die Küchenuhr über dem Herd. „Zu einem anderen Zeitpunkt. Das wäre besser."

„Einen Teufel werde ich! Ich habe mir das viel zu lange angesehen, diesen Wahnsinn hier. Sie öffnen mir jetzt, oder ..."

„Angesehen?", fragte Zwölfenturm und wünschte, Herr Munzinger würde sich nicht so aufregen. Er tastete nach dem Teelöffel in seiner Manteltasche.

Herr Munzinger dachte nicht daran, sich zu beruhigen. „Ja, angesehen. Sie, Ihren Aufzug, den ganzen Plunder in Ihrem Garten.

Und jetzt dieses Ding dort. Das bekloppte leuchtende Ei da!"

Zwölfenturms Augen folgten Munzingers ausgestrecktem Arm zu dem eiförmigen Gebilde, das auf seinem Rasen stand, als hätte eine gigantische Henne es dort abgelegt. Er wollte etwas Beschwichtigendes sagen, doch dazu kam es nicht.

Es gab einen lauten Krach, Glas spritzte vom Küchenboden. Zwölfenturm sprang vor Schreck zur Seite und hätte um ein Haar den Tee vom Tisch gestoßen. Herr Munzinger hatte ein Loch in die Scheibe geschlagen. Nun griff der Nachbar nach der Klinke, und im nächsten Augenblick stand er schwer atmend in der Küche.

Zwölfenturm wich einen Schritt zurück und umklammerte den Teelöffel fester.

„Es wäre besser gewesen, wenn Sie ...", begann er.

Im selben Moment schrillte der Teewecker.

Zwölfenturms Blick flog zur Uhr, zur Teetasse, zu den Scherben am Boden mit Herrn Munzinger mittendrin und zurück zur Tasse. Mit dem Löffel in seiner Linken machte er eine fahrige Bewegung Richtung Tür und zog zugleich mit der Rechten das Teenetz aus dem Sud.

„Was ...", stieß Munzinger aus.

„Der Tee ist fertig, neun Minuten", sagte Zwölfenturm ein wenig außer Atem und nahm die Tasse vom Tisch. „Ich spüre seit dem Morgen ein leichtes Kratzen im Hals, da ..."

„Ich rede von der Tür, Mann. Der Tür." Munzinger fuhr sich über die fleischigen Wangen und starrte auf die makellos intakte Glasscheibe.

„Sie war beschädigt, da dachte ich ..."

Munzinger betastete das Glas. Unter seinen Achseln färbte sich das Hemd dunkel. Jetzt drückte er die Klinke. Drückte sie noch einmal. Rüttelte an der Tür, die sich nicht bewegte.

„Vorsehen", murmelte Zwölfenturm und starrte auf die bläuliche Ader, die sich über Munzingers Schläfe wand.

„Lassen Sie mich hier raus. Auf der Stelle!"

„Aber gerade wollten Sie noch ..."
Munzinger schob sich an ihm vorbei. „Freiheitsberaubung ist das, anzeigen werde ich Sie", hörte Zwölfenturm ihn aus dem Flur, wo der Nachbar nun an der Vordertür rüttelte. Seine Stimme klang höher als zuvor. „Hören Sie mir mal zu, Sie ... Sie ..." Munzinger drängte sich zurück in die Küche. Er keuchte. Die Ader an seiner Stirn zuckte, und auch der Hals unter dem nun dunkelroten Kopf pulsierte, als wolle er explodieren.

Wenn er nun ganz und gar wahnsinnig wird, dachte Zwölfenturm. Wenn er vielleicht sogar stirbt. Hier, in meiner Küche. Zu diesem Zeitpunkt! Er wendete den Teelöffel zwischen den Fingern, schneller und schneller, doch ihm wollte nichts einfallen.

Munzinger lief vor der Terrassentür auf und ab wie ein in die Enge getriebenes Tier. „Ich verlasse jetzt dieses Haus!"

„Das geht nicht", rief Zwölfenturm.

„Sie werden schon sehen, wie das geht – und wenn ich die Tür und alle Fenster aus der Wand schlage!"

„Aber der Zeitpunkt für einen Gang durch den Garten ist sehr ungün... –"

„WAS FÜR EIN ZEITPUNKT?"

„Es ist gleich neun", flüsterte Zwölfenturm.

Herr Munzinger ließ die Schultern fallen. „Ja und?"

„Um neun werden die Neun zusammentreffen. In ... dem Ei."

Munzingers Brust hob sich und senkte sich wieder. Dann gluckste er, als wolle er anfangen zu lachen. „Die neun – was? Typen wie Sie?"

„Ja", sagte Zwölfenturm. „Mehr oder weniger."

„Ha-ha. Neun Witzbolde. In einem Ei. In Ihrem Garten."

„Nicht Witzbolde", korrigierte Zwölfenturm mit einem besorgten Blick zur Terrassentür.

„Sie sind ja geisteskrank, Mann. Total geisteskrank."

Zwölfenturm nickte bekümmert. „Meine Mutter quälte dieselbe Sorge." Er stellte seine halbvolle Teetasse in die Mitte des

Tisches, sodass auf der karierten Decke zu allen vier Seiten bis zur Tischkante neun Quadrate zu sehen waren.

„Und wenn schon!", rief Munzinger. „Neun Typen in einem Ei – was hat das mit mir zu tun?"

„Nichts", entgegnete Zwölfenturm.

„Sehen Sie." Der Nachbar redete sehr laut und sehr langsam. „Und darum gehe ich jetzt. Durch die Tür. Durch den Garten. Nach vorne. Auf die Straße. Und noch ein paar Schritte. Und schon bin ich zu Hause."

„Tun Sie das nicht", bat Zwölfenturm. „Wenn einer von ihnen Sie sähe, dann müsste er von Dienst wegen ..."

„Keine Sorge, Mann. Diese *Neun*", bei diesem Wort zog Munzinger ein rotgeädertes Augenlid herunter, „sind in ihrem *Ei* zu diesem *Zeitpunkt* beschäftigt, nicht wahr? Und das Ei hat keine Fenster, aus denen sie heraussehen könnten. Also werden die mich gar nicht bemerken, diese Neun."

Zwölfenturm schüttelte den Kopf. „Acht. Es sind acht, zu diesem Zeitpunkt."

„Was auch immer", sagte Munzinger. Sein Blick schweifte durch den Raum. Er griff nach dem Nudelholz, holte aus und stieß es mit der Spitze voran durch das Glas. Diesmal fielen die Splitter nach draußen, auf die Veranda. „Nichts für ungut, Nachbar."

„Nein", flehte Zwölfenturm. „Ich bitte Sie ..."

Doch Herr Munzinger hatte bereits eine große Öffnung in die Scheibe geschlagen und sich hinaus in die Abendluft gezwängt. Nun tänzelte er auf der Stelle und drehte sich in einer Pirouette.

„Sehen Sie: Nichts! Es passiert nichts! Schwer beschäftigt, die acht von den Neun, in ihrem Ei. Ha-ha."

Er sieht aus wie eine Kartoffel, dachte Zwölfenturm, und ihm wurde weh ums Herz, als er den Teelöffel drehte. Bis der Stiel auf Herrn Munzinger zeigte.

Das Grinsen in dem feisten Gesicht erstarrte.

„Was ... ist ..." Munzingers letzte menschliche Worte erstickten in einem Gurgeln.

Seine Augen traten hervor, weiter und noch weiter, wie Tischtennisbälle. Er sank mit den Ohren bis zwischen die Knie. Er suchte mit beiden Händen Halt auf dem Boden.

Zwölfenturm blickte ein letztes Mal auf die Uhr, zu der verwaisten Tasse auf seinem Küchentisch und dann auf Herrn Munzinger hinunter, der einen kehligen Laut aus seinem Hals presste.

„Es ist Zeit", murmelte er. Er ließ den Teelöffel in die Manteltasche gleiten.

Dann öffnete er die zersplitterte Tür, stieg die Verandastufen hinab, vorsichtig, um nicht auf die fette Kröte zu treten, die ihn mit einer gewissen Fassungslosigkeit anstarrte. Und schritt hinaus in die Dämmerung, dem schimmernden Ei auf dem Rasen zu.

Die letzte Verabredung
Hella Lopez

Johanna ließ die große Plastiktüte fallen, und dreißig bunte Wollknäuel rollten die Stufen hinunter. Erschrocken blickte sie ihnen nach, presste die Hand auf ihr rasendes Herz und klammerte sich ans Geländer. Noch einmal die Treppe runter würde sie nicht schaffen. Aber sie brauchte diese Wollknäuel, dann war sie fertig mit ihren Vorbereitungen. Nachdem er sie so lange hatte warten lassen, konnte er sich auch noch ein bisschen gedulden. Es wäre gemein, wenn er sie hier und jetzt auf der Treppe holte. Dann hätte sie das ganze Geld umsonst ausgegeben.

Krachend flog hinter ihr die Eingangstür gegen die Wand. Der schreckliche Bursche aus dem Stockwerk über ihr, mit dem gelben Stroh auf dem Kopf und den merkwürdigen Glitzerdingern an Mund und Ohren, stürmte herein und stutzte.

„He, was ist los?", rief er und sprang die Stufen herauf.

Nicht jetzt, nicht hier, nicht vor seinen neugierigen Augen, flehte sie stumm und richtete sich mühsam auf.

„Alles klar?", fragte er besorgt.

Johanna nickte, ließ das Geländer los und deutete auf die Wolle.

„'n Augenblick", sagte er, hüpfte die Treppe wieder runter und steckte die Wollknäuel eines ums andere zurück in die Tüte. „Das fasst sich aber gut an", sagte er. „Was machen Sie denn mit so viel Wolle?"

Johanna zwang sich zu einem Lächeln. Die Wahrheit würde ihn erstaunen oder amüsieren, verstehen würde er sie nie. „Stricken, junger Mann", sagte sie also. „Was sonst."

Der Junge grinste. „So viel? Für wen denn?" Sie zuckte die Schultern. Zu ihrem Erstaunen nahm er ihre Hand und zog sie vorsichtig Stufe um Stufe die Treppe hoch zu ihrer Tür.

„Danke, junger Mann", sagte Johanna und tastete nach dem Schlüssel in ihrer Manteltasche. Der Ring in der Nase des jungen Menschen machte sie nervös, und der Knopf in seiner Lippe erinnerte sie an Eiterpickel. Sie verstand die Welt nicht mehr, wollte sie auch nicht mehr verstehen. Und sein Jungmännergeruch war unerträglich lebendig. „Es ist gut", sagte sie, „ich komme wieder allein klar."

Er blickte sie skeptisch an. „Na, ich weiß nicht, ich helfe Ihnen noch rein."

Ärgerlich schlug sie nach seiner Hand. Das fehlte noch, dass der sich bei ihr umguckte und seinen Geruch in ihrer Wohnung verteilte. Womöglich mochte er dann nicht so bald kommen. Sie ging niemanden mehr was an, und nichts ging sie mehr an. „Nicht nötig", stieß sie hervor. „Sie brauchen nicht lästig zu werden."

Der Junge zuckte zurück, zog die Brauen zusammen und ließ sie los. „,'tschuldigung, ist ja schon gut." Nach einem letzten schrägen Blick zu ihr hin, flitzte er weiter die Treppe hinauf. Von oben beugte er den Kopf über das Geländer. „Stricken Sie mir doch mal einen Pullover", rief er, „das hat noch niemand gemacht!"

Gegen ihren Willen musste Johanna lachen. Ihr Herz klopfte leiser, als sie die Wohnung betrat. Für einen Augenblick lehnte sie sich gegen die Tür und atmete auf. Endlich.

Vorsichtig kippte Johanna die Wollknäuel auf den Wohnzimmertisch, faltete die Plastiktüte und quetschte sie in die Tütenschublade der Kommode. „Fast hätte er mich zu früh erwischt, Walter. Das hätte ich ihm übel genommen." Sie nickte dem silbern gerahmten Foto auf der Kommode zu. „Vor diesem komischen Burschen. Außerdem wäre meine ganze Mühe umsonst gewesen. Und du hättest wieder mal recht behalten, dass ich nichts zu Ende bringe." Johanna strich über die Wollknäuel. „Das hier will ich aber zu Ende bringen." Sie kicherte. „Hat doch der junge Kerl von oben gemeint, ich könnte ihm mal einen Pullover stricken. Als hätt ich nicht genug gestrickt in meinem Leben." Sie versuchte, ihre krummen Finger zu strecken, und schüttelte den Kopf. „Jetzt hab ich alles, Walter." Mit einem Knäuel strich sie ihren Hals entlang. „Wie früher meine Haut. Du hast mich gern angefasst. Ob ihm das auch gefällt?" Sie blickte über die Schulter zur Kommode hin und lächelte. „Ich weiß, ich weiß. Wird ihm egal sein. Aber mir nicht."

Mit einer Schere schnitt sie die Etiketten ab. „Die stören nur", sagte sie und stapelte die Knäuel in einen Korb. Wieder und wieder strich sie über die Wolle. „Das hätte herrliche Pullover gegeben, früher. Ich liebe diese Erdfarben. Du weißt ja, wie schrill heute alles ist. Wie die Haare von dem jungen Kerl." Johanna seufzte ein paarmal. Was redete sie da? Wie sollte er wissen, was sich in den letzten Jahren verändert hatte? Aber dass sie beste Qualität zu reduziertem Preis gekauft und das Geld wie geplant bis zum letzten Tag gereicht hatte, dass sollte er wissen. Sie nickte energisch: „Ich kann besser wirtschaften, als du denkst."

Plötzlich erstarrte sie, zählte, blickte unter den Tisch, zählte noch einmal und ließ sich schwer auf den nächsten Stuhl fallen. „Es fehlen zwei." Sie schluchzte auf. „Ich hab's gezählt. Genau gezählt, aber zwei fehlen. Es wird nicht dicht genug. Und ich friere so schnell."

Geräuschvoll schnäuzte Johanna ins Taschentuch und hob erschrocken den Kopf. Es hatte geläutet. Bei ihr hatte es schon ewig nicht mehr geläutet. Schnell fuhr sie sich mit dem Taschentuch über die Augen und trottete zur Tür. Für einen Moment presste sie das Ohr dagegen. Kein Laut war zu hören. Sie hob sich auf die Zehenspitzen, blickte durch den Spion und zuckte zurück. Sie hatte in das riesige Auge von diesem Jungen geblickt. „Machen Sie schon auf", rief er von draußen. „Ich weiß doch, dass Sie da sind."

Sie schüttelte heftig den Kopf. „Was wollen Sie denn schon wieder?"

„Ach Schitt! Machen Sie schon auf, ich tu Ihnen doch nichts. Ich hab auf der Kellertreppe noch zwei Wollknäuel gefunden."

In Johannas Kopf drehte es sich, sie schwitzte plötzlich. Rasch öffnete sie einen winzigen Spalt, linste um die Ecke und streckte die Hand raus. Sein warmer Bocksgeruch strömte an ihr vorbei. Der Junge lachte. „Ich tu Ihnen wirklich nichts. Aber einen Pullover daraus hätt ich schon gern." Er drückte Johanna die Wolle in die Hand. Sie umklammerte die Knäuel und schlug blitzartig die Tür wieder zu.

„Sie sind echt komisch!", rief er und lachte immer noch.

„Tut mir leid, Kleiner", murmelte sie, „anscheinend bist du wirklich nett. Ich werde dir die Wolle vermachen. Vielleicht findest du in deinem Leben jemand, der dir Pullover strickt."

Johanna legte die zwei Knäuel zu den anderen im Korb und wischte sich den Schweiß von der Stirn. Wie unangenehm diese plötzliche Hitze war. Dabei litt sie, seit sie allein war, ununterbrochen unter Kälte: von außen, von innen. Langsam ging sie zur Kommode und nahm das Foto in die Hände. „Du hast es leichter gehabt. Musstest dich nicht vorbereiten und nicht warten." Sie legte das Foto auf den Korb. „Ich lass dich hier nicht allein, Walter", sagte sie.

Im Schlafzimmer war es stockfinster. Johanna tastete sich zur Nachttischlampe und knipste sie an. Der Schirm warf einen Lichtkreis auf eine bunte Strickdecke, die ein Doppelbett bedeckte. Den Korb stellte sie neben das Bett, das Foto neben die Lampe. Dann zog sie die Decke zur Seite und betrachtete das mit Wollknäueln ausgepolsterte Nest. „Hier kommen die letzten", murmelte sie. Ächzend beugte sie sich über das Bett und presste die neuen Knäuel hinein. Jetzt war es richtig.

Johanna zog sich aus, legte Bluse, Rock, Strümpfe, Unterwäsche gefaltet übereinander auf den Korb. Die Schuhe stellte sie vor das Bett. Niemand sollte ihr Unordnung nachsagen. Vorsichtig, um nichts zu verschieben, ließ sie sich in das Wollnest gleiten. Sie löschte die Nachttischlampe und zog die Decke bis zur Nase. Jetzt konnte er kommen. Ihr Rücken schmiegte sich in die Wolle und nahm sofort Wärme auf. Nichts kratzte. Mit Wolle kannte sie sich aus.

Pina Colada
Claudia Vieregge

„Und das macht dir wirklich gar nichts aus?"
Miriam dreht sich auf dem Barhocker zu mir her, während ich das ungleiche Paar am Swimmingpool beobachte. Ich spitze die Lippen und fische mit dem Cocktailspieß nach einem besonders großen Ananasstück.
Statt einer Antwort nehme ich einen Schluck von der Pina Colada, deren Eiswürfel mit leisem Klirren gegen die Glaswand schaukeln.
Miriam knallt ihr Glas auf die Theke, ein feiner Alkoholregen überzieht das polierte Holz.
„So ein Biest", zischelt sie und beobachtet über den Rand ihrer Sonnenbrille hinweg, wie die spanische Nymphe ihr linkes Bein über den Beckenrand ins Wasser gleiten lässt.

„Jetzt wird sie ihn nass spritzen", prophezeie ich.
Miriam setzt die Brille ab, sieht mit großen Augen zwischen mir und dem Pool-Pärchen hin und her.
„Also, dass du das so hinnimmst!" Ihre Stimme klingt, als hätte ich ihr ein Glas Wasser ins Gesicht geschüttet.
„Eifersüchtig?", frage ich.
Miriams Augenlider flattern.

Ich könnte sie jetzt bloßstellen, ein wenig in ihren Wunden bohren. Die Sache mit ihr und Sven damals ist mir schließlich nicht verborgen geblieben. Die Blicke.
„Du kennst das doch", treibe ich es auf die Spitze, ohne sie aus den Augen zu lassen. Sie rührt nun ebenfalls in ihrem Glas, das allerdings leer ist. Ein wenig sackt sie zusammen.
„Wir waren doch alle mal so jung wie diese kleine Eva", erlöse ich sie schließlich.

Miriam richtet sich wieder auf und sieht zum Swimmingpool. Das Bein der Nixe taucht aus dem hellblauen Chlorwasser hervor, um mit der Fußspitze einige Wasserspritzer auf Sven zu schleudern. Sein wohldosiertes Lachen dringt dunkel, wie zum Beweis seiner Männlichkeit, bis zu uns herüber.

„Also, dass Sven das auch noch mitmacht. In seinem Alter!", empört sich Miriam.

„Sven ist sechsundfünfzig", korrigiere ich. „Das ist bei Männern kein Alter."

Die Nixe wickelt eine Strähne schwarzen Haares um ihren Finger.

„Hast du denn keine Angst, dass er dich verlässt?"

„Nein", lüge ich und lasse meine Pina Colada im Glas kreisen. „Sven weiß, was er will."

Das Paar am Beckenrand hat sich erhoben. Einige Wassertropfen glitzern in Svens graumelierten Haaren, während er der Kleinen ein Handtuch um die Schultern legt.

„Jetzt wird sie sich zu ihm herumdrehen und mit ihren Brüsten seinen Arm streifen", orakle ich erneut.

Tatsächlich, mit einer eleganten Drehbewegung, die sie sicherlich vor dem Spiegel geübt hat, tänzelt die kleine Eva auf der Stelle, macht nur für einige Sekundenbruchteile Halt, als sich der Stoff des Bikinioberteils an Svens Unterarm reibt. Ich kann beinahe spüren, wie ihm schwindlig wird.

Nun flüstert die Fastfrau ihm etwas ins Ohr. Sven steht reglos auf der Stelle. Drei Sekunden, vier.

„Jetzt gehst du augenblicklich zum Pool und bereitest diesem Theater ein Ende", verlangt Miriam. „Das ist doch wohl die Höhe!"

„Lass sie doch ein wenig", antworte ich zwischen zwei Schlucken.

Die Augen der jungen Frau blicken direkt in die von Sven. Glitzernd, zwischen schwarz getuschten Wimpern, so wie frau schaut, wenn sie noch nicht zwanzig, aber längst auf der Suche ist.

„Noch einmal dasselbe, bitte!" Miriam hält dem Barkeeper ihr Glas entgegen. Während die Eiswürfel im elektrischen Ice-Crusher knacken, sehe ich den Blick, den sie den beiden zuwirft. Sie tut mir leid.

„Weißt du", erkläre ich, „mir ist es lieber, er hat im Urlaub ein wenig Herzklopfen als einen Herzinfarkt. Sven arbeitet zu viel in letzter Zeit. Ich mache mir Sorgen."

„Ach, und was ist mit dir? Bist du denn glücklich?"

Miriams Stimme übertönt das Gitarrensolo aus der Musikbox, die Konsonanten klingen verwaschen, einige Gäste sehen nun zu uns herüber.

„Natürlich bin ich glücklich", höre ich mich antworten. „Jedenfalls habe ich alles, was ich brauche", relativiere ich dann. „Mein Leben ist so ...", ich suche nach dem passenden Wort, „... wie diese Pina Colada hier." Ich halte mein Glas hoch und überlege, ob das nun ein gutes oder ein schlechtes Zeichen ist.

„Als ich in ihrem Alter war", ich blicke zum Pool, „da war das Leben wie diese Ananasstücke. Prall, fruchtig." Ich piekse ein weiteres Exemplar auf. „Kurz darauf kamen die fetten Jahre, die Kokoscreme", erkläre ich. „Alles glitt im süßen Fluss dahin." Miriam schaut stumm auf mein Cocktailglas. „Dann kamen die Kinder. Das war die nächste Phase. Da blieb mir von der Frucht nur der Saft."

Mit einem Stirnrunzeln greift Miriam nach dem gefüllten Glas, das der Barkeeper ihr anreicht. „Und nun?", fragt sie, immer noch eine Spur zu laut. „Eure Kinder sind erwachsen geworden, was kommt nun?"

„Jetzt kommt der Rum", beruhige ich sie. „Die Essenz des Ganzen. Der Alkohol ist hochprozentig und wirkungsvoll." Ich lächle.

„Und wenn die beiden durchbrennen?"
Ich schüttele den Kopf.
„Jetzt nicht mehr."
Überrascht sieht sie mich an.
„Sven würde das nicht mehr schaffen." Beide blicken wir zum Pool. „Und das weiß er."
Ich beobachte, wie er sich die Nässe aus dem Haar streicht.
„Wenn er das wollte, hätte er es gewiss längst getan. Die Kleine dort ist ja nicht die Erste, weißt du?"
Wieder flattern Miriams Augenlider. „So ist das Leben nun einmal", fahre ich ungerührt fort. „Ein Langstreckenlauf. Wenn es gut läuft, mit einer Pina Colada."
Sven und seine Urlaubsnixe haben sich mittlerweile vom Beckenrand gelöst, steigen die schmale Treppe zur Bar empor. Ich bin mir sicher, dass Sven den Schmerz in seinem linken Knie gar nicht spürt. Dass er das Pochen in der Hüfte ignoriert, als er mit federnden Schritten die Stufen nimmt.
Miriam schweigt, als er sich zu uns gesellt, das spanische Mädchen bleibt befangen einige Meter hinter ihm.

„Amüsierst du dich?" Ich biete ihm von meiner Pina Colada an und sehe über seine Schulter.
Er nickt, grinst, sieht mir in die Augen, während er trinkt. Sein Zeigefinger streichelt mir über den Mund.
„Ich wollte noch ein paar Bahnen schwimmen, wenn du einverstanden bist." Er küsst mich und hinterlässt den Geschmack von Südsee auf meinen Lippen.
„Schwimm nicht zu weit." Mit meinem Blick streichle ich ihn.
„Keine Angst, ich bin gleich wieder zurück." Svens Fingerspitze fährt über mein Schlüsselbein.
„Ich weiß."
Er dreht sich um und schnurrt mit Eva zum Pool.
Mit der Zunge lecke ich mir über die Lippen. Pina Colada, köstlich.

Nicht atmen!
Katja Sacher

Am Ende des Bahnsteigs, dort, wo wir allein sind, stehe ich neben dir, meine kühle Hand in deiner. Du hast deinen Norwegerschal bis zum Kinn hochgezogen, trittst von einem Bein aufs andere und starrst in die Ferne.
    Ich stehe neben dir und mir, leer und tot. Du gehst fort.

Wir wechseln Worte, und ich wundere mich, dass ich weiter deine Hand halte, Worte rede und immer noch hoffe. Vielleicht ... irre ich mich ...?
    Du wolltest noch mit mir reden, Alain. In neun Minuten kommt dein Zug.
    Nervös schüttelst du eine blonde Strähne aus dem Gesicht. Gern würde ich deine Stirn glatt streichen, die Denkfalten behutsam wegmassieren wie früher.
    Wolltest du nicht mit mir reden? Wenn nicht jetzt, wann dann? Noch liegen wir in der Zeit. Lauter Zeit um uns, und wir sind fast allein in der Nacht.

Deine Worte sind dir goldene Münzen, meine Blech – welch fataler Wechselkurs.
    Schuld habe ich. Lächelnd hast du sie mir zugeteilt mit sanfter Stimme. Eine schuldige Tote – neben den Bahngleisen ... Ich trage Schuld an meiner Schuld, an meinem Schmerz. An unserem Scheitern?
    Wäre ich weniger angreifbar, dann würde ich reden. Doch meine Ohnmacht ist mit jedem Wort gewachsen. Sie hat sich aus Wörtern geformt. Meine Worte werden Monster in deinen Ohren.
    Vielleicht bin ich selbst ein Monster. Ein blasses Wesen mit rotem Haar, schmalen Schultern und Sommersprossen.

Ich schau dich an. Dein Gesicht ist regungslos. Fremde Schattenlandschaft im Neonlicht.

Siehst du nicht, dass ich warte?

Da! Da ist es, das Zucken deiner linken Braue. Wie fest du die Zähne aufeinanderpresst. Die Muskeln deiner Kiefer spielen.

Sei unbesorgt, Alain, entspanne dich. Von mir kommt kein Vorwurf, auch kein Klagen.

Meine Augen wandern von deinen Brauen ins Dunkel der gesenkten Lider über die zart gebogene Nase zu deinem Mund.

Musst du deinen Kopf so weit abwenden?

„Wenn ich endlich anfange zu sparen, könnte ich mir eine Eigentumswohnung leisten." Du schürzt die Lippen.

Ich presse Luft durch meinen fast geschlossenen Mund. „Das wäre großartig!"

Einmal, da war ich Teil deiner Pläne, in unseren Träumen sind wir Hand in Hand geschwebt durch verzauberte Welten. Rede mit mir! Rede! Gib uns eine neue, eine andere Wahrheit, eine letzte Chance.

„Wenn nur die Baukosten nicht so hoch wären! Nirgendwo zahlt man so viel wie hier. Die Bodenpreise sind einfach zu teuer."

Viel zu teuer bezahle ich. Deine Worte schneiden mich, ich blute. „Bestimmt findest du etwas Passendes ... Ich wünsch dir Glück!" Wehmütiger Wunsch. Mein Magen sticht.

„In meiner engen Wohnung fällt mir geradezu die Decke auf den Kopf. Ich sollte mal verreisen – weit fort."

Verreisen. Hast du alles vergessen? Beau Vallon Bay. Unsere Traumbucht. Laut pocht der Herzschlag in meinem Kopf. Ich streichele die Innenfläche deiner Hand, deinen Daumen. Du und ich. Ich und du. Wir.

Vorbei.

Mein Blick streift über die aufbrechenden Knospen einer Magnolie, die ihre Zweige zum Bahnsteig streckt. Hier haben wir vor einem Jahr gestanden, als sie in voller Pracht erblüht waren.

Die Knospen verschleiern sich. Ich massiere meine Nasenwurzel, wische Feuchtigkeit aus dem Gesicht.

Deine Fußspitze trommelt auf den Asphalt. Ich habe verloren, dich verloren, gehe unter wie ein Schwimmer im Moor.
Du zurrst an deinem Schal, stopfst ihn fest in den Ausschnitt deiner Jacke.
„Ich sollte woanders hinziehen, weit fort in ein warmes Klima. Das wäre das Beste."
Unauffällig reibe ich Tropfen von meiner Nase. Mein Atem strömt ein und aus, ein und aus – aus.
Das Beste, mein Bestes, hat dich nicht erreicht, Alain. Du hättest bei mir bleiben können, doch was ich gab, war nicht genug, nicht gut genug für dich.
„Wenn du dort glücklich bist ..."
Rauschen in meinen Ohren ...

Du zündest dir eine Zigarette an. War ich es dir nicht wert, dieses letzte Gespräch? Mein Mund ist trocken, an meiner Übelkeit verschlucke ich mich.
Huste.
Ich höre das metallene Sirren der Gleise und sehe auf zu dir, lege die Arme zum Abschied fest um dich. Meine Hände streichen über das weiche Leder deiner Jacke, über dein Haar, den Kragen, den Schal, ich berühre deinen Nacken und schließe die Augen.
Dein Duft nach Lucky Strike und Glückseligkeit, dein Duft nach dir – ich sauge ihn ein, feierlich und still.
Du küsst meine Wange. Jetzt nur nicht atmen.

Ich winke dir nach – ein kleines erbärmliches Winken. Du winkst zurück. Lächelst.
Warum eigentlich?

Ein Traum von Mord
Nina Hornauer

Sie sieht mich nicht an. Sie sitzt mit durchgestrecktem Rücken auf dem Stuhl im Besucherraum, die Füße sind artig nebeneinandergestellt, ihre Hände ruhen auf den Knien. Sie sieht aus dem Fenster, und um ihren Mund zittert ein Lächeln.

„Anna", sage ich und setze mich ihr gegenüber.
Sie zuckt zusammen.
„Entschuldige, ich wollte dich nicht erschrecken."
„Sind sie der Mann von der Zeitung?"
„Ja, Nick Langenwied." Ich strecke meine Hand aus. Ihr Händedruck gleicht einem Lufthauch, so zart und auch so schnell wieder vorbei.
„Darf ich dir ein paar Fragen stellen?"
„Sie wollen wissen, warum ich es gemacht habe."
Sie legt den Kopf zur Seite und sieht mich an.
„Ja, außerdem würden meine Leser gerne mehr über dich erfahren."
„Und Sie? Sie auch?"
„Ja, ich auch."
Wenn sie lächelt, sieht sie aus wie eine ältere Frau, nicht wie ein 16-jähriges Mädchen. Menschen mit schlechten Erfahrungen lächeln so, weil sie dem Moment nicht vertrauen, weil sie wissen, dass sich alles von einer Sekunde auf die andere grundlegend verändern kann.

Anna starrt auf den Kugelschreiber in meiner Hand.
„Macht es dich nervös, wenn ich mitschreibe?"
Sie schüttelt den Kopf.
„Wie geht es dir hier?"
„Sie haben Angst vor mir."

„Wer?"
„Die Mädchen."
Klar, dass sie vor Annas Tat Respekt haben. Die meisten jungen Frauen sitzen hier Drogendelikte und Diebstahl ab, vielleicht noch Körperverletzung.
„Das ist gar nicht schlecht, wenn sie Angst vor dir haben. Dann lassen sie dich in Ruhe."
„Aber bald nicht mehr, bald werden sie mich verprügeln."
„Warum denkst du das?"
„Ich sehe es an den Blicken. Sie flüstern, wenn ich vorbeigehe."

Ich stelle mir die kriminellen Mädchen vor, die hier einsitzen. Junge Dinger mit harten Gesichtern und dreckiger Sprache. So wie die Rothaarige, die am Tisch links von uns sitzt. Sie hat die Arme vor der Brust verschränkt und ignoriert eine alte Frau, die auf sie einredet. Dann fängt sie meinen Blick ein, zieht eine Augenbraue hoch und sagt: „Glotz nicht so, Wichser!" Die alte Frau dreht sich zu mir um, entschuldigt sich mit einem Lächeln und wendet sich dann wieder dem Mädchen zu.

Anna dreht sich nicht um. "Das ist Magda, sie ist eine von denen, die bald keine Angst mehr vor mir haben werden. Mädchen wie Magda haben eigentlich vor niemandem Angst."

Ich hoffe für sie, dass sie die gefährliche Fassade aufrechterhalten kann, die den Mob von ihr fernhält. Aber wie zart ist sie wirklich? Immerhin hat sie einen Menschen ermordet. Niemand hat ihr diese Tat zugetraut. Der Richter hat sichtlich gelitten, als er den Schuldspruch verkündete. Wären die Beweise nicht so erdrückend gewesen, wäre Anna womöglich aufgrund von Zartheit freigesprochen worden.

Ich sollte zum Punkt kommen. Ich bin der Erste, der Anna interviewen darf. Ich will mit einer Taschenlampe ihre Welt ausleuchten

und der Öffentlichkeit erklären, warum.
„Keiner hätte dir das zugetraut, Anna. Wie ist es dazu gekommen? Ich möchte dich gerne verstehen."
Ich sehe in ihre Augen und bin mir nicht sicher, ob ich dort Unsicherheit lese oder Spott.
„Ich kann nicht genau erklären, warum mir das passiert ist."
Das klingt, als hätte sie versehentlich eine Limonade verschüttet, nicht ihren Lehrer mit zehn Messerstichen getötet. Mord passiert einem doch nicht.

„Erzähl einfach. Wie fing der Tag an?"
„Ganz normal, ich bin aufgestanden, habe gefrühstückt, habe mit meiner Mutter darüber gestritten, ob ich ein bauchfreies T-Shirt anziehen darf. Sie hat gewonnen, ich musste mich umziehen."
„Hat dich das wütend gemacht?"
Sie verdreht die Augen und grinst, wie ein ganz normaler Teenager, der über seine Mutter redet.
„Ein bisschen, aber nicht mehr als sonst."
„Wo hattest du das Messer her?"
„Das habe ich auf dem Schulhof gefunden."
„Es lag einfach so herum?"
„Ja, neben der Mülltonne."
Traurig, aber nicht unwahrscheinlich, dass Messer auf Schulhöfen herumliegen.

Ich sehe die Bilder der Leiche vor mir, die am nächsten Tag die Zeitungen gefüllt haben: Ein von Messerstichen entstelltes Gesicht, ein blutüberströmter Oberkörper. Ich stelle mir Anna vor, wie sie auf ihn einsticht, Wahnsinn in den blauen Mädchenaugen. Die Augen des Lehrers sind weit aufgerissen vor Entsetzen. Es gibt Gerüchte, dass Wilmshofer Anna vergewaltigt haben soll, oder zumindest belästigt. Aber das konnte niemand nachweisen.
Annas alleinerziehende Mutter war zu dominant, schrieb einer

meiner Kollegen. Es waren die brutalen Computerspiele, mutmaßte ein anderer. Aber das einzige Computerspiel, das bei Anna gefunden wurde, war „Wie werde ich Supermodel". Supermodels verführen vielleicht zu Magersucht und Schönheitswahn. Aber, da bin ich mir sicher, nicht zu Messerstechereien.

Die Mitschüler erzählten, wie Anna plötzlich aufgesprungen ist, sich auf den Lehrer stürzte und auf ihn einstach. Sie schrie nicht, sie weinte nicht, sie stach einfach nur zu, wieder und wieder. Kaltblütig. Mitschüler haben sie schließlich überwältigt. Aber es war zu spät. Wilmshofer hatte zu viel Blut verloren, das ihm aus den Wunden und dem Mund quoll. Er starb später im Krankenhaus.

„Hattest du Stress mit deinem Lehrer?"
„Er wollte, dass ich meine Hausaufgabe vorlese, aber ich hatte sie vergessen."
„Was hat er dazu gesagt?"
„Nichts, er hat etwas in sein Notizbuch geschrieben, wahrscheinlich eine schlechte Note."
„Und das hat dich wütend gemacht."
„Hören Sie, wenn sie wissen wollen, warum ich es getan habe, fragen sie doch einfach."

Für einen Moment sind ihre Gesichtszüge ganz hart, dann flackern ihre Augenlider und eine Träne kullert über ihre Wange. Ich stütze meine Arme auf dem Tisch ab und sehe ihr fest in die Augen.

„Warum hast du Herrn Wilmshofer getötet, Anna?"
Sie sieht mich nicht an, als sie sagt: „Ich habe das Messer in meiner Tasche gespürt und fühlte mich stark."
Ich beuge mich vor, um kein Wort zu verpassen.
„Ich fand es nicht gut, dass er einfach nicht reagiert hat, als ich meine Hausaufgabe vergessen habe. So, als hätte er nichts anderes von mir erwartet. So, als wäre ich keine Reaktion wert."
Sie kaut auf ihrer Unterlippe.
Keine Reaktion wert, schreibe ich in mein Notizbuch.

„Wissen Sie, manchmal habe ich Tagträume, wenn ich in der Schule bin. Ich stehe in Gedanken auf und mache etwas. Ich gehe nach draußen und liege auf einer Wiese, oder ich gehe schwimmen oder küsse Justin Timberlake. Manchmal verprügele ich jemanden, in Gedanken. Und an diesem Tag, als ich nach vorne lief mit dem Messer, war es dasselbe Gefühl, es war wie ein Traum."

„Du hast gedacht, du träumst?"

„Zuerst ja. Als ich ihn zum ersten Mal mit dem Messer traf, begriff ich, es ist echt. Es war so schwer. Im Traum ist nichts schwer. Erst traf ich eine Rippe, und musste dann noch mal zustechen. Es war ein verdammt großer Widerstand."

„Warum hast du nicht aufgehört?"

„Ich konnte nicht. Da war diese Wut, sie hat mich nicht losgelassen. Ich konnte nicht aufhören."

Ich verstehe, was sie mit den Träumen meint. Manchmal fahre ich von der Arbeit nach Hause und kann mich später nicht mehr daran erinnern, weil ich mich in Gedanken verliere. Das erschreckt mich. Ich weiß nicht, ob ich bei Rot über die Ampel gefahren bin oder ein Eichhörnchen überfahren habe. Ich kann nur hoffen, dass mein Unterbewusstsein auf die Straße schaut und mich bei Gefahr aufweckt.

„Was hast du dabei gefühlt?", frage ich.

„Ich dachte, ich explodiere. Mein Herz raste, mein Kopf war voller Hass. Ich habe gar nicht richtig denken können. Es war alles so voll in mir."

So voll in mir, schreibe ich und überlege, wie sich das anfühlt. Wenn ein Mädchen wie Anna so durchdrehen kann, kann es dann jedem passieren? Gibt es für jeden Menschen einen Moment, in dem er nicht umschalten kann? Wenn Traum und Realität ineinander übergehen? Ist es reine Glückssache, wenn man sein Leben übersteht, ohne zu töten? Oder haben wir alle einen Mechanismus, der bei Anna nicht funktioniert hat?

„Ich hatte nichts gegen Herrn Wilmshofer. Wirklich nicht. Es ist so schrecklich." Sie schluckt die Tränen aus ihrer Stimme.

„Ich verstehe, dass es dir leid tut. Das werde ich auch schreiben."

Sie nickt und flüstert: „Danke."

Ich sehe die Überschrift auf der Titelseite vor mir: Ein Traum von Mord. Wie passend, wie mysteriös.

Ich danke Anna für das Gespräch und klopfe ihr sanft auf die Schulter. Bevor ich hinausgehe, drehe ich mich noch einmal um. Anna wird von einem Beamten zur Tür auf der anderen Seite des Raums geleitet. Als sie an Magda vorbeigeht, beugt sie sich zu ihr und flüstert etwas. Eine blasse Schicht aus Angst legt sich über Magdas Gesicht. Anna und der Beamte gehen weiter.

In der Eisspur
Jürgen Hayer

08:00 Eric steht auf und schaut aus dem Fenster der Blockhütte. Vom Fensterrahmen ausgehend, hat sich eine Eisschicht über die Glasscheibe gezogen. Die eisfreie, fast kreisrunde Sichtfläche in der Mitte nennt Eric „sein Bullauge". Seit zwei Wochen sieht er täglich bei Sonnenaufgang hindurch. Wenn die Sonne nicht schon morgens scheint, braucht er gar nicht erst die Hütte zu verlassen. Der Abstieg ins Tal würde mindestens fünf Stunden dauern – bei gutem Wetter. Eric drückt seine Nase an das eiskalte Glas.
Willst du, dass deine Nase festfriert? Der Ton seiner inneren Stimme ist streng.

09:00 Eric geht zum Ofen, gießt heißen Tee in eine Blechtasse und trinkt. Dabei umfasst er die Tasse mit beiden Händen. Nachdem er seine Finger gewärmt hat, hält er den Becher an die Wange. Schließlich gleitet er mit den Lippen über das heiße Blech, schließt dabei seine Augen und küsst in Gedanken die Frau, die ihn verlassen hat. Frühling war ein einziges Blütenschneien, erinnert er sich.

10:00 Es hat aufgehört zu schneien. Der Himmel ist tiefblau, und die Sonne steigt hinter einem Berggipfel hervor. Eric zieht seine Stiefel an, schlüpft in einen Anorak und streift die Skimütze über den Kopf. In seinen Rucksack packt er eine Thermoskanne mit Tee ein und Proviant für einen Tag.
Geh nicht! Das Wetter in den Bergen ändert sich schnell.
Manchmal hasst er seine innere Stimme. Dann wünscht er sich, er könne ihr in die Augen sehen, um sie mit seinem Blick zum Schweigen zu bringen.
Du kannst das nicht schaffen. Nicht im Winter. Du bist verrückt.

11:00 Eric kommt gut voran. Es geht leicht bergab. Die Schneedecke ist fest, und die Sonne wärmt sein Gesicht. In vier Stunden müsste er im Tal sein. Sie wird am Fenster stehen und lächelnd auf ihn warten, denkt er. Sie wird den Tisch gedeckt und Tee gekocht haben. Er hört ihr Herz klopfen.

Erinnerst du dich an ihre Worte „Wer jetzt allein ist, wird es lange bleiben"? Du hast dich entschieden, alleine in den Bergen zu überwintern.

12:00 Keine Wolke am Himmel. Das gleißende Licht der Sonne trifft auf Erics Augen. Die Ebene, die er zu überqueren hat, ist ihre eisige Bühne. Er nimmt den Rucksack ab und sucht nach seiner Schneebrille. Vergeblich. Mit gesenktem Blick stapft er fast blind über die Schneeschicht. Anfänglich glitzern die Eiskristalle wie verstreute Juwelen, dann bündeln sie das Licht und reflektieren es in seinen Augen wie glühende Nadelstiche. Dass Licht so schmerzen kann.

13:00 Es ziehen Wolken auf – weiße Wolken. Als die Sonne hinter ihnen verschwindet, wird es kälter. Dennoch freut sich Eric, dass er seine Augen weit öffnen kann. Er nimmt die Thermoskanne aus dem Rucksack und trinkt einen Becher Tee. Dann geht er weiter.

14:00 Innerhalb weniger Minuten färben sich die Wolken grau, dann schwarz. Es geht so schnell, dass Eric glaubt, er habe das Schauspiel im Zeitraffer wahrgenommen. Jetzt gehört dem Schnee die Bühne. Er fällt in kleinen festen Kristallen und wird immer dichter. Für einen Moment ist Eric von den bizarren Formen fasziniert, die wie Skulpturen in der Landschaft stehen: Felsen, Bäume und Gebilde, die er nicht identifizieren kann. Dort, wo die Flocken auf ein Hindernis treffen, überziehen sie es eisweiß. Der Schnee begräbt alles unter sich.

15:00 Sturm und Schneetreiben. Die Schönheit der Landschaft hat sich verflüchtigt. Eric kann kaum mehr seine Hand vor den Augen sehen. Die Luft ist so erfüllt mit Schnee, dass er nur mit dem Gesicht nach unten atmen kann. Dabei fällt selbst sein Atem als Schnee zu Boden. Eric fragt sich, ob er nicht schon längst den Rand der Ebene hätte erreicht haben müssen, von wo aus es hinunter ins Dorf geht. Dass sie vor der Tür stehen und auf ihn warten wird, stellt er sich vor, und dass Liebe nicht so flüchtig sein kann wie Schönheit.
Sie hat dir gesagt, dass sie dich nicht mehr liebt. Warum willst du das nicht wahrhaben?

16:00 Es hat aufgehört zu stürmen. Eric setzt seinen Rucksack ab, holt die Thermoskanne heraus und trinkt den letzten Schluck Tee. Seine Hände schmerzen. Er zieht die Handschuhe aus und sieht, dass sich seine Finger blau-rot gefärbt haben. Bevor er weitergeht, will er sich ein wenig ausruhen.
Du darfst jetzt keine Pause machen.
Eric setzt sich unter einen Felsvorsprung. Auf einmal ist es so still, dass er glaubt, sie könne seine Gedanken hören. Er versucht zu lächeln, kann aber seine Lippen nicht bewegen. Dann sieht er ihr Lächeln, wie es übers Eis kommt.
Wenn du überleben willst, musst du jetzt weitergehen. Die Sonne geht gleich unter.
Ihr Lächeln kann ihn nicht erreichen. Zu viele Bilder drängen sich dazwischen – er sieht schwarze Haare, die immer länger werden, ihr Gesicht bedecken, sich rasend schnell um ihren Hals wickeln und schließlich ihren ganzen Körper einhüllen. Mumiengleich. Eric streckt seine Hand aus. Da zerbricht die Gestalt in glitzernde Eiskristalle. Aus den Haaren werden Pfeile, die auf ihn zufliegen. Er schließt die Augen und sieht einen Eisvogel in einem Käfig sitzen.
Steh auf. Los jetzt!

Eric öffnet seine Augen und schaut über die Ebene. Der Schnee fällt in großen weichen Flocken, zwischen die sich weiße Kirschblüten mischen.

Klänge der Erinnerung
Yvonne Seitz

Der Schmerz traf mich unvorbereitet. Mit einem gezielten Fausthieb zerschlug er die Wälle um meine Seele, packte mein Innerstes, wirbelte es durch die Luft und ließ es in tausend Stücke zerschellen. Unfähig, mich zu rühren, lehnte ich an einem Geländer der Galerien in Covent Garden und starrte auf die Menschenmenge unter mir. Die Leute tranken und aßen, flanierten durch die Geschäfte, redeten und lachten. Bunte Girlanden schmückten Stände und Läden, der verführerische Duft von Gebäck durchzog die Markthallen. Die Welt erschien mir leer und fremd.

Reiß dich zusammen, schalt ich mich.

Und dann hörte ich es. Hörte, was schon vorher in mein Unterbewusstsein eingedrungen war. Es waren nur wenige Klänge. Langsam und ruhig, ein Ton nach dem anderen, gespielt von einem Cello. Die Geige setzte ein, sie legte sich darüber wie eine passgleiche Form, aber dennoch anders. Sie umspielte die tiefen Töne, liebte sie, schmiegte sich an und trat ihnen entgegen. Ich kannte jeden Ton. Jeden einzelnen verdammten Ton.

Erinnerungen stiegen auf, Erinnerungen, die ich tief in mir vergraben hatte. Ich sah mich selbst, sehr jung, mit einer Geige in der Hand. Ich hatte Pachelbel gespielt, Jahr für Jahr zu Weihnachten. Das Lächeln meiner Mutter kam mir in den Sinn, der konzentrierte Blick meines Vaters. Damals war er noch stolz gewesen. Stolz, dass ich so schnell gelernt hatte, schöne Töne zu spielen, und nicht nur hilflos auf meinem Instrument herumkratzte.

Meine Füße machten sich selbstständig. Sie trugen mich zur Galerie, aus der die Musik wie silberne Fäden nach oben schwebte. Ich rannte die Treppen zu den Musikern hinunter, die völlig selbstvergessen einen Ton nach dem anderen auf die Reise schickten. Alle Kraft wich aus meinen Beinen. Ich ließ mich auf die unterste Stufe sinken und lauschte den Boten der Vergangenheit.

Der zweite Geiger setzte ein, spielte den Kanon. Wiederholte jeden so schmerzhaften Ton. Ich hatte das Stück nicht mehr gehört seit jenem Tag nach Weihnachten, als ich bei Punsch und Plätzchen verlauten ließ, dass ich Musik studieren wollte.

Aus Vaters Stolz wurde Unmut. Er belächelte meinen Wunsch, dann forderte er, dass ich etwas Gescheites lernen solle. Künstler könne heute keiner gebrauchen. Als Hobby ja, aber nicht als Beruf. Man hatte Anwalt zu werden. Oder Arzt.

Ich hasste Vaters Kanzlei, hatte das Gefühl, zwischen den trockenen Büchern zu ersticken.

Genauso hasste ich die großspurigen Reden meines älteren Bruders, der bei jedem Besuch von seiner Klinik erzählte, von Menschenleben, die er gerettet hatte, von gewaltigen Operationen, von technischem Fortschritt, von seinen Geräten. Ich wollte davon nichts wissen, ich liebte die Musik,

liebte die Töne, die Klänge, die Zartheit, ebenso die Gewalt, die hinter jedem Stück steckte. All das hatte mich berührt, hatte meine Seele zum Schwingen gebracht.

Es berührte mich noch immer. Langsam hob ich den Kopf, starrte auf das dunkelbraun glänzende Instrument des ersten Geigers. Wie meine Geige, dachte ich und fühlte Tränen aufsteigen. Der Musiker sah auf, sein Blick streifte mich und blieb an mir hängen. Ein leises Lächeln umspielte seine Lippen.

Jetzt fing der dritte Geiger an zu spielen, wieder die gleiche Melodie, wieder der gleiche Schmerz.

Ich hatte mich gegen Vater gewehrt, hatte mehr geübt als je zuvor. Ich übte, während Vater in der Kanzlei war, damit er mich nicht hörte. Nach jedem seiner Kommentare spielte ich länger. Spielte länger und lernte kürzer für die Schule. Die Quittung bekam ich mit dem Jahreszeugnis. Klassenziel nicht erreicht.

„So etwas wagst du, nach Hause zu bringen?", schrie Vater, als er mein Zeugnis sah. „Was treibst du nur den ganzen Tag?"

Er fand es heraus, es gab Zeugen. Meine Mutter, meine Oma, die Nachbarn. Menschen, die meinten, mir etwas Gutes zu tun, indem sie meine Musik in den höchsten Tönen lobten. Drei Tage redete Vater nicht mit mir. Dann kam er in mein Zimmer und erklärte mir, dass die Geigerei jetzt beendet sei. So lange, bis ich etwas Anständiges gelernt hätte. Er wolle keinen arbeitslosen Künstler in der Familie.

Ich schlich durch das Haus, suchte meine Geige, ich öffnete jede verschlossene Tür, jeden Schrank, durchkämmte Dachboden und Keller. Sie war weg. Eine Freundin ließ mich auf ihrer Geige spielen. Aber Vater hielt Augen und Ohren offen, er erfuhr alles. Unterband es.

Endlich beschloss ich, zu gehen. Endgültig. Ohne etwas Anständiges gelernt zu haben.

Während ich den Tönen lauschte, sah ich Mutters Gesicht vor mir, an jenem Tag, als ich die Stadt und das Land verließ.

„Ich gehe jetzt", sagte ich. „Für immer. Ich möchte mit euch nichts mehr zu tun haben. Nie wieder."

Wie es Mutter wohl ging? Ob es sie interessierte, wo ich war, was ich tat? Und Vater?

Musik habe ich nicht studiert. Ich habe mich abgefunden mit meinem Leben, habe es sogar lieb gewonnen. Ohne die Unterstützung meiner Eltern musste ich Tag und Nacht arbeiten. Ich hangelte mich von Job zu Job, von Wohnung zu Wohnung, bis es leichter wurde. Abends war ich zu erschöpft, um überhaupt an Musik zu denken. Als mir klar wurde, dass ich meinen Traum nicht verwirklichen konnte, begrub ich ihn. Mit allem, was dazugehörte.

Der zweite Geiger begann, vor dem Publikum auf und ab zu wandern. Vor mir blieb er viele Töne lang stehen, schaute mich an, wissend. Auf einmal war mir, als hätte ich meine Geige in der Hand. Ich spürte das Holz, die sanfte Schärfe der Saiten, meinte den Klang an meinem Ohr zu hören, das Vibrieren in meinem Körper zu spüren. Meine Finger bewegten sich im Takt der Musik, sie wussten, wo sie hingehörten. Ich spielte mit und versank in einer Welt, die die meine hätte sein können.

Der letzte Ton klang in mir nach. Ich lauschte, bis er nur noch in meiner Erinnerung existierte. Als ich meine Augen öffnete, langsam, ängstlich, nicht wissend, was mich in der realen Welt erwartete, stand der zweite Geiger vor mir.

„Es ist nie zu spät", sagte er und betrachtete mich einen Moment so eindringlich, als könnte er jeden Winkel meiner Seele ausleuchten. Dann drehte er sich um und legte sein Instrument in den Kasten.

Benommen wankte ich die Treppe nach oben. Ich schob meine zitternde Hand in die Manteltasche und wühlte nach Kleingeld. Ich musste es tun, ich konnte nicht anders. Mein Blick durchstreifte die Hallen, bis ich fand, was ich suchte: Eine Telefonzelle.

Vollmond
Cornelia Fröschl

Er lag wach. Starrte an die Decke. Das weiße Licht des Vollmonds blendete seine Augen, breitete sich auf seinem Kissen aus. Er drehte sich zur Wand, zog die Decke in den Nacken. Barg sein Gesicht im Kopfkissen.

Warum hatte er den Rollladen nicht repariert? Seit Wochen hatte er es vorgehabt! Er musste schlafen!

Wenn er nicht schlief, überfielen ihn die Gedanken. Saugten ihn hinein. Ins Abgründige. In sich. Irgendwann würde er aufstehen. Aufstehen müssen!

Er würde auf dem Teppich hin- und hergehen. Hin – und her, die Hände auf die nackten Hüften gestützt. Sich mit einer Hand durch die Haare fahren. Verfluchen, dass er nicht schlafen konnte. Darüber nachdenken, warum er nicht schlafen konnte. Nachdenken. Und dann kämen sie wieder. Monster! Schrien in seinem Kopf durcheinander. Saugten ihn auf.

Irgendwann würde er das Zimmer verlassen und dann ...

Er durfte nicht aufstehen! Er musste schlafen.
  Nicht mehr daran denken!
  Er rollte sich auf die andere Seite, schloss die Augen und hielt sich die Ohren zu.

Es war heiß. Seine Schläfen pochten. Heftig strampelte er die Bettdecke weg. Kratzte seine Brust.
  Erneut griff er nach der Decke. Sie war feucht. Vom Schweiß.
  Er wickelte sich darin ein.

Sein rechter Fuß juckte. Er schob die Beine aus der Decke, kratzte den einen Fuß mit dem anderen. Jetzt juckte der linke Oberschenkel. Der Vollmond stierte ins Zimmer.

Diese Hitze! Unerträglich! Er sprang aus dem Bett, riss das Fenster auf, hängte seinen Oberkörper hinaus: Sommernachtluft!

Er schnupperte. Kaum Kühle. Starrte auf die menschenleere Straße. Stöhnte. In der Ferne hörte er einen Zug.

Er spürte sein Herz.

Er könnte etwas Kühles trinken.
Wasser.
Er würde Wasser trinken.

„Ha! Wasser! Kirschwasser? Zwetschgenwasser? Aquavit?!"
„Lass mich in Ruhe!", dachte er.
„Pfirsichwasser? Quittenwasser?"
„Halt's Maul!"
„Schlehenwasser?"
Die Stimme war stark. Er kannte sie gut. Er konnte hören, wie sie kreischte. Vor Lachen.
„Idiot!" brüllte er in die Nacht hinaus, warf das Fenster zu und schlug mit der Faust gegen die Wand, als könne er die Stimme damit verscheuchen.

Er warf sich aufs Bett. Schloss die Augen. Schlafen! Er musste schlafen!
Sofort!

Seine Kopfhaut juckte. Mit der Zunge befühlte er Risse in den Lippen. Es half nichts, er musste in die Küche.

Eine angebrochene Packung Käsescheiben. Ein Glas Essiggurken. Sonst nichts im Kühlschrank.
 Er zog den Trenchcoat an. Sicherheitshalber. Barfuss in die Sandalen. Betrat das Treppenhaus.
 „Früher bist du nackt in den Keller gegangen."
 „Das war vor der Scheidung. Im eigenen Haus." Er rollte die Augen.
 Johanna? Mit einer heftigen Handbewegung scheuchte er ihr Bild weg.

Lief zwei Stockwerke hinab. Schnell.
 Die Klinke der grauen Stahltür. Leichter Modergeruch.
 Der vierte Lattenverschlag. Sechs feuchte Quadratmeter Keller.
 Er drehte den Schlüssel im Hängeschloss.

„Die hat dich ausgenommen wie ..."
 „Hör endlich auf damit!" Er schlug in die Luft.

Das Licht des Vollmonds zeichnete den Schatten des Kellergitters auf den Estrich. Erhellte den Verschlag neben seinem: Im Streiflicht zwei umgedrehte Stühle, ihre Unterseiten mit einem weißen Tuch abgedeckt. Streckten ihre nackten hölzernen Beine von sich.
 „Wie eine Leiche", dachte er, „im Keller."

Davor ein Stapel Getränkekisten. Er erinnerte sich, warum er hier war. Wandte sich ab und streckte die Hand nach seiner Wasserkiste aus.

„Tu nicht so! Als ob du das Bier nicht gesehen hättest."
 „Und wenn?" Er schüttelte den Kopf.
 Tastete nach dem Lichtschalter. Das Neonlicht flackerte. Er kniff die Augen zusammen.

„Die Latten sind nur genagelt."
Er trat einen Schritt zurück.
„Das ist Diebstahl!"
„Heilig geworden, was?"
Er hörte besser nicht hin.
„Kannst es ja morgen zurückgeben."
„Nee, kein Bier."
„Nur *eine* Flasche."
Er spürte einen Stich links in der Brust, verzog das Gesicht.
„Wenn jemand kommt?"
„Kommt keiner, mitten in der Nacht."
Mit beiden Händen klammerte er sich an die Latten.

„Nicht denken!" befahl er sich, während er an dem Holz ruckelte. Sein Herz fing an zu rasen.
„Gibst du morgen zurück." Er fühlte Schweiß in seinen Nacken rinnen, der Mantelkragen juckte am Hals. Jetzt gab eine Latte nach. Er ging in die Knie, fingerte durch den armbreiten Schlitz.
Kühl, die Flasche in seiner Hand.
Er schnaubte. Steckte die Flasche in die Manteltasche. Schob die Latte an ihren Platz zurück. „Merkt kein Mensch!"

In der Küchenschublade wühlte er nach dem Öffner. Fand ihn nicht. Er schob den Kronkorken an die Zähne.

Gottfried! Gottfrieds braune Augen.
„Nein!" Krachend setzte er die Flasche auf den Tisch.

Gottfried, der Bar-Pianist. Der mit ihm das Lokal verließ, wenn er mal wieder der letzte Gast im „Take three" war. Der ihn zweifelnd anschaute, wenn er sich auf der Straße noch eine Flasche mit den Zähnen aufknackte, weil gerade kein Öffner zu Hand war.

Er schob die Flasche in den Trenchcoat zurück. Er würde sie wieder in den Keller tragen! Gottfried hatte recht.

„Ein Bier steckst du locker weg."
„Klappe!"
„Mit dir kann man nichts mehr anfangen!"
„Verpiss dich!"
„Früher hast du gern einen getrunken."
„Früher!"
„Nur ein einziges Glas! Komm schon. Als Schlummertrunk!"

Er spürte die Flasche an seiner Hüfte. Kühl.
Erneut zog er sie aus der Manteltasche. Mit Schwung. Er hob sie gegen das schmale Fenster, durch das sich der riesige Vollmond zu quetschen schien. Ihre Ränder glänzten in seinem Gegenlicht.
„Quälgeist!", rief er laut.
Er hielt die Flasche an die Zähne.
Als der Kronkorken knackte, spürte er seinen Magen.

Sollte er mit jemandem sprechen? Ihm fiel nur seine Mutter ein. Lieber nicht!
„Lang wirst du mich nicht mehr wachhalten!" Er starrte den Vollmond an.

Von Ferne ein Zug. Sein Herz klopfte bis zum Hals. Er zwang sich, die Flasche an die Lippen zu setzen und die Flüssigkeit in Mund und Kehle zu flößen, bevor der Moment unerträglich wurde.
Hastige Schlucke gegen das Pochen. Der Geschmack auf der Zunge tat gut. Er ließ los. Ließ sich fallen wie ein kleiner Junge vom Ein-Meter-Brett ins Wasser.

„Na also!"

Das Hämmern ließ nach. Er wischte sich den Schweiß von der Stirn.

„Weiter, auf zur Himmelsleiter."

Wieder das Pochen.

„Ex und hopp!"

Mondlicht blendete ihn, ergoss sich über seinen Körper. Er schloss die Augen.

Kammerflimmern
Kirsten Bloem

Welch unerträgliche Kälte. Welche Stille im Haus. Kein Geräusch dringt herein in mein Zimmer. Kein pfeifender Wasserkessel, kein klapperndes Geschirr, keine Schritte. Nichts als das Rauschen in meinem Kopf.
„Josefa, wo steckst du? Komm rauf und mach das Fenster zu!"

Und dir, im Übrigen, einen guten Morgen, mein lieber Alfred. Hättest dich nicht so früh davongemacht, könntest mich jetzt wärmen. Aber nein – der Herr macht sich's gemütlich in seinem Totenbetterl, und ich schau den ganzen Tag auf seine vergilbte Buchhaltervisage, da oben an der Wand. Weißt des – richtig grantig schaust aus. Dabei fährt die Josefa doch so inbrünstig mit dem Staublumpen über dein gschnitztes Rahmerl, dass dir's ein Vergnügen sein müsst. – Wo sie nur wieder bleibt? So eine Totenstille.

„Josefa!"
Einfach rücksichtslos, die eigene Schwester in dieser Grabkammer verrotten zu lassen. Aber ich werd dich schon noch hier heraufkriegen! Müssen wir halt wieder ein bisserl Theater spielen. Des hab ich immer gut gekonnt, nicht, Alfred?
Ich rück ganz dicht an die Bettkante heran und lass mein Bein hinaushängen. So ein schönes flauschiges Gewimmel an meinen Zehen. Richtig dran festkrallen kann man sich.
Hui, da rutscht der Bettvorleger ganz von allein auf den Dielen herum.
Langsam. Vor und zurück.
Schneller und schneller.

Wutsch! Jetzt ist er doch tatsächlich wieder einmal unters Bett gesegelt, Alfred! Ja, so etwas aber auch! Zeit für Josefas Morgengymnastik, findest du nicht?
Edna, Edna – hör ich sie schon jammern, wenn sie sich auf die Knie runterquält und mit ihren Speckpatschen nach dem Vorleger fischt – *müssen wir zwei alte Weiberl uns das Leben so schwer machen?*
Ich hab doch gar nichts gemacht, tu ich dann ganz empört. Stimmt doch, Alfred, oder?

„Josefa, komm endlich herauf zu mir! Du hast mir die Matte weggenommen! Mein Fuß erfriert!"

Geschneit hat's heut Nacht. Auf dem Dach vom Vogelhäusl liegt ein Haufen Schnee.
Weißt noch, wie sie's angeschleppt hat, das sperrige Ding? Zweimal ist es ihr hinuntergefallen in den Garten. Den ganzen Nachmittag hat's gebraucht, bis es endlich am Fensterbrett hinmontiert war. *Für dich, Edna, zur Unterhaltung. Die munteren Kleinen werden ein bisserl Freude in dein Leben bringen.* Freude, pah! Vollkommen irre machen mich die blöden Viecher mit ihrem hysterischen Gepicke. Nix als fressen und scheißen tun's.
Aber heut früh ist endlich einmal eine Ruh. Keine Josefa, kein Futter.

„Wo bleibt mein Frühstück, Josefa!"
Ja, hat sie mich denn vollkommen vergessen?
Mit dem Vergessen, da kennt sie sich aus. Ich erinner dich bloß dran, wie sie damals vergessen hat, in den Rückspiegel zu schauen und mich mit Vollgas ans Garagentor hindruckt hat. Seither läuft sie die zwei Kilometer zu Fuß ins Dorf. Montags und freitags. Mit leeren Taschen hin, mit vollen zurück. Die setzt sich in kein Auto mehr.
Haben wir heut nicht Freitag, Alfred? – Rollstuhltag. Da darf

ich Madame später beim Davongehen beobachten.
Ach, Ednachen, du wirst auch nicht leichter, Josefa keuchend, die Hand auf ihren keuschen Busen gepresst. So sitzt sie hier auf der Bettkante, bis sie ausgeschnauft hat. Dann steht sie auf, streicht erst über die Falten von ihrem Rock und dann mir über den Kopf. *Bin bald wieder da, ich beeil mich,* wird sie sagen.

Ihre Hand, die spür ich noch lang. Schöne Hände hat sie. Ganz zarte.

„Ich muss aufs Klo!"

Gleich hat sie die Sauerei. Wär nicht das erste Mal. Und das verdammte Fenster muss zugemacht werden. Ich hol mir ja den Tod.

Meinst, ich schaff des einmal allein, Alfred? Wenn ich mich richtig anstreng? Ich müsst runter zum Fußende kriechen und mich an dem Holzknauf hinaufziehen. Versuchen schad nix.

Kalt, eiskalt ist mir. Und das verflixte Nachthemd würgt sich herum, wie – weißt schon, so ein Jackerl – so eins, wie's die Gspinnerten anhaben.

Ja, schau mir nur gut zu, Alfred, es geht doch. Kannst stolz sein auf deine Edna. Gleich ist das Fenster zu.

Und schon werd ich Josefas Schnaufen auf der Treppe hören. *Entschuldige, Ednachen,* wird sie sagen, *ich war im Garten und hab Rosenkohl für's Mittagessen geholt.* Sie wird mich mit einem Ruck an den Händen hochreißen und – ganz schnell, bevor ich mich wieder umkippen lass – die zwei dicken Kissen vom Sessel in den Rücken stopfen und das Tablett mit Kaffee, Rührei und einer Schinkensemmel neben mir auf den Hocker platzieren.

Da freu ich mich schon drauf.

Wenn der Vorhang mich aushält, kann ich an den Griff vom Fenster hinlangen.

So, hat gehalten. Das Fenster ist zu. Aber's Herz, hörst, wie's bumpert? Des war jetzt bestimmt nicht gesund. Die Josefa ist schuld dran, wenn's mir was macht. Was ist das wieder für ein Tag. Kann nur noch besser werden.

So von der Näh hab ich das Vogelhäusl noch nie gesehen. Unheimlich sieht's aus. Einen hat's erwischt. Liegt da mit den Füßen nach oben gestreckt, wie meine alte Zuckerzange.
Du solltest sehen, wie der Wind an dem starren Ding herumreißt. Genauso wie drunten im Garten an den Wacholderbüschen.
Und alles ist weiß. So weiß wie mein Hochzeitskleid. Ich war die Allerschönste. Gestaunt haben's, die Leut. Und wie wir getanzt haben – bis zum Umfallen, die ganze Nacht durch. Richtig verrückt waren wir aufeinander, Alfred. Konnten die Händ nicht bei uns behalten.
Und die Josefa hat mit ihrem nassgeflennten Taschentuch in der Hand im dunklen Nebenzimmer gesessen.

„La, la, la ..."
So schöne Lieder haben wir abends gesungen.
„Wie ruhest du so stille... Kennst des noch, Alfred? ... in deiner weißen Hülle ..."
Naa, bei dem Wind ruhet da drunten gar nix.
Könnt des sein, dass ich grad was auf der Treppe gehört hab?

„Aber geh! Da ist sie ja, die Josefa! Ja, spinnt die jetzt, sich am helllichten Tag im Nachthemd und mit den Hausschuhen an den Füßen in den Schnee zu legen!"

Ich kann das nicht
Philipp Reichert

Sie haben uns Namensschilder und grüne Fläschchen mit Mineralwasser hingestellt, als wären wir Politiker auf einer Pressekonferenz. Mein Sitznachbar heißt Hagen, wie im Nibelungenlied. Unter seinem schwarzen Kapuzenpulli verschwinden ein paar Kopfhörer dicht an seiner Haut. Auf dem Pulli steht SKATEBOARDING IS NOT A CRIME. Die Ärmel verdecken seine Arme vollständig. Ich will wissen, was sich darunter verbirgt.

Hier herrscht geschlossene Breitbeinigkeit, nur mein rechter Unter- ruht auf meinem linken Oberschenkel. Meine Mitverweigerer kommen alle aus einem Dreieck zwischen Kassel, Braunschweig und Gütersloh. Für zwei Wochen hat man uns zwanzig Zivis hier eingepfercht. Wie ich nachlese, dient das Seminar der „Sensibilisierung und Methodik für die Arbeit mit Menschen mit körperlichen und geistigen Behinderungen". Nach so vielen Substantiven brauche ich erst mal einen Schluck Wasser.

Ein kleiner, dicker Mann betritt den Raum. Auch er trägt ein Namensschild: Klaus Büttner.
Wie wir erfahren, ist Herr Büttner Sozialpädagoge aus Fulda und nebenbei tätig in einem Eine-Welt-Laden. Sein Rüstzeug für diesen Kurs sind ein beeindruckender Stapel von Kopien und eine Lostrommel, in der mehrere Papierschnipsel liegen.
„Wenn niemand etwas dagegen hat, würde ich Ihnen gerne das Du anbieten", sagt er und lächelt in die schweigende Runde. Dann zupft er an seinem Bart:
„Ich habe da schon etwas vorbereitet. In dieser Trommel verbergen sich einige Krankheitsbilder. Ihr werdet jetzt jeder eines ziehen und zum Abschluss des heutigen Tages ein Referat darüber halten."

Die Trommel geht herum. Ein Leiden nach dem anderen kommt zum Vorschein, jeder sagt, was er gezogen hat.
„Tourette-Syndrom!"
„Autismus!"
Die Krankheitsbilder werden gehandelt wie Autos beim Quartett. Zwei Zivis streiten sich um die Glasknochenkrankheit. Bei der spastischen Lähmung lachen natürlich alle und rufen „Spasti" in die Runde.
„Querschnittslähmung!"
„Blindheit!"
Ich bin an der Reihe und ziehe Trisomie 21.
Die Zettel sind abgezählt, jetzt fehlt nur noch eine Krankheit, die folglich Hagen ziehen wird. Er guckt zu Boden, während er seinen Zettel entfaltet.
„Multiple Sklerose."
„Ausgezeichnet!", ruft Herr Büttner und klatscht in die Hände. „Wisst ihr, das Leben ist wie diese Lostrommel. Der eine hat Glück und bleibt sein Leben lang gesund, und der andere erblindet. Oder wird mit einem Herzfehler geboren. Aber das muss keine Schwäche sein, vielmehr sollten wir es auch als Stärke begreifen! Wir werden heute etwas über diese Stärken und Schwächen lernen. Und ihr, meine Freunde, werdet für die Transparenz sorgen." Er greift nach dem Stapel mit den Kopien, mit denen wir wohl arbeiten sollen.
„Gibt es bis hierhin Fragen?"
„Was heißt Transparenz?", fragt Hagen. Ein paar Leute kichern.
„Das weißt du nicht?", sagt Herr Büttner und legt den Stapel wieder ab. Für einen Moment gerät sein Gesicht rot und ratlos. Hagen sagt nicht Nein, es wird peinlich still im Raum. Ich suche ein gutes deutsches Wort.
„Deutlichkeit."
„Danke."
„Tja. Fangen Sie an, in zwei Stunden wird vorgetragen!" Zu

spät merkt Herr Büttner, dass er vergessen hat, uns zu duzen. Schnell teilt er die Kopien aus, verabschiedet sich und geht einen Kaffee trinken.

Hagen und ich setzen uns an einen Tisch, um unsere Blätter durchzugehen. Gelangweilt mache ich mir Notizen und starre ab und zu auf die Uhr. Während ich mir die Gliederung und Gewichtung der einzelnen Teilbereiche überlege, malt Hagen den Rand seines Blattes mit Figuren und Pfeilen aus. Ich frage mich, was sie bedeuten. Mit Multipler Sklerose haben sie bestimmt nichts zu tun.

„Lernst du nicht?", frage ich.

„Keine Lust."

Darauf fällt mir eine Weile nichts ein.

„Du skatest, oder?" Ich blicke von meinem Blatt auf, gucke seinen Pulli an und verfluche meine Dämlichkeit. Er lächelt und zeigt mir sein Blatt.

„Die Sprünge lerne ich gerade."

„Dann bist du wohl schon ziemlich gut."

„Tja", sagt er. „Wahrscheinlich besser als bei diesen Referaten."

„Interessiert doch eh keinen. Die hören sich das an, hier rein, da raus, und schon haben wir Feierabend."

„Hoffentlich."

„Willst du nachher noch skaten?"

„Auf jeden Fall." Hagen hat ein schönes Lächeln, aber zeigt es zu selten.

Mein Vortrag befördert mich schnurstracks zurück in die achte Klasse. Ich bin der Streber, der alles weiß, der zu viel weiß. Ich schleudere ihnen mein Referat über Trisomie 21 entgegen, wie ein Olympionike seinen Speer wirft. Ich habe mir sogar extra farbige Kreide besorgt, um die einzelnen Aminosäuren in der DNS zu markieren. Guanin, Adenin, Thymin, und Cytosin.

„Sehr schön gemacht", sagt Herr Büttner, „so sollte ein Referat aufgebaut sein!"

Die Klasse grölt und pfeift, aber das ist mir egal, irgendwann wird man Streber aus Überzeugung. Ich setze mich und finde den archaischen Penis, den man mir während meiner Abwesenheit auf mein Namensschild gemalt hat.

Gäbe es in diesem Haufen so etwas wie Solidarität, würde man sich bei Hagens Vortrag etwas zusammenreißen, um ihm die Angst zu nehmen. Aber wer hier Schwäche zeigt, wird niedergemacht.

Komm schon, denk dran. Ich hab es dir gesagt. Tu so, als würdest du den Vortrag nur für einen halten. Tu so, als würdest du ihn nur für mich halten. Vergiss diesen Öko-Idioten. Vergiss auch die anderen. Die sind alle nackt und schämen sich viel mehr vor dir als du dich vor ihnen.

„Hallo. In meinem Referat geht es um Multiple Sklerose." Seine Stimme klingt verändert, froschiger.

„Multiple Sklerose ist eine Krankheit, die die Muskulatur zerstört. Eine der ersten Beschreibungen stammt von William MacKenzie, einem schottischer Augenarzt."

Hagen liest bloß ab, was im Text fett unterstrichen ist, aber das macht nichts, weil das alle anderen auch getan haben.

„Die Krankheit erfolgt in Schüben und führt zu Schmerzen, Lähmungen, …" Dann verstummt er.

„Zunge verschluckt?", fragt Pedro oder Pablo aus der zweiten Reihe.

Hagen schwitzt und bekommt hektische Flecken in Gesicht und Nacken. „Tod", sagt er schließlich.

„Was mich noch interessieren würde", sagt Herr Büttner. „Welche Altersgruppe ist von dem von dir vorgestellten Krankheitsbild denn besonders betroffen?"

Hagens Lippen bewegen sich lautlos, ich hänge an ihnen und lese: Deine.

„Das habe ich akustisch nicht verstanden!"
„Etwa vierzig bis fünfzig Jahre."
„Nicht ganz korrekt. Vierzig bis fünfzig Jahre sind ja wohl ein Zeitraum, und zwar ziemlich grob geschätzt!"

Hagen hält sein Handout fest, wie ein Ertrinkender einen Rettungsring umklammert.

„Als Altersgruppe würden wir dann doch eher die der Vierzig- bis Fünfzigjährigen definieren, meinst du nicht auch?"

„Schön, Sie haben recht. Ich kann das nicht." Hagen knüllt den Zettel in seiner Hand und tritt ab. Jemand pfeift, doch niemand stimmt ein wie bei mir, und die Stille ist viel schwerer zu ertragen.

„Du hast uns also nichts mehr zu sagen." Es ist eine Aussage, keine Frage. Herr Büttner blickt Hagen in die Augen und erlebt eine neue Eiszeit. Sekundenlang geht das so. Dann macht er mit seinem Programm weiter, als sei nichts geschehen. Dafür sind alle dankbar.

Wir besprechen den morgigen Tag. Als Nächstes kommt eine Lehreinheit über Kommunikation, wir werden codierte Texte entschlüsseln. Um halb fünf ist der Bann gebrochen. In Sekundenschnelle strömen alle aus dem Schulungsraum, Hagen ist der Erste. Ich nehme mein Namensschild aus dem Plastikhalter, schmeiße es in den Müll und gehe raus auf die Straße.

Hagen übt seine Sprünge. Er ist ziemlich gut. Auf jeden Fall fällt er nicht hin bei den waghalsigen Manövern, die er hinlegt. Ein, zwei Stunden wird es noch hell bleiben. Es ist nicht mehr Winter, aber auch noch lange nicht Frühling, einer dieser Tage, an denen die Sonne so scheint, dass man immer geblendet wird. Ich sehe ihm einfach zu.

Schließlich macht Hagen Schluss und setzt sich neben mich auf die Mauer vorm Wohnheim.

„Ich hab's verpatzt", sagt er.

„Nichts hast du verpatzt."

„*Du* hast nichts verpatzt."
„Du warst aufgeregt."
„War ich nicht." Er schaut weg.
„Was war dann los?"
„Ich weiß alles darüber. Meine Mutter ist daran gestorben."
Zum zweiten Mal heute weiß ich nicht, was ich sagen soll.
Schließlich sage ich:
„Tut mir leid."
„Ich wollte nicht so tun, als wüsste ich das nur wegen dieses Blattes. Sie konnte zum Schluss keinen Muskel mehr rühren."
„Aber du, du kannst es noch."
Hagen sieht auf, blickt mir direkt in die Augen. Ich drohe zu ersticken.
„Ja. Und das tue ich auch. Jeden Tag."

Am nächsten Morgen gehe ich vor dem Frühstück in einen von diesen widerlichen Gemeinschaftswaschräumen, deren gelbe Kacheln immer den Schmutz von Straßenschuhen aufweisen. Durchgeweichte, verknitterte Handtücher liegen allenthalben. Ich biege um die Ecke und sehe, wie Hagen seinen Pulli anzieht. Er glaubt, er ist allein, bewegt nacheinander alle seine Glieder. Unweigerlich fällt mir der Spastiker-Vortrag von gestern ein. Aber das geschieht bewusst. Ich warte einen Moment, bis Hagen wieder vollständig bedeckt ist.
„Morgen", sage ich.
„Danke fürs Warten", sagt er.
Ich fühle, wie ich rot werde.
„Ich habe keine Lust auf diesen Typen", sagt Hagen.
„Ich auch nicht", sage ich und wasche mir das Gesicht.
„Gestern, da kam ich mir vor wie ein Idiot."
„Wieso das denn?"
„Ich wusste einfach nicht, was das Wort heißt."
„Ja, aber du hast danach gefragt, und er hat dir nicht geantwortet."

„Weil er dachte, das ist selbstverständlich."
In diesem Moment kotzt mich meine Bildung an. Jemand gilt als klug, nur weil er ein paar Vokabeln gelernt hat und weiß, wo der Schrank mit der Kreide steht.
„Wir schwänzen heute", höre ich mich sagen.
Hagen steht der Mund offen. „Und wo sollen wir hingehen?"
„Zum kleinen Hügel, die Straße runter."
„Was hast du vor?"
„Bitte bring mir Skaten bei."

Es sieht so leicht aus, wenn er es macht. Einfach den einen Fuß drauf, mit dem anderen Anlauf nehmen, einen auf Bart Simpson machen und runter den Berg.
Ich denke an den Albtraum, den ich schon mein ganzes Leben habe. In hohem Tempo fahre ich einen steilen Abhang herunter. Ich weiß nicht, worauf ich fahre, doch nichts und niemand kann mich aufhalten, in der Ferne blendet mich gleißendes Sonnenlicht, sodass ich nicht sehen kann, wo der Abhang zu Ende sein wird. Jeden Moment drohe ich zu stürzen, doch werde immer schneller und schneller, bis ich endlich schweißgebadet aufwache.
„Also, erster Versuch?"
Ich würde es gern können, versuchen will ich es nicht. Ein Teufelskreis. Doch Hagen gibt sich alle Mühe, ihn zu durchbrechen.
„Am besten zuerst auf der Ebene, damit du das Gefühl bekommst."

So kommen wir weiter. Ich stelle meinen rechten Fuß drauf und probiere aus, wie leicht sich das Board bewegt. Es bewegt sich sehr leicht, schon gerate ich aus dem Gleichgewicht.
„Probier's noch mal. Reine Übungssache."
Mir gefällt die Eigendynamik nicht, die diese Sache entwickelt. Mit sehr wenig Kraft kriege ich sehr viel Tempo drauf. Jetzt fehlt

der linke Fuß. „Setz ihn drauf, jetzt –"
Schon liege ich auf dem kalten Boden, die Kugellager neben mir drehen ins Leere.
„Na ja, bei den ersten Malen legt man sich halt auf die Fresse, das gehört einfach dazu."
Ich versuche es wieder und wieder, stundenlang, dann gebe ich auf. Ich kann das nicht. Ich habe nicht dieses Stromliniengefühl in mir drin. Ich werde niemals lernen, auf diesem Brett den Berg hinunterzufahren, dabei werden immer Panikgefühle auftreten, und in Sekundenschnelle kleinen Steinen, Vorsprüngen, Unebenheiten im Asphalt auszuweichen, nebenbei meinem Zuschauer etwas zu bieten durch einen kleinen Sprung oder eine Drehung, dieses Verschmelzen mit Luft und Erde, auch das wird mir verschlossen bleiben. Das ist Hagens Welt. Ich gebe sie ihm zurück.
„Was ist los?"
„Für heute reicht's mir", sage ich. „Genug geschwänzt."
„Was werden wir ihm erzählen?"
„Irgendwas von Stärken und Schwächen."
„Wir haben ja noch zwei Wochen."

Salzwasserlippen
Nina Hornauer

„Erwin, lass uns gehen."
„Moment noch."
„Mir ist kalt."
„Ja, Moment, ich bin gleich fertig."
Ich stelle den Kragen meines Mantels auf, doch der Wind findet seinen Weg durch die Maschen und lässt mich schaudern.

Erwin steht mitten auf dem Fahrradweg am Potsdamer Platz. Sein Rücken biegt sich nach hinten, und sein Bauch wölbt sich nach vorne. Durch die Kamera richtet er den Blick nach oben. Der Körper schwankt wie ein Baum im Wind langsam vor und zurück, auf der Suche nach der perfekten Perspektive der gläsernen Hochhausfassade.

In der Brusttasche der signalgelben Regenjacke steckt ein Berlin-Stadtführer, aus dem bunte Haftnotizen quellen, die unsere nächsten Stationen markieren. Erwins Ausstrahlung schreit: Hallo, hier! Ich bin ein Tourist mit viel Bargeld, raub mich aus. Ich will mich hinter ihn stellen, ihm meinen Zeigefinger in den Rücken stecken und mit verstellter Stimme in sein Ohr flüstern: Geld her. Alles, was du hast. Sofort!

Dann würde ich in das nächste Flugzeug nach Italien steigen, oder nach Griechenland. Irgendwohin, wo es warm ist und die Welt in anderen Farben scheint als Hell- und Dunkelgrau. Ich vergrabe meine Hände tiefer in den Manteltaschen und ziehe die Schultern hoch.

Auf einem Plakat lässt die Sonne das Meer glitzern und wirft Schatten auf die Haut eines Mannes und einer Frau, die einander umarmen. „Willkommen in Griechenland" steht in meeresblauen

Buchstaben unter dem Bild. Der Mann sieht aus wie Yannis. So wie Yannis vor zwanzig Jahren ausgesehen hat.

„Elena!"

Ich sehe mich um. Erwin verharrt noch in der gleichen Position, die Kamera auf die Skyline gerichtet. Um mich herum eilen Einheimische zur U-Bahn und schubsen schlendernde Touristen aus dem Weg. Niemand redet mit mir.

„Hier drüben, Elena."

Yannis lächelt und zwinkert mir vom Plakat zu. Er zwinkert? Ich schließe die Augen und schüttele den Gedanken aus meinem Kopf. Jetzt reden schon Plakate mit mir!

„Wie geht es dir, Elena?"

Er lacht und zeigt seine weißen Zähne, so weiß, wie sie nur in der Werbung sind. In Wirklichkeit waren sie nikotinverfärbt, und er hatte einen hervorstehenden Schneidezahn, der auf seine Unterlippe drückte.

„Wie man heutzutage Fotos manipulieren kann, ist schon erstaunlich, oder?" Yannis schüttelt seine dunklen Locken. Dann deutet er mit dem Finger in Erwins Richtung.

„Dein Mann?"

„Ja, seit achtzehn Jahren."

„Schön."

„Na ja, es gibt Momente …"

Inzwischen beugt Erwin seinen Rücken so weit nach hinten, dass ich befürchte, er könnte sich einen Muskel zerren.

„Und du, bist du verheiratet?", frage ich und schaue die hübsche Blondine an, die sich leblos an ihn schmiegt.

„Das ist eine rein berufliche Beziehung."

„Ach so, natürlich."

Natürlich? Als mache es Sinn, mich mit einem Plakat über Beziehungen zu unterhalten.

Ich schließe die Augen und spüre der Erinnerung nach. Ich fühle, wie er meinen Hals küsst und meine Schultern massiert. Das

Kribbeln beginnt an der Stelle hinter meinem Ohrläppchen und verteilt sich Zentimeter für Zentimeter über meinen Körper. Dann küsst er mich mit Salzwasserlippen auf den Mund. Ganz sanft, fast streichelnd. Ich lasse mich fallen. Das Kribbeln brennt.

Ich reiße die Augen auf und sehe mich um. Hat mich jemand gesehen? Nein, niemand beachtet mich. Yannis schaut verlegen zur Seite.

Wie würde ich leben, wenn ich bei ihm geblieben wäre? Würde er mir heute noch den Hals küssen? Oder hätte er jeden Sommer Touristinnen in der Hotelküche verführt, wie mich damals? Vielleicht würden auch wir uns vor dem Einschlafen zu oft die Rücken zuwenden, so wie Erwin und ich. Vielleicht frisst die Zeit jede Leidenschaft auf, egal wie warm der Sommer ist und wie romantisch das Meer rauscht.

„Elena!"

Ich spüre eine kalte Hand auf meiner Stirn.

Ach Yannis, bitte nicht, ich bin doch verheiratet.

„Elena, wach auf!"

Erwin beugt sich über mich, seine Stirn liegt in Falten.

„Was ist …?", frage ich und sehe mich um.

Ich liege mitten auf dem Radweg. Menschen stehen um mich herum, und eine Frau macht ein Foto von mir.

„Du bist in Ohnmacht gefallen", sagt Erwin.

Mein Kopf liegt auf der gelben Regenjacke, die zu einem Kissen zusammengefaltet ist. Erwin kniet neben mir und tätschelt meine Wange.

„Du bist ganz warm, hast du Fieber?"

Ich streiche mit der Zunge über meine Lippen und meine, Salz zu schmecken.

„Nein, mir war nur schwindelig."

Die Gesichter, die sich über mich beugen, kann ich nicht erkennen. Die Sonnenstrahlen lassen sie aussehen wie Scherenschnitte. Ich reibe mir die Augen. Erwins Gesicht ist so nah an meinem, dass ich seinen Atem spüren kann.

„Es geht schon wieder."

„Ich habe mir Sorgen um dich gemacht." Erwin nimmt meine Hand und drückt sie sanft. Ich richte mich auf, lege meine Arme um seinen Hals und küsse ihn.

Die Autoren

Kirsten Bloem, geboren 1957 in Freiburg/Brsg., als Tochter eines lesebesessenen Vaters und einer verständnisvollen Mutter, welche bereit war, die explosionsartig anschwellenden Bücherberge abzustauben. Der Name „Kirsten", in Freiburg bis dato noch nicht verzeichnet, verhalf ihr auf Grund einer Zeitungsmeldung, zu einem enormen, leider sehr kurzfristigen Bekanntheitsgrad.
   Nach längeren Aufenthalten in Villingen, Heidelberg und Frankfurt, lebt sie heute mit ihrer Tochter (und ein paar Bücherbergen) in der Nähe von Stuttgart.

Cornelia Fröschl, geboren 1960, Autorin, Herausgeberin, veröffentlichte bisher 423 Artikel, 3 Reden, 1 Buch und 7 Kurzgeschichten. Sie liebt Brainwriting, die Welt aus der Perspektive des Kopfstands und den musikalischen Sog der Sprache.

Jürgen Hayer, Jahrgang 1957, liebt Musik, das Meer und den Horizont. Um ihn zu überschreiten, fing er zu schreiben an. Aus der Gegenwart in die Vergangenheit hinein, oder aus ihr heraus. Eines seiner Lieblingsthemen ist der zeitlose Augenblick. Ansonsten schreibt er, was gerade anliegt – Journalistisches oder Lyrisches, Komisches oder Melancholisches.

Bettina Heinzl, Jahrgang 1962, lebt im kältesten Zipfel Bayerns, im Fichtelgebirge.
   Sie schreibt Kurzgeschichten (einige veröffentlicht), beabsichtigt aber in diesem Leben noch einen Bestseller mit mindestens 500 Seiten zu verfassen. Wenn nur all die Notizzettel nicht immer verschwinden würden ...
www.bettina-heinzl.de

Nina Hornauer, 1974 im Taunus geboren, hat in den USA Politik studiert, lebt jetzt in München und arbeitet bei einer Softwarefirma. Sie findet, dass Schreiben glücklich macht und will nie wieder damit aufhören.
Blog: *www.myspace.com/ninahornauer*
E-Mail: *nina.hornauer@hotmail.com*

Christopher Kaatz, geboren 1954 in Bonn. Studierte Betriebswirtschaftslehre, lebte u.a. in München, Hamburg, Madrid, Berlin, auf der schwäbischen Alb, mitten in Westfalen und jetzt in der Eifel. Beruf: Soldat. Schreibt und veröffentlicht Sachbücher (zum Beispiel über Controlling), aber mit viel größerem Vergnügen Belletristik.

Sophie Karlis, geboren 1974, hat Literaturwissenschaften studiert und arbeitet als freie Redakteurin in Berlin. Sie mag verborgene Welten und die skurrilen Dinge, die es dort zu entdecken gibt. Die Kurzgeschichten in dieser Anthologie sind ihre erste literarische Veröffentlichung.
www.faltkater.de

Hella Lopez, 1944 als Hella Wüsteneck geboren, hat sich schon als Kind gewünscht, Schriftstellerin zu sein. Als sich stattdessen drei Kinder, viel Chaos und ein Broterwerb in ihr Leben drängten, erweiterte sie es erst einmal durch nebenberufliches Märchenerzählen und lernte dabei, an die Kraft des Wünschens zu glauben. Nach einer intensiven Schreiblernphase gibt sie sich jetzt im vorgeschrittenen Alter der Illusion hin, ihr Lebensziel doch noch zu erreichen.

Katharina Offenborn
Bei meiner Geburt, an einem Palmsonntag, begrüßte das Sonnenaufgangsstrahlen die neu erwachende Welt: Wien im Frühling, was will Mädchen mehr? Kaum geboren, schrie ich lauthals und

kräftig, erzählt meine Mutter mir heute noch. Mein Name stand fest, auch Gewicht und Größe ließen sich messen, unabwägbar jedoch mein Woher und Wohin - noch immer hält mich dieses Rätsel auf Trab.
Lyrikerin, Lektorin, Verfasserin von Kurztexten.
www.wortgetreu.com

Philipp Reichert, geboren 1987 in Köln, wuchs am Niederrhein auf, flog einmal um den Erdball und landete wieder in seiner Geburtsstadt. Dort studiert er Germanistik und Romanistik, arbeitet an einer Laufbahn als Journalist und wechselt gerne mal die Rheinseite.

Katja Sacher, seit Jahrzehnten zu Hause im Münchner Raum, verheiratet, eine Tochter, ist Mitglied unterschiedlicher Autorengruppen, Herausgeberin von Kurzgeschichtensammlungen bei Lerato und in mehreren Anthologien vertreten. Sie veröffentlicht in verschiedenen Foren im Internet.
„Einer meiner Lieblingssätze in den dreißig Jahren der Selbständigkeit als Apothekerin war: Jetzt habe ich genug gearbeitet für den Rest meines Lebens! Heute erlaube ich mir die totale Freiheit – denke – und schreibe."
kaete-sacher@t-online.de

Yvonne Seitz, geboren 1977 in München, entdeckte das Schreiben sowie die Musik schon in ihrer Kindheit als lebenswichtigen Teil ihres Daseins. Nach Umwegen über Studium, Auslandsaufenthalten und trotz Brotjobs beschäftigt sie sich regelmäßig mit dem Schreiben und veröffentlichte einige Kurzgeschichten. Momentan arbeitet sie an ihrem ersten Roman.

Meike Stewen ... liebt Fischstäbchen und Prilblumenschuhe ... und kombiniert so den Blick einer Fünfjährigen mit dem Alter einer Achtunddreißigjährigen ... übersetzt Romane, die immer gut

ausgehen ... bastelt dabei an ihrem Leben, das irgendwie immer weitergeht ... wünschte, sie könnte Kopf stehen wie Cornelia ... überlässt das aber ihrer Zahnpastatube ... kämpft um Disziplin ... um einen Roman zu schreiben, Walisisch zu lernen, Acrylbilder zu filzen.
suscheina@hamburg.de

Marc van der Poel, geboren 1969 in Montréal, Kanada, schreibt und lebt in Hamburg. Er hat Geschichten in zahlreichen Anthologien und Zeitschriften veröffentlicht. Im Internet ist er zu finden unter *www.vanderpoel.de*.

Claudia Vieregge, 1968 in Wattenscheid geboren. Sie ist Mitglied der Literaturgruppe *espressivo* und lebt mit ihrer Familie an der schönen Ruhr. Dort schreibt sie lange und kurze Geschichten über das Leben und seine Bewohner.

Im Herbst 2008 erscheint ihr Krimi-Erstling „Aglaia muss sterben" im KUUUK-Verlag.

Ulrike Weinhart, geboren 1961 in Augsburg, studierte Biochemie in München und Schottland und lebt heute mit ihrer Familie auf dem Dorf zwischen München und Augsburg.

Sie veröffentlicht Kurzgeschichten in Anthologien und Zeitschriften und ist Herausgeberin von Kurzgeschichtensammlungen der Autorengruppe *espressivo*. Zusätzlich arbeitet sie als Dozentin für Kreatives Schreiben an einer Fernlehrschule.
Wer mehr wissen will:
E-Mail: *ulrike.weinhart@web.de*
Blog: *http://isleofskye.twoday.net*

Klaus Westermann, geboren 1954 in Stuttgart, hat Physik und Chemie studiert und lebt als freier Autor und Projektleiter für Neue Medien in der Nähe von Heidelberg.
http://www.klaus-westermann.de/prog/index.php?stand=70

Nachwort

Cornelia: So, das war's dann erst mal von *espressivo*. Wenn Sie vorn angefangen haben und jetzt hier angekommen sind, kennen Sie schon alle Geschichten und haben eine ganze Menge über uns Autoren erfahren.
Birgit: Und hatten dabei vielleicht auch ein bisschen Herzklopfen?
Philipp: Also, mir war das Thema am Anfang ja zu kitschig. Aber dann, mit einer Prise Mordlust und ein paar Körnchen Fantasie ...
Bettina: Oder einfach mal alles auf den Kopf gestellt. Das war schon bei unserer ersten Anthologie so.
Nina: Ja, „Wandlungen – vom Leben geschubst", bei Lerato erschienen – damit fing alles an!
Marc: Angefangen hat es eigentlich schon vorher: nämlich damit, dass Ulrike, Katja und Birgit uns in einer Schreibwerkstatt im Internet entdeckt haben und uns dann einluden, mit ihnen eine Anthologie herauszubringen.
Chris: Und dann haben Leute aus ganz Deutschland, von Hamburg bis München, zwischen 19 und 69 unermüdlich an ihren Bildschirmen gesessen und getippt.
Meike: Geschichten in Rohfassung, Zweitfassung, Endfassung, Korrektur- und Verbesserungsvorschläge. Dazu dumme Fragen, schlaue Fragen, Kochrezepte, Trost in der Ecke zum Ausheulen ... und all das in unserem Internet-Forum.
Katja: Internet, Internet! Das ist ja nun zum Glück nicht alles. Das Schönste an *espressivo* habt ihr vergessen: die Lesungen!
Nina: Wie könnten wir die vergessen? Gibt es eigentlich bald auch eine Lesung mit den Texten aus „Herzklopfen"?
Yvonne: Aber sicher – und nicht nur aus „Herzklopfen", sondern auch aus „Wandlungen" und bisher geheimen *espressivo*-Schatzkisten.

Claudia: Am Lagerfeuer, mit Musik. Und hoffentlich wieder vielen lieben Gästen, die zuhören und mit uns feiern!
Katharina: Wenn Ihnen das Buch gefallen hat, haben Sie vielleicht auch Lust, sich bei unserer nächsten Lesung Herzklopfen live zu holen? Melden Sie sich bei uns, wir schicken Ihnen gern eine Einladung!
Klaus: Also, jedenfalls hat uns allen die Arbeit an Herzklopfen viel Spaß gemacht.
Sophie: Ja! Schade, dass es schon vorbei ist!
Kirsten: Aber nächstes Jahr wird es ein neues Buch geben mit neuen Geschichten und neuen Details von *espressivo*.
Jürgen: Und bis dahin - warum nicht dem Hausherrn, Hausarzt, Hausfreund oder dem Nachbarn einmal ‚Herzklopfen' bescheren? So ein anspruchsvolles Mitbringsel bereichert Ihre Beziehungen zu Freund und Feind!
Hella: So, ihr Lieben, genug Werbung für heute. Ich klappe jetzt mal den Buchdeckel zu.
Ulrike: Aber wenn Sie noch etwas sagen möchten, zu diesem Buch oder dem Zustand Ihres Herzmuskels beim Lesen – nur zu: Schreiben Sie eine Rezension bei Amazon, schreiben Sie uns oder einen Artikel in einem Internet-Forum oder einer ungemein wichtigen Zeitschrift. Reden Sie über uns. Kurz, empfehlen Sie uns weiter!
Und jetzt empfehlen wir uns.
Alle: Bis bald!